ピット・イン

いしいしんじ

絵・いしいひとひ

〔00〕 無意識の光

6歳になる、うちの息子「ひとひ」の、本年度初頭の三大ニュースは、トヨタのWRC(世界ラリー選手権)復帰、ストフェル・バンドーンのマクラーレン・ホンダ昇格、それに、みずからの小学校進学である。

生後すぐのころから「まわるもの」、レコードとタイヤに、いったいなんで、というくらい惹きつけられていた。京都の、観光バスがつぎつぎやってくる場所の近くに住んでいるため、ベビーカーから見上げる、巨大なバスのタイヤが好きになった。いまでは、信号の向こうからやってくる市バスのフロント部分を一瞥しただけで、

「あ、いすゞや」「ひのの、あたらしいやつやんな」「うわ、めずらし! にっさんディーゼルの、めっちゃふるいやつ!」

などと、見分けられるまでに育った（よその都道府県のバスでも同じ）。尊敬するひとはカルロス・サインツとマックス・フェルスタッペン。昨年のル・マンの翌日には、

「おとうさん、きょうは、お台場のトヨタいって、みんなを、はげまさなあかん！」

そういって、実際にでかけ、職員のみなさんに、がんばったで！　すごかったで！

と声をかけてまわった。

ひとはどうして、乗り物、クルマ、モータースポーツに惹かれるのだろう。

スピード、轟音、息をのむ造形。最先端のテクノロジーと、もっとも普遍的な人間くささ。スペクタクル。国境をこえた連帯。闘争本能。

どれも正しいけれども、どれも、そのうちのひとつにすぎない。目の前に迫り、すべてを飛び越えていくGT‐Rの前に、ひとはことばを忘れる。「かっこいい！」「クール！」のひとことでいいじゃないか！

あらゆるかっこよさは、危険に裏打ちされている。6歳のひとひも含め、どんな家庭の子も、親が真っ青になりそうなところに平気でのぼり、川に落ちそうなぎりぎりの縁で自転車を急停止させニヒヒと笑う。

「死」は、暮らしのいたるところに潜んでいる。僕たちはそれを無意識のうちに知っている。

自分が永遠に生きつづけると真顔で公言するひとは、頭がどうかなっているか、商売っ気のある、なにかの教祖だ。ふだん僕たちは「死」を、とりあえずはひた隠す。不吉な、不穏なものとして、無意識の底にしまっておく。

スポーツは肉体の限界を試すもの。なかでもモータースポーツくらい、「死」ととなりあい、「死」に向き合い、「死」を越えていこうとする競技はほかにない。ドライバーは誰ひとり目をそむけない。アクセルを踏みしめ、ステアリングを回す瞬間ごと、ドライバーは「死」を飛び越えていく。無意識の光を周囲にほとばしらせて。

ぎりぎりの「死」は、ぎりぎりの、「生」そのものだ。レースという時間がつづくあいだ、僕たちは、ドライバーたちの、なにひとつ隠されることのない、凝縮された一生を見守る。荘厳な「死」に縁取られた、絢爛な「生」を目の当たりにする。そのあいだ、僕たちもともに生きている気がする。だからレースに、ドライバーたちに、惹かれてやまない。

鈴鹿の「ファン感」(ファン感謝デー)の日、ひとひと一緒にピットを訪ねたことがある。4歳になったばかりのひとひは、レーサーやクルーの皆さんに大歓迎され、抱きあげられては、つぎつぎとWEC(世界耐久選手権)マシンのコックピットに座らせてもらった。クルマを大好きな4歳児の姿に、ピットにいる全員が心底喜んでいた。クルマ好きこそ、年齢も国籍もこえる。

　俗に、ハンドルを握ると性格が出る、という。おとなしいひとが、じつはスピード狂だったり、ガミガミ屋が、ものすごく慎重な運転だったり。鈴鹿のピットで、4歳児に真剣にステアリングの切り方を教授するレーサーたちを見守りながら、僕は、モータースポーツに携わっているひとは、ハンドルを握ってても握らなくっても、一緒だ、とおもった。ふだんから、無意識ダダ漏れだ。小学校にあがる前の子どもと同じ。好きなものが好き。見慣れないものを恐れない、逆に、危ないものにはギリギリまで迫りたい。前をいく速いなにかに、追いつき、追い越したくってしょうがない！

　無意識過剰は死を恐れない。死があってこそ生が輝くと知っている。レース、という特別な生。本気で笑い、本気で泣き、愛するものを本気で、全身全霊で愛す。それがモータースポーツのドライバーだ。

　この稿を書くにあたり、6歳のひとひにインタビューをこころみた。一緒に鴨川を歩きながら、

「なあ、ひとひ、いいレースって、どんなレースかな？」

　するとひとひは立ち止まり、まっすぐに僕の目を見て、

「あのね、おとーさん」

さとし、教えるようにいった。

「レースはね、いいとか、わるいとか、ないねん。レースは、ぜんぶ、すばらしいん。わるいはんそくと、おもしろいはんそく、とか、そういうのんはあるよ。でも、レースは、レースやったら、ぜんぶ、すばらしいん。だってね、それが、レースなんやから」

YARIS
10

RedeBull
Red Bull

もくじ

2018

01 ラトバラくんの顔

変われば変わるもんだなあ、と感心する。ラトバラくんの、顔のことである。

一戦目のモンテカルロでは、ぱちぱちぱち瞬きしながら、顔をおだやかに輝かせていたが、スウェーデンでのゴール、また、そのあとのインタビューにこたえるラトバラくんの表情は、勝利を重ねてきたベテランらしい自信と、強烈なオーラを帯びていた。バラバラ気味だった目鼻がそれぞれの定位置をとりもどした、といったような。正直、「あ、これこれ、これがラトバラくんの顔だった!」と、本誌(オートスポーツ)や液晶画面を二度見、三度見してしまったほどである。

ラトバラくんの顔。その目鼻立ちがぼくのまぶたに焼きついたのは、もちろん2008年のスウェディッシュ・ラリー。最年少優勝記録はいまだ破られていない。フインランド人ドライバーといえば、それまで、どちらかというと「いろいろな人生をのりこえてきたおっさん」顔だったのが、真逆の「クールな少年」顔のドライバーがあらわれた。

２０１１年、コンマ二秒差でシトロエンのオジェに負けたヨルダン・ラリーで、ラトバラくんの青白く燃える顔に「人生いろいろある」皺が刻まれたろう。その顔は、いまから思いかえせば、透明なフィルムを重ね合わせたかのように、そのときハンドルを握っていた、フォード・フィエスタのフロントマスクにそっくりだった。

それが２０１３年、フォルクスワーゲンに移ってから、年を追って表情があいまいになる。同僚のオジェの目鼻だちは、ポロそのものへと、どんどん焦点が合っていくのにくらべ、ラトバラくんの顔つきはどうにも一定しない。ポロっぽくしよう、として、けれど追いつかない。「似合ってない」と、何度ためいきをついたか。けれどもそんなこと、本人がいちばんわかっていたにちがいない。

近所の公園でたしかめるまでもなく、犬と飼い主が似るのはほんとうのことだ。かわいがっていればいっそう似る。カンクネンはランチア・デルタそっくりだったし、マクレーはときどきはほっぺたに数字が５５５とプリントされてあるのがみえた。

もののかたちは、ほんのちょっとしたことでまるっきり変わる。ぼくたちが知っているとおもっている日本列島も、たえず満ち引きする波に洗われ、じつは現在まで、一度たりとも同じ輪郭をとったことはない。それが、モータースポーツのアスリートは、勝利を重ねてきたひとほど、体操選手やテニスの選手より、顔の印象がかわらないように思う。クルマと溶け合っているからかもしれない。ローブはシトロエン。マンセルはウイリアムズ。

トヨタに移籍した当初、ラトバラくんの顔は、洗いたてのハンカチのようにまっさらにみえた。ポロ（=オジエ）しばりから解き放たれた安堵と、未知のマシンをドライブする楽しみと不安と。それが、モンテカルロでなにかに気づいた表情にかわった。ラトバラくんは本当に「いろいろな人生をのりこえてきた」。だから、わかるのだ。これは俺のクルマだと。いや、俺だと。俺そのものだと。

そうして、「俺そのもの」をつかんだドライバーは格段に速くなる。ヌービルはよくも悪くも「このヒュンダイは俺だ」と思っているかもしれない。今シーズンは誰がどのラリーを勝ってもおかしくない。

とにかくいまは、ラトバラくんの顔の見事な変化をことほぎたい。うちの6歳の息子からも「くん」呼ばわりされる、少年顔のラトバラくん。けれどもその内側には何十、何百の苦い皺と、１６００cc直列４気筒直噴ターボエンジンが搭載されている。２０１７年が「ヤリス」‐マティ・ラトバラくんの、伝説の年になることを願う。

ヤリ・マティ・ラトバラ
１９８５年４月３日生まれ、フィンランド出身。17歳でＷＲＣデビュー。フォード、フォルクスワーゲンを経て、２０１７年からトヨタに加入。トヨタＷＲＣ復帰後の初勝利を挙げ、２０１８年マニュファクチャラーズタイトル獲得に貢献。２０１９年まで同陣営で参戦。２０２０年はトヨタ・ヤリスを駆り、自身のチームから参戦。

02

イタリア人のうた

赤い波がうねり、歓声がわきあがる。おどけた表情のベッテルがポディウムの頂上に飛び乗る。まずは荘厳なドイツ国歌が流れ、そうしてリズムが切りかわった瞬間、時間が、うたが、熱い奔流となってあふれかえる。

イタリアの兄弟よ　イタリアはめざめた
スキピオの兜を　頭につけて

共和国統一の際にうたわれたイタリア国歌『マメーリの賛歌』。編曲は、『アイーダ』『ナブッコ』で知られる、オペラの巨匠ヴェルディ。

赤い群衆が波打つ。イタリア人は顔でうたう。マラネロの住人でなくとも、イタリアの地で生まれていなくても、この声をきけば血管が泡立つ。歓喜のベッテルが、つま先立ちでからだを揺らせながら、指先で、天使のように指揮をとる。イタリアの兄弟！　ベッテルはいま、指の先までイタリア人だ！

勝利の女神はどこに？　その髪を、イタリアに捧げておくれ
神は　ローマの僕《しもべ》として　あなたをお造りになったのだ

イタリア人の魂は、おもに、レースと音楽でできている。じつはどちらも「まあたらしい時間」につけられた、別の呼び名にほかならない。

マシンがサーキットを走りつづける間、僕たちは、日常の時計から、カレンダーから解き放たれる。あたらしい時間は、ふだんのように、淡々とは流れない。沸騰し、循環し、伸びたり縮んだり、燃え上がったりする。レースの時間に浸ることをおぼえると、もはやそれなしで生きることは難しい。

そしてそれは正確に、「うた」「音楽」と同じことだ。

音楽がつづく間、演奏者はもちろん、聞いている僕たちも、別の生を生きる。「いま」が途方もなく太くふくらみ、何百年前と何百年後を、同じ時間のうちに包みこむ。

ベッテルのＳＦ70Ｈがチェッカーフラッグを受けた瞬間から、フェラーリのクルーたちの顔は、うたいたくてうたいたくてうずうずしていた。「うたうぞ！」の気概に、充ち満ちていた。音楽とレースが溶け合う瞬間こそが、イタリア人にとっての天国だから。

大昔の、よく知られたエピソードを思いだす。１９３５年、ニュルブルクリンク。このときもやはり、メルセデス対フェラーリだった。ナチス政権下のドイツＧＰ。下馬評は圧倒的にメルセデス有利。エンジンもシャシーも、実際、ドイツ車はイタリア車よりはるかに優秀だった。

史上最高のドライバー、とも呼ばれるフェラーリのタツィオ・ヌヴォラーリは、ラスト二周でトップより一分差。ラスト一周で30秒差。ドイツ車の勝利を確信した群衆の前で、メルセデスのタイヤがバーストする。ヌヴォラーリは見事トップチェッカー。ＧＰ史上もっとも有名といっていい逆転劇だ。

そして表彰式。ドイツ車の勝利を確信していた運営側は、イタリア国歌の音源を用意していなかった。メカニックが、ヌヴォラーリからなにか受けとり、放送室に駆けあがってしばらくすると、イタリア国歌が流れだし、スクーデリア・フェラーリの面々は顔じゅう真っ赤にしてうたいだした。イタリアの兄弟よ！　イタリアはめざめた！　レーサーのヌヴォラーリが『マメーリの賛歌』のレコードを、自前で、ニュルブルクリンクまで持参していたのだ。

即席で用意された、ちっぽけなイタリアの小旗が、するするとポールにあがっていく。82年後、バーレーンの空にはためく、赤、白、緑の国旗、跳ね馬の紋章、ベッテルの笑顔が、その上に重なる。

セバスチャン・ベッテル
1987年7月3日生まれ、ドイツ出身。2007年に19歳でF1デビュー。レッドブルのジュニアチーム、トロロッソで初優勝。レッドブルでチャンピオンとなり、2010年から2013年まで4連覇。2015年フェラーリへ加入、この回は2017年バーレーンGPでの勝利を描いている。

03

ドライバーたちの息子

食べ物屋なんかだと、代目のつづいているほうが客としても安心だし、やっているほうにもたまに有利に働く（二代目がつぶす場合も多いけど）。音楽家や作家だと、生まれ育った家に楽器や本があふれているので、こどもが自然と親の仕事に親しんでいる（バリバリ反発にあう親もいっぱいいだけど）。

レースの世界に目を転じてみる。うわあ、おるおる、なんぼでもいてはる！　ヨッ、二代目！

生まれ育った環境がたまたまそうだったから、親子でレーサーになったとか、芳しい成績をあげられなかった親が、息子に夢をたくすとか、さまざまな事情をかんでふくんで、「二代目」は親の走ったコースを走りだす。

いまＦ１のシートに座っているだけでも、フェルスタッペン親子、マグヌッセン親子、パーマー親子、名前もおんなじカルロス・サインツ親子、おまけで、サーキット以上の速さで昨年引退したロズベルグ親子。

過去のドライバーでは、デイモン・ヒルの穏やかな顔が印象に残っている。イギリスの英雄、父グラハムがセスナ機でこの世から飛び去ってしまったあと、一度音楽家を志すものの、十代後半のある日、ひとりこころを固め、みずからの意志でレースの道にはいる。「二代目」であることを、こころから誇りにおもっていたドライバーが彼だろう。いっぽう、同僚だったジャック・ビルヌーブはどうか。ひとを助手席に乗せてはびびらせて喜んだ、父ジルの暴れん坊伝説を、息苦しくおもったことが結構あったのではないか。ただ、うっとおしいも、誇らしいも、コックピットに乗りこむまでの話。いったんステアリングを握りしめてしまえば、カーレースの頂点にのぼりつめるような若者なら、父の顔なんてその瞬間に忘れている。前から飛んでくる時間また時間を、ただひたすら全身でのみこみ、全身で吹き飛ばす。

レース中のドライバーにとって、過去も未来も「いま、ここ」でない一点で同じ。父、祖父、曾祖父と、何代何百何万代と受け継がれてきたすべてのDNAが、その瞬間にそそぎこみ、沸騰し、結晶化する。

中嶋一貴のドライビングは、はじめ、父にあまり似ていなかった。息子のほうが「うまい」と、僕の目にはそのように見えていた。「うまい」けれど、こんなことは書きたくないが、ときどき、目を覆いたくなるほど「うまくいかない」と。それが、父とどういう点で似ていないと感じるかは、当時はよくわからなかった。

F1を離れたころ、おや、とおもった。どこか違う。「うまい」だけじゃない。2011年、フォーミュラ・ニッポン開幕戦。腰をすえて目で追う。なんだろう。見てると、なにかを思いだす。結局、オーバーテイクを重ねて3位でゴールするまで、ずっと中嶋一貴を追いかけていた。そして、わかった、まさにそのことが、これまでと違うのだ、と。一貴は「うまい」だけじゃない、「ずうっと見ていたいドライバー」になっていた。

それは、黄色いロータスを駆る、父にはっきり似ていた。勝ち負けより、なにか起こりそうな、ドラマティックなドライビング。

2017年、WECとスーパーフォーミュラのともに初戦。僕と息子のひとひは、サーキットを周回する中嶋家の長男を、瞬きする間も惜しげに見守りつづけた。そしてこれからも、目で追いつづけるだろう。中嶋家だけでない、ベッテル家、ハミルトン家、フェルスタッペン家の息子たちの勇姿を。

振り返ってみて、わかったことがある。中嶋一貴が、そう気づかせてくれた。ステアリングを握るすべてのドライバー、そのひとりひとりが、これまでエンジン音を高鳴らせ、サーキットを駆け抜けた、あらゆるドライバーたちの息子なのだ。

04

ランチアのこと

小学校にかよいだしてひと月、「からだの五月病」で調子を壊したひとひと、居間にすわり、本年度ツール・ド・コルスの映像を見ていたそのとき、宅配便で、大ぶりな封筒が届いた。あけてみると、森の獣みたいな吠え声を響かせ、パールホワイトにマルティニカラーの猛々しいマシンが飛びだしてきた。

「あっ！　デルタや！」とひとひ。「しかもー、といぼねん、のやつ。グループBや！」

『ラリーカーズ』の第16号は、ランチア・デルタS４特集だ。

ひとひにとって、特別な一台。１９８５年のＲＡＣラリーを制した、ゼッケン6番のデルタＳ４(64分の1サイズのミニカー)は、四国へも北海道へも沖縄へももっていった。

基本的に、ランチア好き。グループＡの、カンクネンのＨＦも、インテグラーレもむろん大好き。マルク・アレンはもちろん崇拝している。が、しかし、デルタに関して、というだけでなく、グループB全体を通して、ひとひの目に、ヘンリ・トイボネンのS4は別の光を放ってみえるらしい。

一度「ランチアじっけん」をこころみたことがある。一台ずつミニカーをとりあげ、咄嗟におもいついたひとことをいってもらう。

ストラトス。「ありたりあ。はやそう」

037ラリー。「はやそう。つよそう」

デルタS4。「すごい。すごすぎる」

「でもね」とひとひ。「らんちあ、やったら全部、なんでも、ええねん。かっこえええん」

幼児の「かっこええ」を、甘く見ないほうがいい。那覇の自衛隊基地へいったとき、お土産コーナーで、3歳のひとひが手に取ったのは、戦闘機でも、装甲車のステッカーでもなく、旧日本帝国海軍の象徴、旭日旗に縁取られた戦艦「大和」のワッペンだった。そしていったのだ、「かっこええなあ」と。

WECでもF1でも、軍用機でも宇宙船でも、「ああいったもの」らすべて、世代、時代をこえて、「おとこ」の芯の甘い秘部をくすぐるよう、必ずデザインされている、と、そういうことにちがいない。

ただ、グループBに、トイボネンに、ひとひは「かっこいい」以上のなにかを、たしかに感じているようにみえる。1985年と1986年の現場に、立ち会っていたわけじゃない。でも、当時のS4は、ひとひのいうとおり「すごすぎた」。過剰だった。溢れだしていた。スピードが、時間が、生命が。闇ひとつ破れば向こうはなにひとつない虚無だった。

「かっこいい」とそのむこうのギリギリのラインを、四つの火の車で、光の速さで駆け抜ける。ともすれば、ニュートン物理学をはみだしてしまう。空間がねじまがり、時間が逆転する。コースに充満する、観測不可能の「ダークマター」。

だからだろうか、インタビューを受けるドライバーたちは、どこか、自分たちを待ち構える運命を先回りし、わかってしまっているようにみえる。それでも、走るしかない、最速で。それこそがグループBの、もっとも重要なレギュレーションなのだから。

86年ポルトガルラリーの悲惨な事故のあとのニュース映像。全ドライバーを代表して声明を発表するトイボネンの顔から、僕は目をそらすことができない。ここには、なにか深い、ことばでは表せない、届かないものがにじんでいる。トイボネンにはすべて、わかっていたのかもしれない。

『ラリーカーズ』16号の表3ページに、ツール・ド・コルス、コース途中の写真が載っている。晴れの陽ざしがターマックに落ち、新緑が岩場を覆っている。そして縁石の上に、この場所で落命したトイボネンと、コ・ドライバーのクレストの石碑が建つ。石碑には花やシャツやマルティニのボトルが供えられていた。ひとひはまじまじと見つめ、ひとこと、「かなしい」と呟いた。この一語に尽きる。

05

インディの風

１０１年前から、まわりつづけている空気がある。

「レース」というひとまとまりの空気、爆風が、その日限定のジェット気流となって、オーバルコースに吹きわたる。

インディアナポリスの風は「じゅんさい」に似ている。光り輝く空気のなかに、色とりどりのマシンを含んだまま、サーキットを２００周、合計５００マイル周回する。

ドライバーたちは、風を切るのではない。風に乗る。風と一体化する。星雲のなかの星のように、「レース」のなかで、それぞれのマシンはゆっくりと動く。ほんとうは光速をこえているのだが。

風に運ばれ、前に押し出される。じょじょに、じょじょに、まわりのマシンたちよりスピードをあげ、そうしていつの間にか、まわりつづけるジェット気流の突端で、この世でいちばんのサーファーさながら、光り輝く波に運ばれ、そうして一気に、白黒格子がはためくゴールに、風ごとなだれこむ。

佐藤琢磨が勝ったんじゃない。と、そんなつぶやきが漏れる。風が、空気が、今日はそのように動いたのだ。そのようにしか、動かなかった。この地で風に身を捧げてきた、東洋生まれの、このドライバーのために。

レース展開、というものはあった。当日よりずっと前、何ヶ月も先から、インディの風は吹きはじめていた。

まさしく、「この世でいちばんのサーファー」が、ヨーロッパの地から飛行機でやってきて、太陽の色のマシンで、この巨大な渦のなかに加わる。フェルナンド・アロンソは、２０１７年の風のなかに、三十年前、五十年前の空気を混ぜこんだ。「レース」の空気は例年とは少しちがう色を帯び、真新しく、なつかしいうねりをもって動きだした。

当日も、スタートから、星雲のなかの星々は、太陽を中心にまわりつづけた。そのうちに、太陽はコロナをたなびかせ、光速に乗って風の先頭にあらわれた。観客、世界じゅうのひとびと、同じレースを走るドライバーたちさえ、魅了され、瞬きする瞬間もおしんで、黄金色の彗星、アロンソのマシンを見つめつづけた。

太陽が落ちたとき、一瞬だけ、空気がとまった。そんな風にみえた。が、嘘だ。風はとまってなどいない。あと20周、魔法がとけたかのようにレースが動きだした。アロンソという太陽が、風にエネルギーを吹きこんだのだ。

チルトン、ジョーンズ、エリオ、琢磨。星はまわる。まわりつづける。ジェット気流の先端で、それぞれの星がそれぞれの風をはらんで、485マイル、490マイル。

エリオが風を切る。そのため、ほんの少しレースの空気が揺れる。そのとき琢磨が、大きな風を感じた。風の動くとおりに、琢磨が動いた。ほんとうにそうなのか。琢磨自身が風をたぐりよせたのでは。

全力で、全身で、足下のこの星をタイヤで蹴りつづけてきた、八年間、十五年間、二十年間の、すべての記憶をこめて。

風は、琢磨のほうへ寄った。そうして、最後の最後まで、その先頭から琢磨を放そうとしなかった。琢磨はまっすぐな姿勢で、うしろからの風を受けとめ、風とひとつになって500マイルのゴールに飛びこんだ。

101回目、かける、200周、500マイル。20200周目、50500マイルの、その先端。

風とひとつになる。レースと一体に、レースそのものになる。琢磨はつまり、
２０１７年のインディ５００レースとなった。
佐藤琢磨が勝ったのだ。琢磨という風が。琢磨という、レースそのものに。

佐藤琢磨
1977年1月28日生まれ、日本出身。自転車競技からモータースポーツの世界へ。イギリスF3選手権、マールボロ・マスターズ、マカオGPを制覇。2002年から2008年はF1で活躍(表彰台1回)。2010年からインディカー・シリーズに参戦。2017年に世界3大レースに数えられるインディ500で初優勝を飾った。日本人ドライバーとしては初の快挙。

06

ル・マン365日間

２０１６年6月19日、午後2時57分、時がとまる。錯覚あるいは、レトリックにすぎない。地球はコンスタントに、時速１７００キロのスピードでまわりつづけている。が、ひと群れの、機械油にまみれたひとびとの前で、その瞬間、それまでの時は止まり、そしてそれを境に、疑いようもなく、あたらしい時がはじまった。

毎日、毎日。食べ、飲み、眠っては起き。計算し、つなげ、乗りこみ、鍛え、眠る。

夢を見る。

ときに悪夢。どうしても、一歩も前に足が出ない。ときに吉夢。きらびやかな花吹雪を浴びながら、ゴールまで飛翔していく。眠っていても、目ざめている。一日も、一瞬さえも休まず、前へ、さらに前へと、ひとびとはあたらしい時をつなげていく。

毎日、毎日。開発すること、試すこと、走らせること、すべて、生きることと同義だ。秒をけずり、日を数え、油まみれのひとびとの夢が、目にみえるかたちや数字にあらわれていく。緊張と緩和。興奮と沈静。

猿の年から鳥の年へと、暦が移りかわるとき、いったいどれほどのひとが、六ヶ月先のことを祈ったろう。この天体が、公転軌道をほぼ反対側まで進んだ、その一日のことを。

2017年6月18日。天体はめぐり、らせんを描いて、ひとびとも、あの場所へ戻ってくる。いつもの服に着替え、いつもの装備をととのえ、けれども、目の前にあるのは、まっさらの、まあたらしい一日だ。

午後3時。新雪のような24時間。ドライバーは、メカニックは、観客は、息をのみ、最初の一歩を踏みいれる。そして、からだに火を入れ、地を蹴って走り出す。

ピットの怒号、汗。どんな変化も見逃すまいとモニター上に貼りつかせた視線。みな、これまで長く長く削ってきた、あたらしい時の、とがりにとがった先端にいる。オンボード映像で、地球上に点在する、何億のからだが瞬時に動く。左へ、右へ、ほんとうは、前へ。天体の地軸は、いまや、北と南の両極から、北緯47度56分、東経0度12分の、このサーキットに移っている。地動説でも、天動説でもない。この24時間、われわれは車動説を信じる。

日が沈む。出番を待ち望むタイヤが、透明な火花を発する。コース上には夜よりも黒いさまざまな滓《おり》が散乱する。車動説をとなえるひとびとのからだは、何万の距離をこえて天体の上で溶けあっていく。目にみえるレースがあり、目にみえないレースもある。数字や順位、タイムでない、生きている実感として、時をともに過ごす共鳴としてのレース。地球は、星は、そのようにまわっている。いま目の前を行く車たちも。

真夜中過ぎ、午前1時6分。7の数字をつけたマシンが、あたらしい時の上でとまる。1時15分、9の車がうしろから火を噴く。ピットのひとびとはなにもいえない。声をあげられない。モニターの前のひとびとも。遠く１００００キロ離れたところで朝を迎えながらテレビを見ていたひとびとも。

8は進む。コーナーのひとつずつを丁寧にまわっていく。あたらしい時は、１センチ、

1ミリでも長く、先を求めて伸びていく。目にみえるレースと目にみえないレースが、同じものとなる。

午後2時57分。

午後3時00分。

あたらしい時はとまる。太陽と地球はいつもの周期で回転をはじめる。24時間はこうして過ぎた。ドライバー、メカニック、サプライヤー、あらゆるスタッフが、互いに感謝し、詫び、ねぎらい、吐息をつく空洞の時間が終わって、するとひとびとの前に、次の24時間、さらに、次の365日が、宇宙を満たす白光のように、巨大な口をひらいて待ち構えている。

ル・マン24時間
F1モナコGP、インディ500と並ぶ世界三大レースのひとつ。フランスのサルト・サーキットで24時間の周回数を競う。現在はWECに組み込まれている。この回で描かれた2017年、トヨタは3台で優勝を目指したが、7号車と9号車がリタイア。トラブルで遅れていた8号車のみ完走。残り1時間ほどで首位に立ったポルシェ2号車が優勝した。

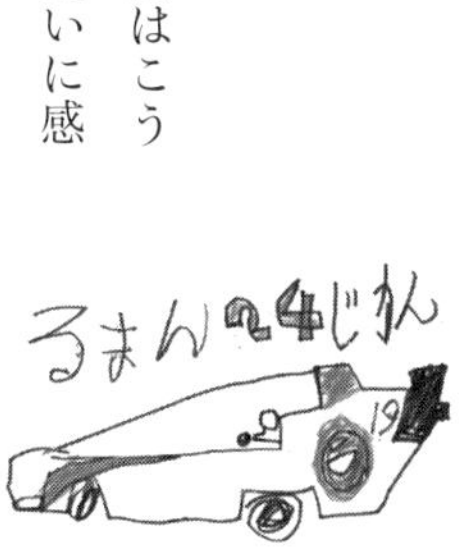

07

むきだしのF1

いろんな意味で呆然としながら、アゼルバイジャンGPを見終わったあと、F1のおもしろさについて考えた。

いつもこうだとしんどいけれど、今回のGPには、僕が、F1に求めているものの多くが、むきだしのまんまあらわれていた。

フリー走行でのレッドブルの好調、予選でのハミルトンの圧倒的な走りは、トヨタのCMじゃないけど、よく練られた伏線だった。もっといえば、ハミルトンが今シーズン口にしている「ベッテルと戦うGPが楽しい」といった発言も、インディアナポリスでのアロンソの激走も、ぜんぶ、もろ伏線だった。

一周目、ボッタスがライコネンの横腹に突っこんだ瞬間、僕の耳にはフィンランド語の罵声が二重奏できこえた。レース後のインタビューで、クルサードがボッタスに「きみたちは磁石みたいによくくっつくね」と笑いかけ、ボッタスの顔が歪んだ瞬間、ぞくっと鳥肌がたった。

フェラーリには、メカニックの凄みを思いしらされた。なにしろ、フロアがぶっつぶれていたライコネンのマシンを、20分ほどの作業でレースに復帰させたのだ。

ピットの誰も、そう思っていたわけではないだろうけれど、僕の目には、レースとは暴力でなく、このように気概で、プロの仕事で戦うものだと、ハミルトンに神風アタックをくらわしたばかりのベッテルに、無言で、あらためて教えこんでいるようにみえた。

フォース・インディアのチームは、目にみえない巨大な手に、守護され、風をもらい、そしてひっくり返された。オコンとペレスの走りはセナとプロスト、いや、セナがふたりいるようだった。が、誰より凄かったのは、やはりピットのクルーたちだった。

あんな混迷のなか、気がつけば6位につけているアロンソ。孤立無援のマグヌッセンの粘り腰。

ストーリーはまだ収束しない。空の上の誰かが何の気なしに透明な指をはじき、メルセデス44番のヘッドレストをがくがく揺らせた。ハミルトンがコーナーをたちあがりながら何度も片手で後ろの首当て（ヘッドレスト）を押さえた。ものすごいレースを見ている、とおもった。ハミルトンはピットインを余儀なくされ、コースに復帰したあと、チームに無線で、4位を走るボッタスをさげさせ、5位のベッテルの勢いを押さえさせてくれ、と指示する。この瞬間も鳥肌、鮫肌、ドラゴン肌だった。

そうして表彰台。17位から1位に駆けのぼったオージーの笑顔。ベッテルのふざけたジャンプもいい、ハミルトンのクールなVサインもいい、けれど、このぐしゃぐしゃなチキチキマシン猛レースのラストを飾るのは、リカルドのなんにも他意のない、ばかでかいヒマワリみたいな笑顔のほか考えられない。

最後のストレートで猛加速し2位にあがったボッタスにも、なにか目にみえないものが乗り移っていた。みなそれぞれのGPを本気で戦い抜いている、そう無言で語っていた。目に見えないもの。人間の意志や技術をこえたもの。このところ、人間が完璧に制御したGPが多すぎじゃないか。僕たちは、もっと、人間離れしたレースがみたいのでは？

だからこそ、サーキットのどこかに、気まぐれな「神」を求めているのでは？

三番目のポディウムにあがったストロールの顔を、僕は、ようやく初めて見た、とおもった。写真でなく、画像でなく、生きている顔を。その表情はうつくしかった。とくに横顔の輝きは、人間離れしていた。ギリシア彫刻のような、レースに愛された少年。18歳なのに、オージーの靴で堂々と飲酒。かまわない。レースがそれを許している。だから思い切り、ポディウムで叫ぶ。「僕はモータースポーツが大好きです！」と。

２０１７年Ｆ１アゼルバイジャンＧＰ
波乱の展開となった決勝レースを、序盤のアクシデントで破片を拾ってピットインしたダニエル・リカルドが後方からの大逆転で優勝。バルテリ・ボッタスは周回遅れから2位まで挽回。当時18歳の新人ランス・ストロールが落ち着いた走りで3位に入った。

08 セナ解禁日

セナのレースを見ていて楽しいとおもったことがない。目にみえている像の奥へ、さらに奥へとひきずりこまれてしまう。からだの芯にトラクションが、横Gがかかり、肉が右へ左へと引き裂かれる。僕のからだは多少オーバーステア気味だ。

その感じは楽しさとはほどとおい。生きている自分の、ふだんは意識しない、からだのより深い、生死の境から、一切の容赦なくつぎつぎに突きあげてくる感覚。一生に一度のオーガズムがえんえんつづいていくような。

レースに勝てばむろん嬉しかった。が、楽しい、嬉しい、と感じたのは、どちらかといえばナイジェル・マンセルのドライビングだった。セナは勝敗をこえたなにかに触れながらアクセルを踏みステアを切りつづけた。その姿は、生きてレースを見ている誰ものこころに刺さり、一生ものの傷跡を残した。いまもひりひり焼きついている。

ほかに誰がいるだろう。

連勝街道を走りだして間もないマイク・タイソンが、ほとんど舌なめずりしながら、怯え顔の対戦相手に、のしかからんばかりに飛びかかっていく様子。

NBAファイナル最終戦で、ゆっくり、ゆっくり、ためたリズムでボールを弾ませながら、ディフェンスラインを切り裂いてゆくマイケル・ジョーダン。

ボールを幽霊のように足に貼りつかせ、相手ゴールに呪いのシュートを浴びせるディエゴ・マラドーナ。

セナは彼らのプレイを知っていただろう。「同じことをしている」と感じていたかもしれない。からだを越えたからだを手に入れるのだ。その向こうにあるのは、人間が目にしたことのない光景。それを、神ではなく、いち人間として目の当たりにする。からだを抜けだして得られる、あたらしいからだで。

三浦半島の海辺に住んでいたとき、セナに近いものを目撃したことがある。毎日、磯に潜ってトコブシを採っていた。陽のあたる岩間で、見慣れないものが、おだやかな波に揺られていた。親指と人さし指を丸めたくらいのサイズの、青白赤の、小さなネックレス。目を近づけてみると、それは七匹のアオウミウシだった。ウミウシは自分では泳げない。広大な海で波に流れ、岩に寄せられながら、絶望的な確率で起きる、交尾の機会を待つ。

ウミウシは雌雄同体で、オスとして誰かと交尾しながら、同時にメスとして、別の誰かと交尾ができる。

七匹は海中で、ひとつながりになって、互いに交尾し交尾され交尾していた。目の前の青い輪は奇跡の象徴だった。サーキットだ、僕は、凝視しながらおもった。途切れることなく、えんえんにつづく聖なる循環。青空の下、アイルトン・セナはきっと、こんな感覚とともにサーキットをまわりつづけたのだ。

6歳になるまでひとひは「動くセナ」を見たことがなかった（雑誌やミニカーで親しんではいたが）。幼児にはまだ早い、と、僕はそう感じていた。

「つぎ、セナ、かきたいねん」のひと言を契機に、映像を見せることにした。ひとひにとって、七月七日は、セナ解禁日だ。

じいっとみいったあと、ひとひは急に、ゲラゲラ笑いだした。１９９０年。カーナンバー27。コースを叩きつけるように雨が降っている。

「めっちゃ、抜くなあ」とひとひはつぶやいた。「ざつに、抜いたはる」

「ざつ？　ざつってどういうこと？」僕はたずねた。

ひとひは考え、こたえた。「むてきに、ぬく感じ」。

「いま、セナがおったらどうやろね」と僕。

「いま、セナみたいなんは、フェルスタッペンくん」とひとひ。「めっちゃ抜くけど、負けるときもある。でも、おうえんする。おうえんしたくなんねん、なんか、かってに」

アイルトン・セナ
1960年3月21日生まれ、ブラジル出身。1984年から1994年サンマリノGPの事故で他界するまでF1で活躍。ポールポジション65回、通算41勝、チャンピオン3回。記録以上に多くの人の記憶に残る、伝説のドライバー。

09

モータースポーツの兄弟

この夏、ひさしぶりにツール・ド・フランスを三週間とおして見た。ランス・アームストロングのことがあってからしばらく、自転車レースを正視できなかった。七連覇した絶対的な王様が、証拠がすべてあがってから、ようやくドーピングを認め、その間の記録をすべて剥奪される。その瞬間、夢中でレースに見いり、寝る間を惜しんで声援を送った僕たちの時間も、べりべりと剥奪されてしまった。

4年ぶりにツールの前にすわったのは、6歳のひとひが連れてきてくれたのだ。僕はふだんからロードレーサーに乗っているし、本人もふだんから競技用のBMXで河原を駆けまわっている。ランス・アームストロングなんて、ひとひは知らない。ウルリッヒもバッソも、ジャラベールも、パンターニさえ知らない。今年も来年も、これからもずつと、ツール・ド・フランスは開催され、新しいチャンピオン、クライマー、スプリンターが登場する。

失われた七年間にこだわっていた自分がポカンと阿呆らしくなった。毎晩座布団を丸めてテレビの前に陣取るようになった。

トマ・ヴォクレールが、また逃げている。はじめは日本語で、ボエクラーとか呼ばれていたフランスの英雄。総合優勝は無理。ときに山岳ステージで優勝、ときにチャンピオンの証マイヨ・ジョーヌ。しんどいときは無理せず、最後尾をタラタラ走る。とにかく目立つのが好き、そしてよく目立つ。

シャヴァネルに、なんと、コンタドールまで走っている。なつかしい顔。ヴォクレールは今年引退する。かわりに元気な若い選手たちが、つぎつぎと画面に登場する。

ドイツ人スプリンターの、マルセル・キッテルは、まさしく車番44（ルイス・ハミルトン）のメルセデスAMGを思わせる。ストレートで伸びはじめると誰も手がつけられない。

オールラウンダーのフランス人ロマン・バルデは、最後のタイムトライアルまで、チャンピオンのフルームと競い合っていた。スペイン人バウケ・モレマとミケル・ランダは、コンタドールからなにかを引き継ぐだろう。

そして、僕とひとひの声援と喝采をもっとも浴びたのは、フランス人クライマー、ワレン・バルギルだった。僕はこんなむつかしい名前、きいたことがなかった。今年、ツール初登場。革命記念日の13ステージで区間優勝を遂げた。

最終週の決戦の日、超級山岳イゾアール峠の頂上ゴール。誰もが、マイヨ・ジョーヌの争奪戦を予感していた。が、チャンピオンのフルームが先手を打ち、ライバルたちを振り落としていく。と、するするっ、と集団から抜け出したバルギルが、超級の斜面とはとても信じられない勢いのまま、前をゆく先輩たちをつぎつぎと抜き去り、最終コーナーをたちあがると、二勝目、の意味か、ひとさし指二本を天に向けてゴールしたのだ。その勢いのまま青空の高みへと駆けのぼっていきそうだった。絶好調のときのマルコ・パンターニがいつもそうだったように。

「バルギル、すごい！」ひとひは叫び、カラスのように飛び跳ね、インタビューの最後の最後まで見入っていた。「チーズでも、チョコでも、おつけもんでも、すきなもん、たべはったらええねん！」

自転車レースは、ヘルメットをかぶっているが、顔がみえる。笑い顔、にらみ顔、もうだめだ、というへとへと顔。ときに、声もきこえる。汗がふりかかりそうなこともある。毎日、毎晩のように、人間のストーリーがうまれる。顔がみえ、声がきこえ、ひととひととがぶつかり合うから。

汚れた歴史ものみこんで、自転車レースの物語はつづく。ひとひとも今後、ともに歴史を連ねていく。モータースポーツの物語と、それは兄弟のように響きあっている。

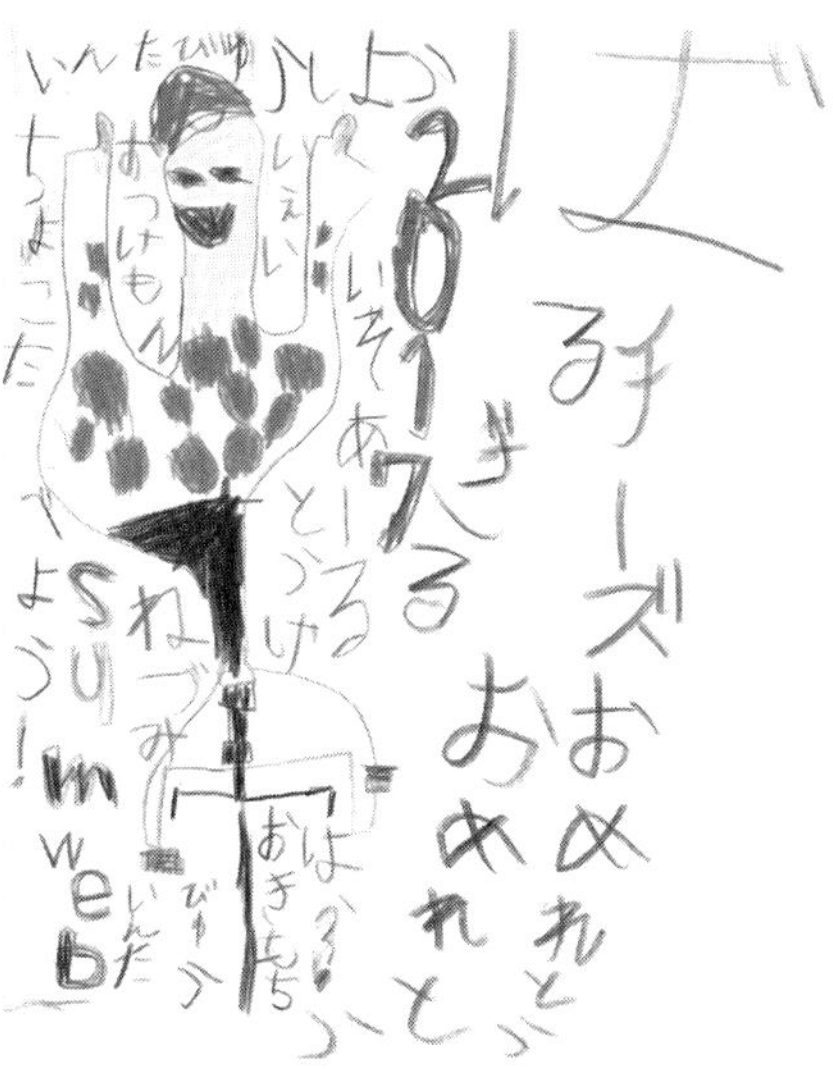

10 フィンランド・ラップ

夏休み。宮古島の地元スーパー「サンエー」のフロアで、息子のひとひが買い物カートを小走りで押し、WRC遊びに興じている。

「らとばらくん、キキーッ!」「ぬーびる、さいしょはええねんけど、おかしのとこで、ガッシャーン!」「くりすみーく、オーイ、どこいくねーん」などと叫びながら。

大半が、スピンかクラッシュで終わる（そのほうが楽しいらしい）。が、やけにキレのよい走りで、冷凍食品コーナーを立ちあがってきたひとひは、僕の前に、つ、と正確にカートを停め、「らっぴ!」と胸を張った。「らっぴは、ちょっとだけのドリフトが、めっちゃうまいねん」とのこと。

まっさらな目にうつる本物の安定。派手なドリフトが要りそうなコーナーを「ちょっ

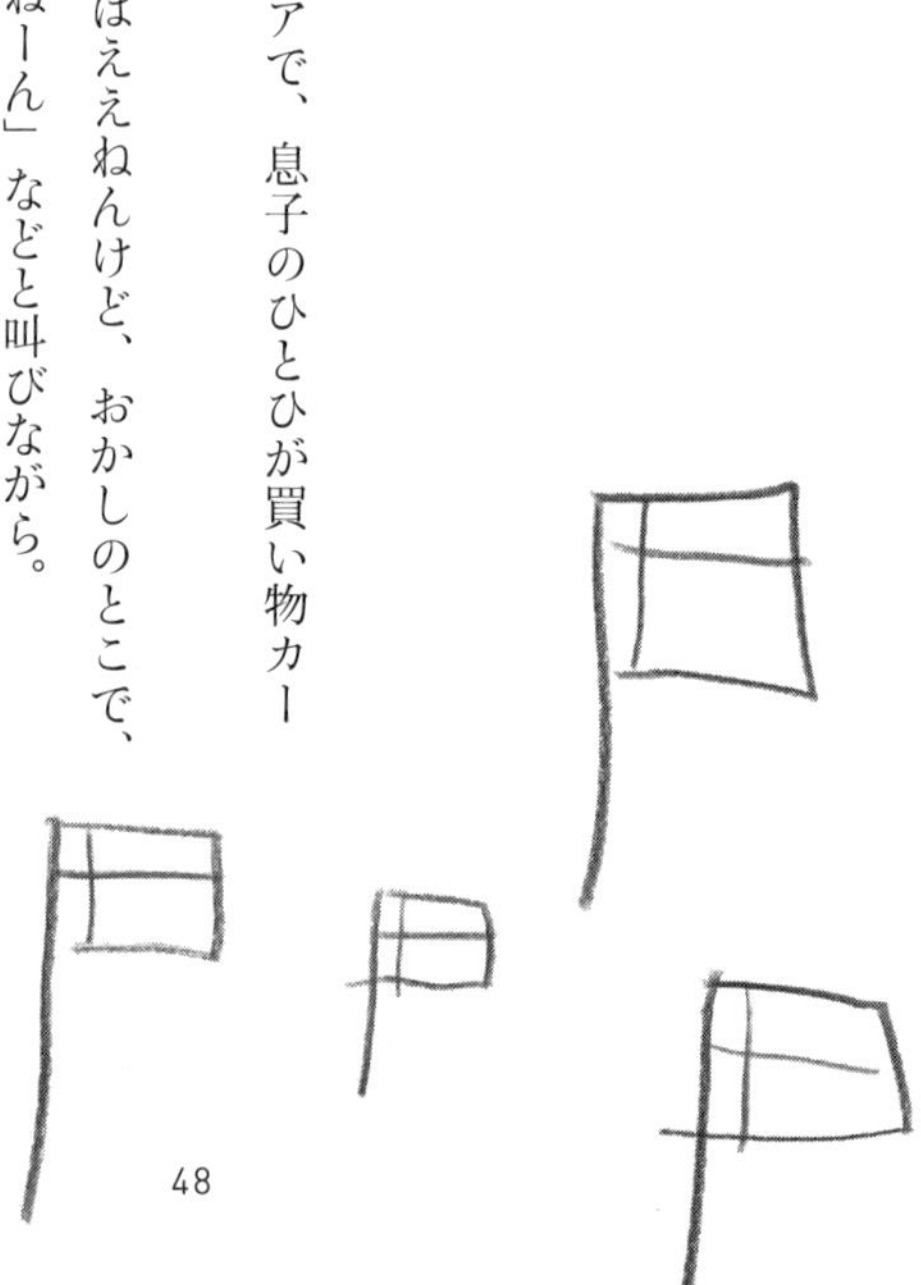

とだけ」の手つきで抑えてしまう。その、無理のない一連の流れが「めっちゃうまい」。

4歳くらいのころ、語呂がいいのか、フィンランド人ドライバーの名をラップするのが流行った。カンクネン、ミッコラ、アレン！　マキネン、バタネン、グローンホルム！

F1では、もちろんハッキネン、父ロズベルグ。ボッタスにライコネン。

フィンランドの少年はみんな、小学生のころから、ボブスレー、スノーモービル、それに、おとうさんのクルマで遊ぶ。氷の上でタイヤを駆動させ、滑らせ、停める。ヤリ‐マティ・ラトバラが父からフォード・エスコートをもらったのは8歳のときだ。

モータースポーツの肝である、なめらかな重心移動を、国民全員が身につけている。千葉や栃木あたりの走り屋より、ちょっとそこまで買い物、といったヘルシンキのおばあちゃんのほうが、まちがいなく、よほどスムーズに未舗装のコーナーをすべり抜ける。そうしたおばあちゃんの孫が、ヤリ‐マティであり、エサペッカ・ラッピなのである。

フィンランドといえば、一般では、ムーミン、そしてカウリスマキ映画が有名だ。カウリスマキの映画には、グラベルをぶっとばしてタバコを買いに行くおばあちゃん、といった設定の登場人物が、わりとよく登場する。そして男性をはねる。おばあちゃん、病院まで突っ走る。意識を取り戻した男性には記憶がなく、おばあちゃんはしょうがな

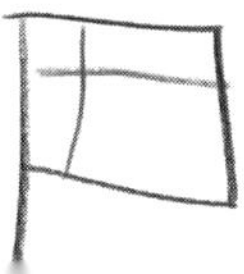

く、男性をひきとる。ともに暮らすなかで、おばあちゃんは、自分の人生がヒビだらけ、つぎあてだらけなことに気づく。男性はじょじょに、思いだしたくなかったことを思いだしてしまう、と、そんな映画だ。

ムーミンも、原作をひらいてみると、独特の「気味悪さ」全開である。「からだ」をもつ違和感。生と死のあいだの、ひとりひとり別のゆらぎ。

人口550万の国フィンランドから、これだけ多くの世界的ドライバーが輩出されているのは、自然、教育、レースをめぐる環境がもちろん大きいのだろうが、内面、生と死にかかわる独特のセンスも影響しているとおもう。死を求める、ということではない。生と死のまっしろな隙間を探し、そこを、命をかけて滑りぬけていく。夜でもなく昼でもない永遠の薄暮。フィンランドのドライバーはひとりひとり、胸のなかにそれぞれの白夜をもっている。

ライコネンは、ラトバラは、その白い夜のなかに、かっと目を開いて走りこんでいく。日常で頻繁にオーロラを見ている目で。その先にあるのは、明朝の曙光か、あるいは、岩にぶつかってのクラッシュか。それを確かめるため、証明するために、フライング・フィンはアクセルを、一生の重みをかけて踏み込む。

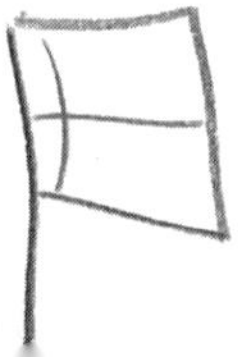

カンクネンもロズベルグもそうだった。フィンランドのドライバーの目には、まっすぐな直線も、曲がりくねった複合コーナーにうつる。そこをいつも、「ちょっとしたドリフト」で滑りぬけてゆく。追いかけるのはゴールでも、チェッカーでもない。真っ白に燃えさかる、自分の「いのち」なのである。

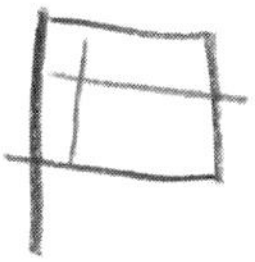

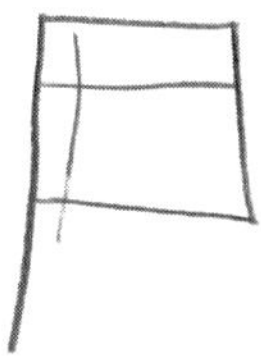

11 1000キロの大きさ

「いちコーナー、エスじー、ぎゃくバンク、だんろっぷー、でぐなー」と、頭に思い浮かべながら、一年生はつづける。「へあぴん、200、スプーンカーブ、にしストレート、130アールにはいりましたっ！　のびるのびるのびる！　しけいんっ！　さいしゅうコーナーたちあがってくる！」

ひとひの初鈴鹿は4歳の春。2015年春のイベント「ファン感謝デー」。まだ余裕でサーキットホテルの「コチラ・ファミリールーム」の予約がとれた（ご存じないかたのために。コチラとは鈴鹿サーキットのキャラクターで、ツナギ姿でサーキットを走る恐竜の子どもです）。ロビーで遊んでいたら、フロントでもたもた財布を探している大柄なおじさんがいて、もしや、と思ったら「日本でいちばん速い男」だった。はしゃい

で駆け寄ってきた4歳児に、星野一義監督はふり向き、しゃがみこみ、真剣な表情で、

「いいかっ！　とにかく、べんきょうだぞ。いちにべんきょう、にべんきょう！」

べんきょう、なることばを初めてきいたひとひは、嬉しげに、うん、うん、とうなずいた。大浴場にいく途中、背の高い外国人の青年が笑いかけてくれて、ひとひとハイタッチした。あとでパンフレットを見ると、有望な若手、ストフェル・バンドーン、と紹介されていた。その日の夜、満席のレストランで、「日本でいちばん速い男」自ら、たったひとり、まるでピットスタートみたいに、入り口の行列の最後尾についていた。

「永遠のライバル対決、星野一義vs中嶋悟」では疑惑の超ロケットスタートで勝利。ひとひ歓喜。もうすぐ7歳になるひとひの自転車チェーンのナンバーは、「12番」を基本に入れ替えたり付け加えたりしたものだ。

ほぼ毎年「ファン感」と、「サウンド・オブ・エンジン」にはかよっている。パドックをうろついているうち声をかけられ、抱っこされて、RC FやGT‐Rの運転席に座らせてもらうことも。ドライバーもメカニックも、監督も、クルマ好きの子どもが大好きだ。それは、大人である彼らも子どもだからだ。大人が子どものまんま成長して就ける仕事が、鈴鹿サーキットにはずらりそろっている。

「1000キロってどれくらい大きいん?」

「えーとな、京都から、九州の端の鹿児島まで、トンカツ食べにいくくらい大きい」

小学校にあがって足し算、引き算を習うと「距離」「大きさ」「速さ」にいっそう敏感になる。1000キロってたぶん、百万長者や億千万と同じ「想像をこえたスケール」にうつっているんだろう。テレビ観戦の画面をみつめながら「これ、すずかかー」とため息をもらす。「なんか、すずかって、エフワンと、ジーティーと、8たいと、すーぱーひょーむらと、ぜんぶ、ちゃうやんな」(フォーミュラがまだいえない)

「へえ、そうかなあ」

「そやで」とひとひ。「かたちはいっしょにみえても、はしったら、ぜったい、ぜんぶちゃうねん。きょうは、130アールのまえの、にしストレートが、めっちゃ、ながいん」

子どもにしかつかめない感覚、というものはきっとある。レーサーにしか把握できないコース上の実感に近いのかもしれない。大人になるにつれ目にみえる風景や映像しか信じられなくなりがちだ。4歳児は星野一義やバンドーンと同じ世界にとびこんでいける。6歳もきっとだいじょうぶ。おっさんでも、GTの爆音のなかにコチラくんの吠え声がきこえるんなら、まだまだいけるんちゃうかな。

ケーヒンのリアタイヤが「めっちゃながい」西ストレートにたどりつかないうち、悲鳴をあげてバースト。ナカジマレーシングの64号車がトップチェッカー。レイブリッグの100号車といっしょに「NSXみっつで、いっしょにゴールしたらよかったのに！」と、ホンダファンの一年生が身をよじる。大人である子どもたちの夏がこうして幕をとじる。

鈴鹿サーキット
三重県鈴鹿市にある、自然の地形を生かしたレイアウトで世界的に評価の高い国際レーシングコース。F1日本GP、スーパーフォーミュラ、二輪の鈴鹿8時間耐久ロードレースなどの舞台となっている。「鈴鹿1000㎞」は1966年から2017年まで開催されていた耐久レース。その後2018年からは「鈴鹿10時間耐久レース」と名称を変更、GT3世界統一戦として夏の風物詩となっている。

12 スペイン生まれの夢

どうもそうなるらしい、と、ひとひにニュースを伝えたら、すぐにこの絵を描いた。描いている途中、「おとーさん、あっちいっといて！」といわれ、隣の八畳間に撤退し、襖の端から覗いたら、スペイン国旗、日の丸につづき、派手な文字で「あ、り、が、と、う」と書いたのに、正直、虚を突かれた。

一瞬タメを置いたあと僕は、そうやな、と思い直した。ほんま「ありがとう」や。

２０１５年のシーズン前、Ｆ１ファン、Ｆ１関係者で、こころの沸きたっていなかったものが、この世にいるだろうか。マクラーレン・ホンダがサーキットに帰ってくる！

そして、世界でいちばん胸をときめかせていた人間こそ、そのシートに座ることが決まっていた、スペイン生まれの、このドライバーだったにちがいあるまい。

1年目、ドライバーは、フォーミュラワン講座の先生のようだった。あるいは、身の内奥にフォースをたたえた老師のようにふるまった。どんなトラブルにみまわれようが、深い笑顔で受けとめ、チームメイトやスタッフを気遣うコメントを発した。

2年目、目つきが変わった。俺が今ステアリングを握っているこのマシンは、マクラーレン・ホンダなのか。それとも。たしかめるようにドライバーは、ハンドルをまわしつづけた。操舵については、現役どころか、史上ナンバーワンかもしれない、その技術で。マシンと対話をつづけるうちドライバーは、3年目を迎える前、ある結論を得たのだろう。

クルマが間違っている、とはいわない。ただ、タイミングが悪かった。ホンダもマクラーレンもドライバーも、今回は、ちょうど間の悪い出会い方をした。流れを変えなくてはならない。でないと、レースはうまく運んでいかない。だからドライバーは、ステアリングをまわした。大きく舵を切ったのだ。

その流れに、皆が乗った。3年目の半ば、マクラーレンは新たなエンジンを得ることになった。ホンダは、若々しいシャシーと「期待」を得た。ドライバーはなにを得たのか。自信たっぷりに見える。いいクルマをよこせ、金をよこせと、わがまま放題いっているようにも見える。

でも彼は、泥をかぶった。サーキットでいちばん汗をかいてきた。ひとり、懸命に、全身で戦った。

ドライバーに僕は、やはり、ありがとう、といいたい。2018年シーズン、僕とひとひは、トロロッソ・ホンダを応援するだろう。それにつながるレッドブルを応援し、マクラーレン・ルノーが失速し、有能らしいスタッフたちが頭を抱えるのを見たら、ほんのちょっぴりスッとするだろう。でも、スペイン生まれの彼には、たえず視線を注ぎつづけたい。稀代の操り手、「全身ドライバー」、フェルナンド・アロンソ。

こんな夢をみる。いつかホンダエンジンが完成し、マクラーレンがそれを望んだとき、彼がふたたび、そのシートに収まってくれたらと。それだけでない。ステアリングを切り、いうのだ、「これこそマクラーレン・ホンダだ！」と。最年長ドライバーの彼が、引退試合のスペインGP、あるいは鈴鹿で、優勝を遂げる。同じスペインの英雄、自転車ロードレーサーのアルベルト・コンタドールが、ブエルタ・エスパーニャの山岳ステージで最後で最高の一勝を挙げたように。本人もきっと、理屈でなく夢見ている。マクラーレン・ホンダという名のマシンで、白黒の旗が激しく振られるゴールに飛びこむ瞬間を。すぐれたF1ドライバーは、子どもを裏切らない。子どもの頃、胸に描いていた夢を、ぜったいに諦めたり、「現実」なんて言い訳で薄めたりしない。ひとひの「ありがとう」は、時空をこえて、同じ年頃のオビエドの少年にもきっと送られている。少年フェルナンドは、幼いころ、ブラジルの英雄が駆るマクラーレン・ホンダのミニカーしか、持っていなかったという。

フェルナンド・アロンソ
1981年7月29日生まれ、スペイン出身。2001年に19歳でF1デビュー。2005年にルノーで当時最年少チャンピオンとなり、2006年を連覇。フェラーリなどを経て、2015年から2017年をマクラーレン・ホンダで戦う。このコラムは、マクラーレンとホンダのパートナーシップが2017年で終了すると噂されていた時期に書かれた。

13

鈴鹿の剣さん

日本グランプリで、クレイジーケンバンドの横山剣が国歌を斉唱する。当然だ。毎年恒例にしてもOKなくらいだ。

5歳で見た映画『グラン・プリ』が、クレイジーケンワールドの原点。小学校低学年にして、F1、日本グランプリ、クラブマンレースと、ひとりレース観戦に出かけていくように。実父は免許がないのにプリンス・スカイラインに乗っていた。継父はトヨタ

系の販売会社のセールスマンで、休日はヨタハチでアマチュアレースに出ていた。生まれ育った横浜・本牧は、野犬のドッグランみたいに凶暴なアメ車が走りまわっていた。

乗り継いできたクルマはサニー、オールズモビル・カトラス、ベレG、BMのマルニ、マスタング、オースティン・ヒーレー等々。クールスRCのボーカルをつとめて以降、いくつものバンドを経たのち、1997年にクレイジーケンバンドを結成。2002年に初めて全国ヒットしたシングルが『GT』だ。

『あるレーサーの死』『太陽のモンテカルロ』『香港グランプリ』等々、レースを唄った作品も多数。うちの息子ひとひは1歳のころから、クレイジーケンバンドのCDで、インパラ、ベレG、シビック、ビート、マセラティなどの車種名を覚えた。

横山剣にとってクルマは、スタジオであり楽器でありタイムマシンであり、父でありガールフレンドであり息子であり、そのときの自分をうつす鏡でもある。だから、生きていること、生きるほかないことの実感が、ハンドルを握り、クルマを走らせることに、分かちがたく結びついている。それは、ラリーでもレースでも、アクセルを踏みしめるときにこそ、リアルな生を実感できるドライバーたちと同じだ。

身近で生死にかかわる出来事があるとき、うちではごく自然に、クレイジーケンバンドの音楽がかかる。生きていると、ときに、乗りこえようのない哀しみに出会う。胸はつぶれ、顔には穴があき、涙も涸れてもう出てこない。なにかで紛らわすことはできないし、まちがいだ。そんな大きな哀しみなら、一生大事に、大切にかかえ、ひとは、さらに先へ生きていくほかない。

横山剣の歌は、陽気なものもふくめ、全部そんな感じだ。どうしようもない哀しみ、もう二度とめぐってこない喜び、たったひとりになってしまった自由と切なさ、横山剣は、生きていくなかで出会ったすべての感情を歌詞とメロディーに変換する。そうしないと生きている実感がしない、というより、生きられない。クルマが好きだから歌にするんじゃない。レーサーたちと同じく「クルマを生きている」から、自然に歌がうまれるのだ。

3年前、うちの近くのライブハウスで初めて会った。音楽にまつわる本のなかで僕はクレイジーケンバンドに触れ、「剣さん」はその帯に推薦文を寄せてくれた。京都で一夜限りの「横山ロックンロール小学校」が開校されたのは2年前。校長の剣さんじきじき「ロックのうたいかた」と「ロックのれきし」を講義する。終了後、大人ばかりの生徒を代表し、6歳のひとひが生徒代表として答辞を読んだ。打ち上げの席にもっていった30台以上のミニカーを、剣さんは真剣に、一台一台検分し「お、イーネ、R32じゃん」

「ビートはやっぱ黄色だよな」などとコメントしていった。自分の子供時代をないがしろにしない人間は子供から目をそらさない。カラオケでは剣さんとひとひが選曲を担当し、最後にふたりでシャネルズの『ランナウェイ』をうたった。ランナウェイ、走っていけ、いま！

鈴鹿サーキットに立つ剣さんを思う。国歌をうたうとき剣さんは、日本人として生きてきたすべてを思い起こし、全身全霊で声を発するだろう。きっと、日本で行われるGPでしか起きえないことが起きる。横山剣が君が代を歌い終わるそのとき、スタンドを埋めつくす8万人の前へ、半ば透きとおった、明仁天皇（現・上皇陛下）の駆る愛車ホンダ・インテグラが、最終コーナーから立ちあがってくるかもしれない。

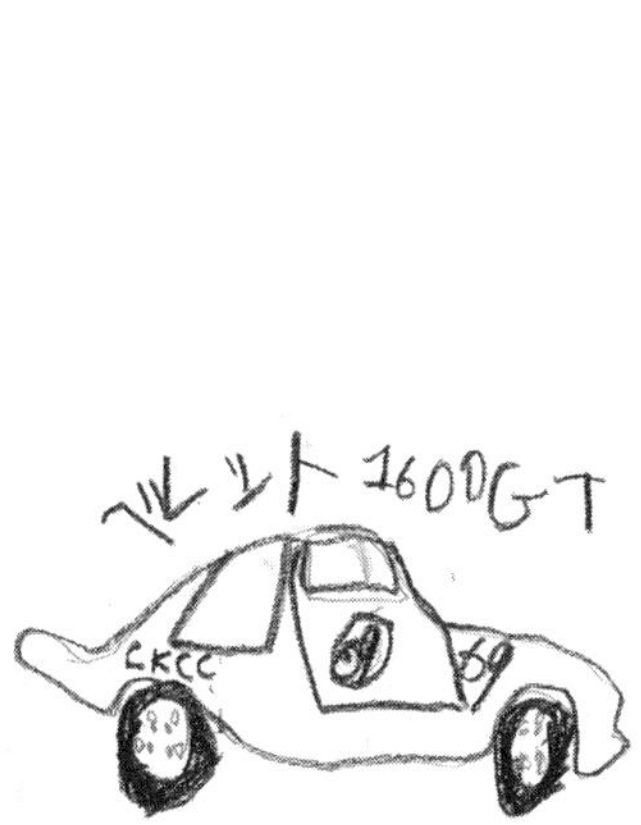

14

靴を脱ぐ日

今年の鈴鹿は、「とにかくクルマが速かった！」とのこと。現地で観戦したMさんによれば、「見ていて、こわいくらい。そんなにスピードが出ていないはずのヘアピンでぶつかっても盛大に壊れてました」

僕はそのとき京都にいた。もと小学校のイベント会場で、その場で掌編小説を書いて即売する、というパフォーマンスを披露しながら、ノートパソコンで流しっぱなしの現地映像を横目で凝視しつづけた。翌日、京都でのクレイジーケンバンドのライブにいったら、前に座った若夫婦から「きのう、親子連れで、スズカ、いかはったんですか」と訊ねられた。たまたま、僕がホンダレーシング、ひとひは跳ね馬の描かれた服を着ていたのだ。終演後ひとひは、横山剣さんの顔を描いた、オートスポーツをたずさえ、ステ

ージ裏の楽屋をたずねた。前日、鈴鹿で国歌をうたった剣さんはページをめくりながら、

「オートスポーツ！　ずうっとむかしから読んでるよ！」

といって、ひとひの頭をなでてくれた。

映像で目にした日本GPのクライマックスが、ダニエル・リカルドによるエステバン・オコンへの、1コーナーアウトからのオーバーテイク・シーンだった。前戦マレーシアでのハイライトが、やはりマックス・フェルスタッペンが44番を抜き去った場面だったことを考え合わせると、今年度の終盤にきて、レッドブルのふたりが主役級の顔をみせてきた、といってよいだろう。とくにリカルドは今年、16レース中3度のリタイアをのぞけば、すべて5位以内にはいっている（ハミルトン、ベッテルですら、1度ずつ7位まで陥落した）。

２０１４年シーズンからずっと、ひとひはリカルドが大好きだ。はじめて一年通して見たシーズンだったし、それに、あの年の、それぞれ衝撃的だった3勝を目の当たりにすれば、誰だってリカルドが大好きになる。速い、強いのはもちろん、リカルドは他のドライバーたちとくらべ、人間の存在のしかたがどこかしら違ってみえる。

青空を飼っているみたいな笑顔。カメラを抱えての他チームの突撃取材。世界じゅう

を唖然とさせた「シューイ」。そして今年の日本GP。剣道着をつけ、「コテー、ドー、メーン！」叫びながら竹刀を振り下ろし、稽古相手の頭の紙風船を割る映像を、ゲラゲラ爆笑しながら見た家族は、うち含め、何百万といるだろう。

自分が楽しむと同時に、本心から、まわりをも楽しませようとする。そうするのが当たり前、本人の自らをなぞらえる動物「ミツアナグマ」みたいな野性の本能で、サーキットの内外かかわらず、まわりを幸福でつつみこむ。人間のスケールが、並のチャンピオンたちにくらべ、三まわりくらいでかい気がする。僕たちのいるこの世界は、リカルドという存在によって救われているところが多分にある。

相方のフェルスタッペンとは好対照だ。寡黙な天才肌。生まれてきたときから未来を託されたサラブレッド。ただ、少年マックスだって、リカルドとともにいるときは、なにか暖色のオーラみたいな光につつみこまれ、ほっと息をついているようにみえる。

ダニエル・リカルドがチャンピオンになる日、きっと世界じゅうに幸福の雨がふりそそぐ。みな裸足になって、濡れた敷石の上で躍り狂うのだ。宇宙なみの笑顔でみんなつながって。そのとき乗っているのが日本製のエンジンを積んだ赤い牛、しかも高々とオーストラリア国旗がはためくのが鈴鹿サーキット、というのは夢想が過ぎるかもしれないが、もしこの世界がそんな形でリカルドに返礼をする日がきたとしたら、今度こそ鈴鹿で、ポディウムの下で靴を脱ごう。そして、真上から振りまかれるシャンパンの雫を受け、全員でシューイを叫ぶのだ。

ダニエル・リカルド
1989年7月1日生まれ、オーストラリア出身。2008年からレッドブル・ドライバーとなり、2011年にHRTからF1デビュー。トロロッソからレッドブルに昇格して2014年に初優勝。「シューイ」はオーストラリア発祥とされる祝いの儀式で、F1ではリカルドが表彰台でレーシングシューズを脱ぎ、シャンパンを注いで飲むパフォーマンスを披露して、おなじみとなった。

15

雨の記憶

雨降りのつづいた、十月の半ば。京都では、時代祭が「順延なしの中止」。過去に、明治天皇の崩御、関東大震災、太平洋戦争と、名だたる大事によって中止されたことはあっても、天候を理由に取りやめになるのは、これが初めてのことだ。

そして、同じ月に行われる予定だったスーパーフォーミュラ最終戦。こちらも順延なしの中止ときかされ、僕は息をのんで空をみあげた。何十万人がいま、とりどりの灰色

を素手でかきまわしたような、この同じ雨空をみあげているだろう。

雨は分け隔てしない。海に、古都に、サーキットに、ひとしなみに降り注ぐ。空をみあげ、晴れ、と吐息をついたとして、しばらくしてふと見あげれば、黒雲は容赦なくやってきて、空の青を覆い隠してしまう。ただ、走る側はたいへんだけれど、見ているほうとすれば、雨雲がたちのぼり、銀の粒がいまにも降り落ちそうななかのスタート、といったシチュエーションには、胸の鼓動が高まる。台風の直撃を、ひそかにわくわくと待つ、こどもの心情にもどってしまう。

雨のレースの魅力を、タイヤ選択や作戦面でいちいちあげていくよりも、僕はまず、人類最高のテクノロジーの祭典に、大自然が大幅に介入してくる、巨大なスケール感を強調したい。どんなハイブリッド技術が発達し、空力上革命的なウイングが開発されても、人類は、雨をとめる術を知らないし、たった五分後の天気さえ、完璧には予想できない。

とはいっても、古今東西のレース関係者のうち、サーキットに屋根をつけよう、などと本気で考えたひとはたぶんひとりもいない。風が吹きつけ、陽光が照りつける。雨が降りしきればコース上が奔流になる。サッカーやマラソンも同じ、自然こそ、あらゆるスポーツを成立させる大前提なのだ。

雨といって誰もが思いだすのが、近年では2016年のブラジルGPにちがいない。どしゃ降りのなか、抜けるはずもないアウトからニコ・ロズベルグに襲いかかるRB12。リアタイヤから後ろへ噴きあがる水煙は、まっしぐらに飛ぶ彗星の銀の尾にみえた。世界中のレースファンの目に、新しい彗星、マックス・フェルスタッペンが飛びこんでいった瞬間だ。

WRCなら、小学生の頃ニュース映像でみた、たぶん1976年のサファリ・ラリー。夕刻に豪雨が降り、コースは泥の海に。トヨタもニッサンもランチアも三菱も、なにもかも真っ暗でまったく見分けがつかない。日中には川水が氾濫し、サバンナにできた激流のなかを、ライト付きの洒落たモーターボートが進んできた、とおもって見ていたら、ランチア・ストラトスだったり。

そして「雨のセナ」。84年のモナコ、どしゃ降りの雨が叩きつけるなか、トールマンの新人セナは、抜けないはずのこのコースでケケ・ロズベルグを抜き、ラウダを抜き、プロストを抜こうというその瞬間、レースが中断。あれは勝っていた。いや、勝ったぞ、雨がそう告げていた。だからガッツポーズしながら、トンネルへと突っこんでいったのだ。

多くのひとがベストレース、というか、生涯一の思い出にあげるかもしれない、91年

のブラジル。スタート時、ほんとうの雨はまだ降りだしていなかったが、セナの存在自体が雨雲だった。あるいは、水になっていた。サーキットをうねる奔流となって、ライバルたち全員を飲みこんだ。勝利の瞬間、セナの喉から雷鳴が響きわたった。ポディウムの上のあの笑顔ほどうつくしい「雲」を僕はほかに知らない。涙とシャンパンが顔を濡らした瞬間、雨雲は一気に空じゅうにひろがり、ブラジルの土地という土地をすべてセナの涙で濡らした。

　雪は天からの手紙、ということばがある。雨は、空からの声だ。空と陸とをつなぐ銀の橋だ。その声にもっともよく耳を傾けるものこそ、人間を越え、一筋の水流となって、誰よりも速くサーキット上をほとばしることができるのだ。

16

めざめたサーキット

ジェームズ・メイの『夢のおもちゃプロジェクト』に、現在、ひとひともども夢中だ。もともとは、イギリスで２００７年からはじまって、10のエピソードが制作された人気番組『トイ・ストーリーズ』を、日本語版に吹き替えたもの。これもイギリス産の人気番組『Ｔｏｐ Ｇｅａｒ』の名司会者「キャプテン・スロー」といえば、ああ、とにやつきながら、ジェームズの顔を思いだすかたは、多いんではなかろうか。

誰もが幼いころ、おもちゃで遊びながら、「これで、こんなことができればなあ」と、夢見たことがあるはずだ。レゴで作った家にひとり住んでみたい。実物大のプラモデルに乗りこんでみたい。ジェームズもそんな少年のひとりだった。そして、成長したいま、こどものままのこころと大人のアイデアをつかって、夢を実現させようと考えた。

330万個のブロックを使って作りあげたカラフルなレゴハウスには、レゴのシャワーや電話までついていた。一分の一モデルの戦闘機スピットファイアはFRP製で、プラモデルなんかみたことのない高校生たちと協力しあって組み上げた（ほんとは全部ひとりで作りたそうだったが）。

そして少年ジェームズは、こんな夢をもっていた。「いつか、スロットカーのトラックで、ほんもののサーキットを作りたい」。大人になった少年が目を向けたのは、ロンドン南西で眠りつづける、かの有名な「ブルックランズ」だ。

1907年にオープンした、世界最初のモータースポーツ専用サーキット、ブルックランズは、一周、4・4キロ強のオーバルトラック。コンクリート舗装のバンクを駆け抜けるレースカーの、白黒映像を見たことがあるかたも多いのでは。1939年、第二次世界大戦のため政府に徴用され、飛行場兼軍用機工場に。それからずっと、ブルックランズは眠りつづけた。舗装は雑草まみれ。コースを横切って道路ができ、フェンスが立ち、小川が流れ、家が、オフィスが建てられた。

少年おとなのジェームズは、70年ぶりにこのブルックランズでレースを開催することにした。

地元に住む、中年女性も老人も、頬を真っ赤に染めたこどもたちも、ジェームズの計画を知って跳ねあがり、いそいそと手伝いに集まってきた。みな、自分たちの住む場所がどんなところか、もちろん、知っているのだ。

トラックはまず、コンクリートのコースから敷かれた。フェンスを急坂の上り下りで乗りこえ、池には塩ビパイプで浮き橋を架け、道路の下の配水管にトラックを通した。人家の庭を横切り、オフィスの2階までらせん状のトラックを上がった後、一気に下り、コンクリート舗装のスタート地点に戻ってくる。ドライバーたちは、トラックの細かく分けられた部分をそれぞれ運転する。

4・4キロのコースが組み上がった直後、ジェームズはハンドマイクで大観衆に叫ぶ。You are here to Race! と。二台のスロットカーがスタートラインにつく。スロットカーマニアたち運転のメルセデス。地元民選抜が運転するアストン・マーティン。盛大なカウントダウンにあおられ、ジェームズが思いっきりフラッグを振りおろす。

信じられない出足の二台。地元チームはじつは実車による教習でサーキット走行の基礎を身につけているのだ。トラックの真横で歓声をあげるひとびと。つぎつぎに襲いくるトラブル。ひるまず、二台は走りつづける。

そのうち、僕もひとひもみた。ブルックランズが目ざめるのを。その姿は、老人などではなかった。レースの行われているサーキットは、いつだって真新しい。

ブルックランズは息づき、そして微笑み、自分の上を走りまわる、ほんとうにちっぽけなレーシングカーと、あとにつづいて猛ダッシュする、子どもたちを見つめた。ジェームズ・メイがフラッグを掲げる。ブルックランズがまぶしげに目を細める。アストンが、メルセデスが、遊ぶ子どもたちのように笑い合いながら、曙光に縁取られた、夢のゴールへと飛びこんでいく。

17

横綱へのエール

物心ついたときには、走るカタカナの、あのマークがそばにいた。１９６０年代の終わり、爆発的に売れた、コロナ１６００デラックス。父がつぎに選んだのは、発表されて間もない初代マークⅡだった。その後部座席で僕は、よしだたくろうを浴び、ドリフターズを聞き、喘息を発症し、そうして、窓外を眺めながら、高度成長期まっただなかの日本の舗装路を走り抜ける、幾多の国産車、外国車のシルエットをおぼえていった。

まったく同じ経験をもつ同時代のひとが、この国に何百万人もいるだろう。

マークⅡの時代はつづき、小学校、中学校にあがったぼくは、「たまには、ゼットとかシビックにも乗ってみたらええのに」なんて思っていた。スーパーカーブームがやってきて、国産のクルマのなかで、トヨタ２０００ＧＴは別格となった。当時はＮＨＫで、

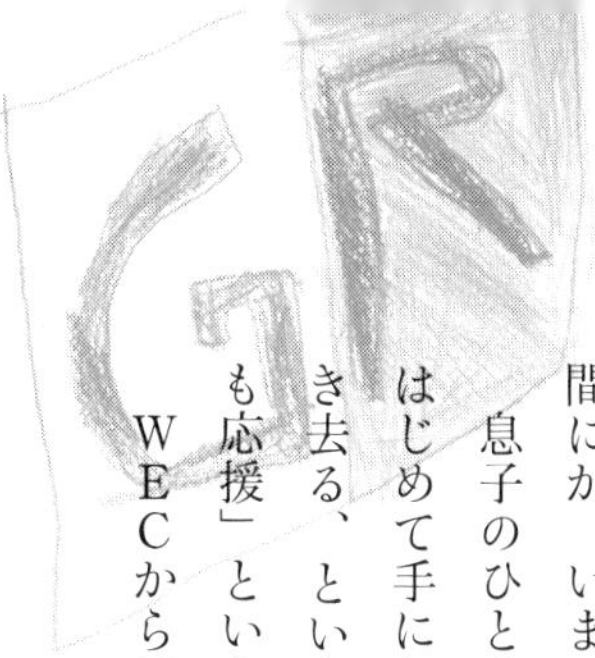

サファリ・ラリーのダイジェストなどやっていて、セリカの初勝利は兄弟で飛びあがって喜びあった。

十代後半から二十代前半を過ごしたバブル飽和の時期、トヨタのマークは僕たちの視野から遠ざかった。大学生がバイトして中古の911カレラを買えた時代。ソアラに乗っている奴らはたいがい親のスネかじりで、まわりから冷笑されていた。日本のメーカーでは日産やホンダのほうが目立っていた。とはいえ、オッサン車とたかをくくって乗りこんだセルシオの走りには心底ぶったまげた。

いっぱい売って、おおぜい雇い、冒険せずに、まっすぐ中道をゆく。寄らば大樹の陰。安全運転。平凡なデザイン。そんなイメージのこの会社が、振り返ってみれば、いつの間にか、いま、希有のマニュファクチャラーとして、全世界でレースを戦っている。

息子のひとひは2歳でWECのファンとなり、当然、ル・マンでの勝利を祈ってきた。はじめて手にし、読みこんだマンガは、とうふ屋の息子がAE86でランエボやR32を抜き去る、という話だった。小学校にあがったいま、「心情的にはホンダ、でも、トヨタも応援」という、日本人らしい曖昧な態度で、モータースポーツ観戦に向きあっている。

WECからアウディにつづき、ポルシェまで撤退し、ぽつーんとひとり。2018年度には、参戦を表明している、世界中のプライヴェーターたちから、挑みかかられる構図になる。ジャパンバッシングとは別の意味で、トヨタはたぶん、悪役＝ヒールとして、シーズンを過ごすことになるだろう。考えてみればわかる。もしトヨタが撤退し、ポルシェ一社だけが残ったＷＥＣに、小さなチームが次々に挑んでいったとしたら。レース好きなら誰でも（ぼくだって）、マイナーチームの下克上を見たいのではないか。

　そう話すと「ちゃう。やっぱりトヨタおうえんする。ル・マン、ふたつとも勝つで」と、小学一年生はいう。「ガズー・レーシングが、いちばんや！」

　そのガズー！　ぼくは18年前、駆け出しの作家だったころ『Ｇａｚｏｏ Ｃｌｕｂ』なる会報誌に連載ページをもっていた！　内容を忘れてしまったので、当時の編集長・宮崎秀敏さんに連絡し、ページの写真を送ってもらったら、「電子メールが送れない」「誰かが勝手に『いしいしんじのホームページ』を作ってしまって困った」など、自分がいかにメカ音痴か自慢するようなコラムで、こんな人間がよくオートスポーツなんかで連載をもっているなあ、と呆れてしまう。が、考えたら、この『ピット・イン』も、メカ音痴のレースコラムそのものである。なんの進歩もない。

　ならばメカ音痴らしい意見として、来年度のＷＥＣについて。「横綱は、強くないと

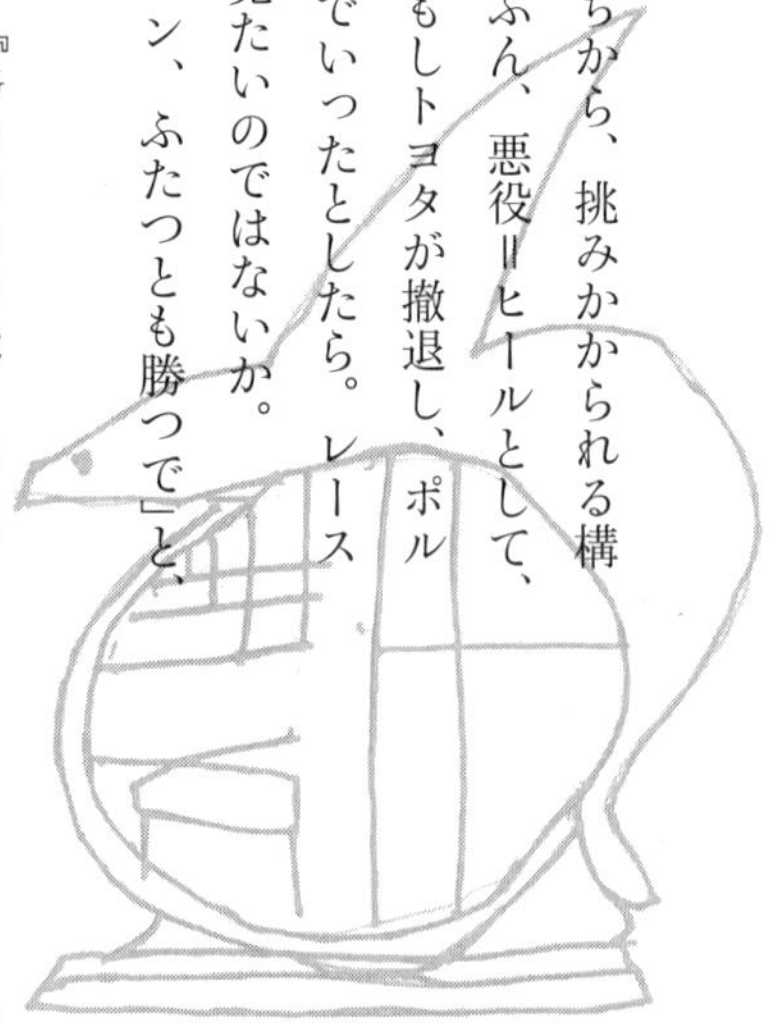

こまる」とだけいっておきたい。ただ強いだけじゃなく、常に勝ち、しかも、競い合って勝った相手に、目に見えない光を、ほかで得られない時の結晶を、惜しみなく分け与えることができる。富士で、スパで、そしてル・マンで、そんな大きな横綱として君臨するトヨタに逢えることを信じている。

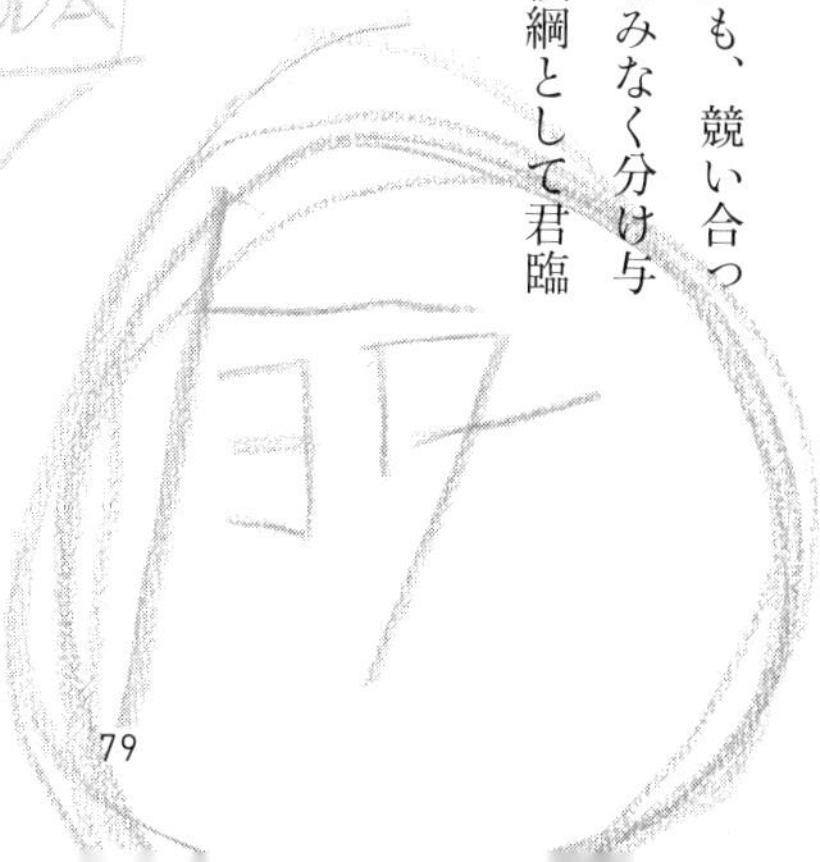

18

赤と白のクリスマス

ここ数年、鈴鹿サーキットのパドックから客席を眺めたり、映像を見たりするたび、「この感じ、なーんかに似てる。なんやろ、違和感ていうか、デジャヴていうか」なんて感じながら、ずっと、その正体がつかめずにいた。それが昨日。息子ひとひのひとことで、やっとわかった。

「おとーさん、むかしのマクラーレン・ホンダのいろって、サンタクロースさんのふくと、おんなじやんな」

そう、僕が鈴鹿サーキットでF1サウンドの洗礼を浴びた1988、1989年頃、鈴鹿サーキットの客席に、家族連れなんてほとんどいなかった。あるいは、いたとしてもものすごく地味に、隅のほうで身を寄せ合っていた。バブル全盛時、F1人気爆発時代の鈴鹿は、ボディコンとアルマーニの発展場だった。イケイケおねえちゃんとイタリアンなおっさん。華やかというよりど派手、拍手より絶叫。

　そして当時のクリスマスも、まさしくそのとおり。青山通りがほんとうに、Ｗ２０１（メルセデス）、Ｅ30（ＢＭＷ）であふれかえっていた。若い男女がホテルにしけこむための「口実」と化したクリスマス。いまからふりかえれば、みんな、こんなのはもう長くつづかない、と、そう内心でわかっていた気がする。だからこその、過剰ともいえる祝祭感。オープンカーで花火を打ち上げながら首都高を疾走する。そんな風景が当たり前だった、ほとんど暴力的な、20世紀終盤の12月24日夜。

　それがいま、21世紀初頭には、鈴鹿もクリスマスも、みごとなまでに家族のものになった。サーキットの観客席には、フェラーリやレッドブルのつなぎを着た少年少女があふれている。12月に夜の繁華街を歩いてもほとんどセックスの匂いなどしない。さっさと家に帰って、こどもとマリオカートかポケモンだ。

「おとーさん、フェルスタッペンくんとリカルドくんて、なか、よすぎちゃうか」

　と、ひとひ。Ｆ１の各チーム、ＷＲＣやＷＥＣのドライバーたちが、ここ何年か、フェイスブックやツイッターで、クリスマスの挨拶を公開している。ベッテルとライコネンはクリスマスキャロルを合奏し、オジェはリゾート地での写真とともにメリークリスマス。ハミルトンはハミルトンらしく愛犬と薄暗い部屋で3ショット。そして、レッドブルのふたりは、ひとひもいうように、異様な仲の良さを見せつけ、クリスマス衣装を身につけて（リカルドがサンタ、マックスが妖精）、雪合戦やジェスチャーゲームに興じている。

「欲」を競い合うチキンレースのようだったバブル期のクリスマスは、やはり異様だった。

あれはあれで経験して悪くなかったが、ずっとあのままだと国の品性がきっと、取り返しようもなく壊れた。クリスマスは、本場のドライバーたちが示してくれるように、競い合うことをいったん休み、手をさしのべ、笑い合う場なのだ。そして、おとなはこどもに戻り、こどもたちはほんのちょっと背伸びしておとなになる。みながゴールし終わったあとの、鈴鹿のコース上のように。

年の暮れ、鈴鹿サーキットホテルでは、モータースポーツ好きの家族が集い、キャラクターのコチラくんらと、それぞれ特別な夜を過ごすだろう。日本だけでなく、世界じゅうの家で、ジェスチャーゲームや合奏が、24時間以上にわたり、家族から家族へ、伝言ゲームのようにくりひろげられる。24日から25日にかけて、地球全体が、巨大なひとつのオーバルトラックに変わる。「メリークリスマス」の各国語の声が周回コースをつぎつぎと走り抜ける。

そして、みなの目をかいくぐって、マクラーレン・ホンダの配色の服を着たおじいさんが、それぞれの枕元に小さな包みを置いてまわる。新しい朝の光のなかでその包みをひらいてみる瞬間、こどもたちは、ひとりまたひとりと、クリスマスのゴールへと飛びこんでゆく。

［19］

トミカの富田さん

はじめは、旧型クラウンのパトカー、つぎにハイメディック救急車、サカイ引越センターのトラックあたりが、それにつづいたろうか。

ミニカーをもらうから、クルマ好きになるのか。クルマが好きだから、ミニカーをほしくなるのか。むろん、両方だ。尊敬するひとがカルロス・サインツ、という7歳の息子ひとひは、買ったものもらいもの含め、推定三百台以上のミニカーを所蔵している。うち九割が「トミカ」である。

おもちゃだから、とばかにできない。GT‐RはR32から35までそろっているし、レクサスはISFCCS‐Rはじめ、イベントモデルを数えると、現行で、7、8車種は出ている。商品開発チームのなかに、まちがいなくスーパーGTファンがいる。NSX

もシビックTYPE‐Rも、ニューモデルが発売されてわずか数ヶ月後にはきっちりラインナップにはいっている。

安価なので、おじいちゃんおばあちゃんはまんじゅうやケーキくらいの勢いでお土産に買う。近所のおにいちゃんが、いらなくなった、とまとめて数十台プラケースごと玄関に置きざらしにする。Tシャツ、カタログ本、食器棚の箸や弁当箱と、トミカのロゴが家のなかを侵食していく（ふりかけや海苔まであるのだ！）。

ひとひ3歳のころ、福岡からやってきた友人が、おみやげに、やはりトミカをくれた。いっぷう変わったもので、「テコロジートミカ」といって、タイヤを動かすと発電し前ライトや赤色灯が光る。ひとひがもらったのは「アドトラック」で、荷台に積まれた液晶画面風の板に、赤い光で、TOMICAのアルファベットが浮かぶ。そのはずだった。

あけてみて、転がしても点かない。どうやら配線が切れている。

「タカラトミーお客様相談室」に電話し、事情を説明すると、先方の女性（富田さんとしておこう）は、こちらが申し訳なくなるくらい平謝りに謝り、本来、即刻かわりの完動品を発送するべきところだが、あいにく「テコロジートミカ」は、アドトラック含め、すべての自動車が在庫切れで、現在そろっているのは「N700系のぞみ」「E5系はやぶさ」「Ｅ６系スーパーこまち」などである。

「このなかから一台お選びいただければ、大至急お送りいたします」

「考えさせてください」と僕はいった。「息子の考えをきいてみますから」

「もちろんです。ゆっくりご相談ください」

と富田さんはいった。

ひとひは新幹線も好きだったので、自分で選べることにかえって喜び、どれにしようかなあ、とカタログをみて迷いに迷った。そのうち、たぶんまた新しいトミカをもらったりするなかで、選ぶこと自体忘れてしまった。もちろん（威張れることでないが）ぼくも忘れた。そして四ヶ月が過ぎたある朝、十時ごろ、電話がかかってきた。

「いしいさま！　テコロジートミカのアドトラック完動品が入荷いたしました！」

富田さんの声は弾んでいた。きけば、アドトラックが入荷したのは前日の夕方だった。僕は想像した。富田さんがゆうべ、ＰＣのディスプレイで、四ヶ月前の問い合わせ情報を確認するところ。そして今朝十時に時計を見て、よし、と受話器をとりあげた、その瞬間の表情。

「本日、発送すれば、明日にはお届けできますが、それでかまわないでしょうか」

「こちらの、故障したアドトラックはどちらに返送すればよいですか」

「いえ、その一台も、お客様のお手元におもちください」と富田さんはいった。「トラック二台で遊ぶほうが、お子様も、きっと楽しんでいただけるはずです。このたびは、いろいろとご迷惑をおかけして、ほんとうに申し訳ありませんでした」

このことがあって、僕はひそかに、トミカのファンになった。富田さんのようなひとのいる会社が作るものが、こどもに、人間に悪いなにかをもたらすはずがない。

今月の新ラインナップは「マツダCX‐5」「トヨタランドクルーザーJAFロードサービスカー」。来月は「ランボルギーニウラカン ベルフォマンテ」など予定されている。一台一台、このクルマでいきましょう、と顔を輝かせる開発者の声が、新年の風に混じってきこえてくる。

20

ふたつのダカール

2018
HINO
テリア
コリー
ビーグル
ポメラニアン
チワワ
シェパード
パグ
セント・バーナード
オオカミ
がんばれ!!!

もうパリダカ、とは呼ばれない。でも「ダカール」は残ってる。地球に住むひとにとって、ダカール、という土地は、この星にふたつある。ひとつは、アフリカ西海岸の国セネガルの、海に突きだした現実の都市。そしてもうひとつは、ぼくやあなたや、小一のひとひの夢のなかにひろがる、魔法の荒れ野。

ひとひがダカールを認識したのは2歳のころ、日野のクルマが好きになったから。入り口は京都の市バスだった。いすゞ、三菱ふそう、日産ディーゼル、日野。次は絵本のなかだった。「日野のクルマ　だいしゅうごう」という写真絵本が、ほんとうにあるのだ。ダンプカーや路線バス、はしご車などが並ぶ最後に、「ひののモータースポーツ」というページ。砂漠を疾駆する日野レンジャー。すぐ横に、このように簡潔に書かれている。

「まいとし　日野は　さばくをはしる　ラリーに　さんか　しています。凸凹みちをたくさん　はしっても　こわれない　つよいクルマを　つくります」

バイクでも四輪でも、基本は同じ。タイヤ選択や空力パーツなど、こまかな理屈はすっとばして、ダカールのラリーストたちは砂と雨風と石ころと溝と、人間本来の恐怖心、弱気と戦い、つねに打ち勝って走る。流れ落ちる砂の滝に前のめりに落下し、路上にうまれたばかりの泥のみずうみに泳ぎこんでいく。

賞金、名誉のためでない。ただ、前へ、前へ、走っていかずにはいられない。車輪のついたなにかに人類が乗りこんだ、その初期衝動。僕の友人は小二ではじめて自転車に乗れた日、きこきこペダルを踏んで前へ、前へ、いつの間にか暗くなっていて、気がついたら知らない街へ来ていた。交番にいくと家から30キロ離れていた。ダカールのひとびとはみな、これと同じ衝動を、熾火のように胸の底に灯しつづけている。たとえ七十を越え、八十近くまで、齢を重ねても。

誰もが知るように、1978年、フランス生まれのアマチュアレーサーが発した、つぎの呼びかけですべてがはじまる。「パリからダカールまで、競走しようぜ!」

このレーサー、ティエリー・サビーヌは、サン=テグジュペリに深く心酔していたという。『人間の土地』に出てくる、空から俯瞰する砂漠の情景は、そのまんま、サビーヌのみたラリーの夢に重なる。すでにある道を走るのでなく、走ったその轍が、あらたな、次に残す唯一の道となる。『星の王子さま』の孤独は、その同じことを語っていたのではなかったか。

毎年の正月、リミッターのぶっ壊れた男女が、二週間、互いに未知の声をかけあいながら、パリを脱出し、砂漠の果てをめざす。テロリストの銃撃、地雷による爆死。停めておいたラリーカーを盗まれたドライバーが出走遅れで失格になったこともある。それでも、なにがあろうと屈しない。前を向き、走れるかぎり走りつづける。

２００８年、途中で通るモーリタニアの政情悪化を受け、コース全体に走行禁止礼が出されたとき、リミッターのはずれた彼らはがっくりとうなだれ、後ろを向いたか。

とんでもない。

彼ら彼女らは、アフリカから、大西洋をこえ、南米大陸まで「ダカール」をもっていった。ここなら、なんの気兼ねもなく、砂漠を南へ、ひたすら南へと走れる。サビーヌが、篠塚が、ペテランセルが、なんの見返りも求めずひとが「前へ」走り込んでいくとき、そこは、この星のどんな場所であろうが「ダカール」となる。

ひょっとすると、箱根も正月の二日間だけ「ダカール」になる。国立競技場も、京都マラソンのコースも。ひとひの描いた戌年のための日野レンジャー。史上はじめてのダカールラリーは十二種の動物たちによって争われたのかもしれない。十二支に敗者はない。完走した全員が「ダカール」の勝者だ。

21 ダカールの微笑み

ほんとうに「いろんなことがあった」。初めて二週間丸々とおし、ラリーストたちを見守った7歳の目には、いっそうそのように見えたはずだ。いしいひとひ、小学一年生。

ふだん、二輪のレースを見なれないひとひが、出走順がいちばん最初なこと、また、HRCの活躍もあって、「モト」部門にすっかりはまった。当初はチーム・ホンダを応援していたが、男前の、ヤマハのファン・ビファレンを好きになった。16連覇中の、やたら強いワークスチームKTMを積極的に推さないのは、F1におけるメルセデスや、WRCの昨年より前のワーゲンと同じ感覚だろう。

やはり、もともと四つ輪好き。トヨタワークスチームのハイラックス、また、市販車部門のランクルを見つめる目は、競馬場のスタンドのおっちゃんとそう変わらない。

最初「カルロス・サインツ」ときいて、F1ルノーのあの息子が、カテゴリーをこえて(アロンソのように)参戦してきたとおもったらしい。「ちゃうで、おとうさんのほう」と教えたら、ポカンと口をあけ、すぐに顔面を真っ赤にして「やったー、カルロス・サインツのラリーが、ぼくもみられるー」と、手を挙げて喜び、すっと落ちついて「でも、トヨタとちゃうねんね。プジョーなんやね」。

5歳の時、MEGA WEBでWRCマシンの特集展示があり、そこで、1990年のセリカGT - Fourに釘付けになった。このマシンを駆ってずばずば優勝したスペイン人の話と、砂塵を蹴散らして走る映像のおかげで、「ぼくが、いちばんそんけいするひとは、カルロス・サインツです」と、初対面のひとにいうくらいになった。なぜカンクネンでもマキネンでもなくサインツなんだろう。毎年のように最終戦までもつれこんだタイトル争いに何度も敗れ、けして腐らず、ステアリングを握りつづける様は、年齢をこえて四つ輪好きの胸を打つ、そういうことなのかもしれない。

ラリーはペルーの砂漠ではじまった。ひとひははじめ、気楽な感じだったが、モト部門で優勝候補のサンダーランドがステージ4で背中を負傷、リタイアするのを見て「え」という顔になった。オート部門で、ペテランセル、という名前をおぼえた。そのペテラ

2018年ダカール・ラリー
カルロス・サインツが2010年以来の総合優勝。セバスチャン・ローブはステージ5で穴に転落。コ・ドライバーのダニエル・エレナが痛みを訴えたため、リタイアを決めた。サインツは2020年にBMW系列のX・raidチームからダカールに参戦し、自身三度目の総合優勝を果たしている。

ンセル、あのローブ、そしてサインツとそろった顔ぶれに、「こんなん強すぎやん、ぜったい勝つわ」と笑っていたら、ローブが砂漠にスタックし動けなくなり、7歳児は絶句した。

カミオン部門では、父スガワラさんが早々にリタイアして衝撃だったが、息子のスガワラさんが快調で、10リットル未満クラスでえんえんトップ、しかも総合でベスト10内に入ってくるなど、唯一、ほっと息をつき、こころから楽しんで見ているようだった。

ファン・ビファレンが骨折。歯を食いしばり、何度もシートにまたがり、何度も走りだそうと試みる。ホンダのバレダの足の上にバイクが横倒しに。それでもアルゼンチンの砂漠を踏みしめ、バレダは走った。リタイア後の談話を、ひとひは無言できいていた。インタビューの終盤でバレダは微笑んですらいた。

終盤、絶対王者のペテランセルが遅れたとき、ひとひは「あー、かなん」といって、かすかに笑った。バレダみたいに。「ほんま、ダカールって、かなんなあ」

首位に立ったサインツの走り。来年プジョーが撤退するので、今年が最後かもしれへんていわれてる、と話したら、ひとひはまた微笑み、「おとーさん、んなことないって。カルロス・サインツ、ぜったい、らいねんもはしらはんで」といった。優勝の瞬間、どれほど大騒ぎするか、とおもっていたら、ダカールの微笑みを浮かべたまんま「よし」とうなずいただけだった。

僕は「完走したら、みんな優勝やな」といった。ひとひは「ちゃうで、ファン・ビファレンもバレダも、ペテランセルも、出たひとは、みんなゆうしょう」といった。そして今度はいたずらっぽく、屈託なく笑い、「あ、でもお、ロープはちょっとお、『やっ、ちゃ、った』、やなあ!」

22

冒険のはじまり

1月はダカール、2月はモンテカルロ。幼稚園児の頃から、ひとひは毎年、WRCの開幕を心待ちにしている。閉じられたサーキットを周回するレースも好きだが、子どもの目には、ラリーのほうが、いっそうおもしろく映るらしい。それは多分、黎明期のこの競技が、純粋な「冒険旅行」だったことに関係している。

1911年、夏目漱石がまだ朝日新聞に連載をもっていて、中国では清王朝の土台が崩れはじめていた頃。パリでは若きピカソにシャガール、モディリアニたちが、モンパルナスのカフェに集って毎晩のようにバカ騒ぎ。

この年初開催されたラリー・モンテカルロは、ヨーロッパの各都市から終着地のモナコをめざし、冬の凍り道をてんでんばらばらに走ってくる、壮大な旅だった。いちばん最初にゴールにとびこんできたドイツ人フォン・エスマルヒは、1月21日にベルリンを出発し、27日までに1800キロを走り抜いたが、走行後のパレードに参加しなかった、という理由で降格処分となり、フランス人のアンリ・ルジェが第一回の優勝者となる。

出発地はほかに、パリ、ブリュッセル、ジュネーブにウィーン。ひとひと地図をみて、モンテカルロの位置をたしかめ、ここからここ、そっちからここ、と道程をたどる。もうすぐ小二になる子どもの、目にみえない内側に、新雪上のシュプールのように、まっさらな線がいくつも刻まれていく。

むかし僕も同じような体験をした。ただしそれは書物のなかの旅だった。ジュール・ベルヌ『八十日間世界一周』。ロフティング『ドリトル先生アフリカ行き』。開高健のあたの紀行。若き沢木耕太郎の『深夜特急』。

いま京都の上七軒で、英語でスペイン語を習っている。初対面のとき、カナダ生まれのジョン先生は、僕の古いロードレーサーを眺めたあと、長い旅の話を披露してくれた。およそ三十年前、先生はバンクーバーからモントリオールまで自転車で走破した。北米大陸の太いところをまるまる横断したわけだ。

驚いた僕が「帰りも、自転車で?」ときくと、先生は首を振り「飛行機」といった。

飛行機で南米大陸の北端コロンビアへ飛び、そこから自転車で、南端のチリまで大陸を縦断した。そうしてチリで出会った京都生まれの女性とその場で結婚し、あいさつに向かった京都の地に、いまだに住んでいる。

自分の身を振り返ってみても、大阪から京都、横浜、東京、三浦半島の三崎を経て、信州の松本、そして現在住んでいる京都にいたる。ひとは生涯をかけてラリーを生きる。

２０１８年２月初頭のモンテカルロ。圧勝のオジェは余裕の表情。そのセカンドがイヤでトヨタに移ってきたらしいオット・タナックが、終始、銀色の輝きを放っていた。「ラトバラくん」好きのひとひは内心複雑そうだったが、ラトバラ本人が（一応）笑っていたので、納得した様子だった。

ビバンダム付きのゴールに飛びこむヌービルを描いたのは、「ヒュンダイだけ、まだ一かいも、タイトルとってへんから」。じっとカレンダーを見つめ、次戦、ラリー・スウェーデンの日程をたしかめる。去年の再現、でなく、今年ならではの真新しい閃光に出会いたい、と、そんな表情で。

モナコにはじまり、メキシコ、フランス、アルゼンチン。フィンランド、ドイツにトルコに、カタルーニャ。もうじきこのリストに日本も加わる。地名に国旗、それぞれの国のあいさつ。ボンジュール、ブエノス・ディアス、グーテンタークにメルハバ（トルコ語）にパイヴァー（フィンランド語）。食べ物、通貨、風景に空気。光と風。

ＷＲＣ自体が旅。冒険だ。八十日どころじゃない、一年三百六十五日、一瞬の休みもなく走りつづける。この星の上に散らばった、それぞれの土地を、泥と雪と埃を蹴立て、深い轍でつないでゆく、人類史上に残る大冒険なのだ。

23 雪の結晶

雪だ！

と飛びだしていくのは、犬か、小学生男子くらいかと思っていたら、もうひとりいた。

生まれはフィンランド。この1月、27歳になったばかりの、エサペッカ・ラッピ。

ＷＲＣ、ラリー・スウェーデンの最終日、パワーステージにおける走りは、誰がみたって次元がちがっていた。スタートしてコンマ千分の一秒後には、銀色の影を残し、もうすでに林のむこうへ消え失せていた。

この日のコースはまるで、ラッピのドライビングに合わせ、一瞬ごとにのたくり、かたちを変えていくようにみえた。それくらい、あらゆる操作に躊躇がなかった。うねり、曲がりくねる雪道に、ラッピはヤリスＷＲＣの車体ごと、完全にからだを預けていた。

雪だ！
白銀の世界を駆けぬけていくうち、ハイスピードが、突然、ストップモーションにかわる。舞いたつ雪煙、しなる枝、観客の振りあげる旗、車窓の向こうのすべてが、遠い記憶か、水のなかに浸されているように、輪郭をほどき、ゆっくり、ゆっくりと動く。実感として、「地球が停まっている」。

地球全体が、真っ白に凍りついた時期が、歴史上二度あった。24億年前に一度、7億年前に一度、全地球が赤道もふくめ、まるでバニラアイスクリームの球のように雪でつつまれる、「スノーボール」仮説。雪玉になった地球で全生物の九割以上が死滅し、そして雪が溶けた後、それまで存在した種が爆発的に増え、また、飛躍的な進化を遂げた。

現存するあらゆる生物はすべて、二度のスノーボール期を生き抜いたものの子孫だ。雪に惹かれ、雪をみるとつい走りこんでしまうものならきっと、内なるからだのどこかに、静寂につつまれた、太古の大雪原を保ちつづけている。スウェーデンの山道を派手にドリフトしながら、ラッピやマクレーの無意識の目は、広大なその雪原を見わたす。時速150キロで斜面を滑りおりているようにみえながら、実は、白い天体の回転速度、時速1700キロとシンクロしている。

雪だ!

スキー、スノーボードに乗り、たったひとり、急斜面を滑降していく。WRカーのスピードに及ばなくても、地球と、雪と、生で接している、その感覚において、スノーラリーと同等かそれ以上かもしれない。ミッドシップのクルマを荷重移動のみでドリフトさせるのと、スノースポーツは、まったく同じことをしている。小学校低学年の女の子でも!

雪は、無様な都市デザインを一変させる。白いシーツに覆われた街路の上で、醜悪なネオンやLEDの信号さえ、世界共通の宗教のための、祈りの灯籠に映る。モンテカルロやスウェーデンを走るマシンならいつまでも見ていたい。雪という舞台の上で、とりどりのクルマたちは、時代や歴史をこえた永遠の真空に浮かび、星座のようにとどまる。

空のはるか高み、湿り、冷え切った雲のなかで、小さな「芯」が風に舞い、まわりつづける。いつのまにか周囲に、六つの突起が生じ、それがだんだんと、均等に伸びていく。高さ、風の強さ、温度に湿度、すべての条件が重なり合い、この世にたったひとつしかない、雪の結晶がうまれる。

舞いおりる雪を見つめるとき、僕はいつもこの雪片が、空の上で生じた瞬間のことを

とべシトロエンDS3
とべコリーンズクレスト!

思う。一枚いちまい違う結晶が、何兆、何億とおりてくる。できあがったばかりの雪の結晶くらい「飛んでいる」、この宇宙を浮遊しているものは、ほかにないかもしれない、とたまに思う。黒いコートに付着した結晶でさえ永遠に浮かんでいる。

永遠に飛んでいるもの。ライカ犬。

記憶のなかのコンコルド。まぼろしの鳥フウチョウ。

エア・ジョーダン。コリンズ・クレストをジャンプするラリーストたち。

ラリー・スウェーデン
1950年から開催されているイベントで、スウェディッシュ・ラリーとも呼ばれる。現在WRCでは唯一すべて雪のコースを走る。2018年の総合優勝はヒュンダイを駆るティエリー・ヌービル。エサペッカ・ラッピはトヨタ・ヤリス勢でベストの4位に入った。

またかえってきてね!!
ローブとヒルボネン

24

F1のかっこよさ

7歳のひとひは、ネルソン・ピケの名前は知っていた。日本GPの勝者を集めたトミカの「チャンピオンセット」に、1990年のベネトンB190が入っていたからだ。しかし、80年代半ばまで、彼がこんなにも頻繁に、ポディウムの頂上に登っていたとは、夢にもおもわなかったみたいだ。「うわあ、またピケ」と、画面をみつめながら、もうすぐ小二のひとひがつぶやく。「でも、みんないっぱいクラッシュしたときは、やっぱし、プロストがいくんやんなあ」

80年代のGPをまとめて見返している。ブラバムにウイリアムズ。ターボ時代。無線がつき、給油とタイヤ交換の、ピットストップが勝敗のポイントに。

初めてみるひとひの目には、さまざまなものが新鮮に映る。「あ、メルセデスのかんとくのおっちゃん、いてはる」とは、レースに復帰した王者ニキ・ラウダのこと。生きのいい若手たちを文字通り「ねじふせて」勝つその迫力に、息と唾をのんでしびれている。

さらなる驚きは、ヘルメットを脱いだナイジェル・マンセルの「あ、ヒゲないし！」。真っ黒いロータスを駆るアイルトン・セナの姿には違和感があったようだが、だんだんと前のめりに。「やっぱりさいしょっから、すごいんやなあ！　こんなんで、マクラーレンいって、ホンダのエンジンやったら、もう、みんな、かなんやんなあ！」。そのとおり、「かなん」かった。いまだに誰も、抜けていないくらい。

思い返してみれば、僕が小学生のとき使っていた色鉛筆のケースに赤い、平べったい異様なクルマの写真がプリントされていて、その上部に流れるような文字で「F1」と書かれていた。やがてそのクルマがフェラーリ312Tというもので、ハコスカやトヨタ7なんて相手にならないくらい速いんだと知り、いろいろ図書館で調べるようになった。「フォーミュラ」の意味が、なかなか理解できなかったが、自動車工場のおにいさんに、「F1はな、ああいう形にしたくて、かっこええって思て、作ってるんとちゃうねん。いろんな決まりのなかで、もう、こないするしかない、ギリギリを探っていって、それで、あんな風になってもうたクルマやねん」と教えられた日、スッと腑に落ちた。

80年代の映像を見ると、癖のあるドライバーたちが全員、ガンガンぶつかり合いながらも、Ｆ１というひとつのフレームのなかでひしめきあっているのがわかる。みな、同じレースを戦っていた。次のレースで勝つのは自分かも、あいつかも、はたまた、参入してきたばかりのあのひよっこかもわからなかった。ドライバー同士、観客とチーム、汗のにおいがうつるくらい距離が近かった。

いまは、同じフレーム、というほど近くない。ドライバーひとりひとりが、個別の戦いを走っているようにもみえる。トップのベッテル、ハミルトン、アロンソたちが、そういうタイプの人間だから、というより、世の中全体がそういう流れのなかにある。やがてガソリンの匂いさえしなくなるのだから。

けれども、いざスタートが切られれば、やはりＦ１はＦ１。サーキット上を吹きぬけていく風を可視化したマシン、それ以上。

絵でも音楽でも詩でも、作り手が狙いを定め「こうしてやろう」と作りあげたものは、いくら楽しかろうが、その狙いを越えない。山や海は、うつくしく作りあげられたわけでなく、堆積する時間の底で、そうなってしまった風景だ。だからこそ、ひとは圧倒され、魅了され、ひきこまれる。Ｆ１がときに、見ている者の人生さえ変えるのは、技術のギ

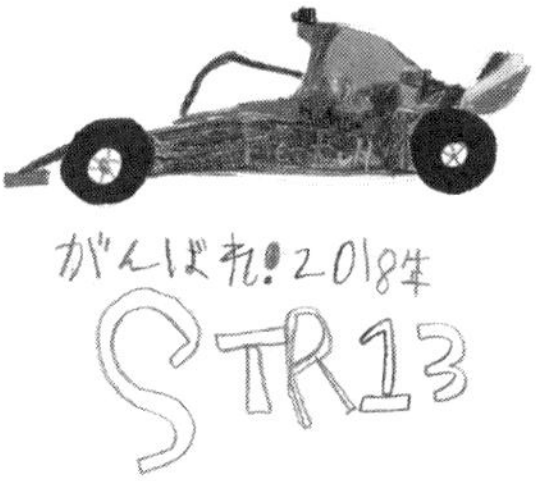
がんばれ!2018年
STR13

またふっかつした!
RA272

またかえってきてね!
MP4/4

リギリを探っていった末に、ひとの手、思いを越え、「あんな風になってもうたクルマ」、つまりマシンのかたちをした奇跡だからだ。

小学生にもそれは、時代をこえて伝わる。レースが、マシンが、ドライビングが、語りかけてくる。「いちばん好きなドライバー、みつけた」と、ゆうべひとひは歯みがきしながら教えてくれた。「えーと、あのひと……ほら、じるさん。ジル・ビルヌーブ」

25

あふれてくる

Ｆ１開幕を前に、鈴鹿のファン感謝デーにいってきた。７歳のひとひは3回目だ。着いたらもうＧＴカーのフリー走行がはじまっていた。つづいて、ジェンソン・バトンがテレビカーに先導されながら、ＴＹＰＥ‐Ｒを全開で駆る。ひとひは、しみじみといった。「バトンくん、ホンダがすきでいてくれて、よかったなー」。誰にとってよかったのか。それは、みんなにとってだ。ありがとう、ジェンソン！

土曜は現地で泊まるので、土日の全プログラムを堪能できる。ひとひがいちばん楽しみにしている「永遠のライバル対決　星野一義vs中嶋悟」。はじめて鈴鹿に来た3年前、ホテルのフロントでチェックインしている大柄な男性に気づいたひとひ、ダッシュで駆け寄り、まったく臆せず「こんにちは！」と声をかけた。「日本でいちばん速い男」は

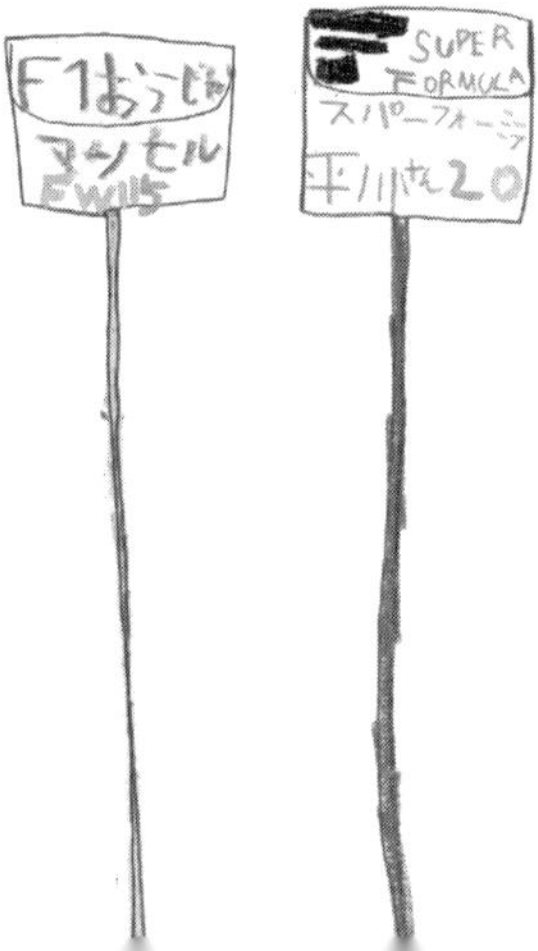

しゃがみこみ、幼稚園児に真剣な口調で、「いいかい、いちにべんきょう、ににべんきょう！なにがなんでも、べんきょう、だぞ！」

デモランでは星野さんがウイリアムズFW11、中嶋さんがロータス100Tに乗りこみ、壮大なエンジン音をサーキットじゅうに響かせた。つづいて、アレジ親子の新旧フェラーリ走行、さらに、鈴木亜久里と土屋圭市のARTAバトル。

きっと7歳の目には、むこうから「あふれてくる」ように見えている。「とてもよいもの」、かっこいい車、かっこいい人、かっこいいシーンが、サービスやイベントの枠を軽々越えて、次々と、惜しみなく。たとえばそれは、オレンジ色に燃える水平線や、空に浮かぶ円形の虹のような、奇跡に近い光景だ。

一説によると、人類最初の経済行為は物々交換でなく、「贈与」だった。個人から個人へ、集落から集落へ、互いに、惜しみなく分け与える。数値化されない価値が、そこに「あふれる」。目に見えない超自然、いわゆる神が、ペロッと舌を見せつつ、両方にほほえんでいる。

ありがとう、ありがとう！

レースでは、タイムを削ることが最優先、エゴイズム上等、と思われがちだが、セナやラウダといったひと群れのひとたちは、レースのたび、勝つこと、ひとより速く走れることに、こころから感謝していたとおもう。誰に？　空上の神に。ささやかなナットに。ステアリングに。ピットクルーたちに。親に。マシンに。客席を埋めつくすひとびとに。

ありがとう、ありがとう！

2日目の日曜、ひとひは見事、抽選に当たり、グリッド・キッズを務めることになった。スーパーフォーミュラのオープニングラップ前、スターティンググリッドに立って、両手で支えるボードに記された数字は「20」。ストレートを走ってくる、チームインパルの20号車。降りてきた平川亮選手は、ひとひに歩み寄って、いっしょに記念撮影してくれた。ありがとう、ありがとう！

星野vs中嶋。土曜日は星野さんが堂々のフライングで勝ち、これで5勝6敗。日曜はまさかのフライングで勝ち、6勝6敗。さすが日本一「はやすぎる」男。これに中嶋さんが「おもしろくない」「納得いかない」と異議を唱え、延長戦が決定。最終レースはなんと中嶋悟がフライング。デッドヒートのすえ、中嶋さんが勝利を収めた。

「ファンのみなさん、ほんとうに、感謝しています！」と、星野さんが叫ぶ。鈴鹿サーキットが人の形をとって、両手を振りつづけている。中嶋さんも、セナも、オヤジさんも。

ありがとう、ありがとう！

鈴鹿から京都に帰ると、ひとひの年上の友人・奥村仁さんが待ち構えていた。ひとひが外国車の助手席に乗るのはこれがはじめて。シトロエン２ＣＶ。幌。振動。窓ガラスの開け閉め。スリットから吹き寄せてくる風。ひとひが笑う。奥村さんがほほえむ。いろんなものがむこうから「あふれてくる」。

ありがとう、ありがとう！

ありがとう
ほしのさん 中じまさんにも
マンセルにも
canon
canon
THANK YOU!

〔26〕

ニッポンのGT

小学校にあがる前、ひとひにとってモータースポーツといえば、F1、WRC、そしてル・マンだった。「そんけいするひと」ときかれたら「カルロス・サインツ」とこたえ、いちばん好きなドライバーはアイルトン・セナだった(これはいまもあまり変わらない)。

それが、小学校にはいって「読み書き」をならい、数字の計算をならうと同時に、俄然スーパーGTに接近するようになった。温泉地、水族館、コンサートホール、どこへいくにも、2007年から2017年までの、いずれかの年の『スーパーGT総集編』を持って行き、時間があれば「全チーム・シーズンレビュー」のページをひらいて顔面をつっこんでいる。

2007年SUGOの「伝説のスリーワイド」は、DVDで何度くりかえし見たかしれない。「そんけいするひと」は「わきさかじゅいちさん」。好きなクルマは「NSX、GT‐R、LC500」。本誌の田中編集長に「どこ応援すんの」と訪ねられたひとひ、目をキラッと輝かせて「総集編」を開き、「ここと、ここと、ここと、ここと、ここと……」全チームの写真を指さしていった。

そういえば、3、4歳のころ、好きな音楽はジェームズ・ブラウン、スペンサー・デイヴィス・グループ、クラッシュやジャムなどの黒っぽい洋楽だった（クレイジーケンバンドは別格）。それが、小学生になる前後から桑田佳祐や山下達郎を好んで聞くようになってきた。

小学生になってはじめて、自分たちは、自分たちのことば「日本語」をつかっている、と自覚する。字をまねるだけでなく、組みあわせて「ことば」をつくり、相手に投げるよろこびに初めて気づく。日本人だから、日本というこの土地で、日本語でつながって生きていく。

スーパーGTは「日本のレース」だ。前身の全日本GT選手権、いや、それ以前から、日本人が走り、日本人が見守るうち、日本人のこころが揺さぶられるように育ってきた。ロシターやバトンが、参加してくれてうれしい。日本がどんどん広く、新しくなっていく。自分たちが大きく、新しくなっていくのと歩調を合わせて。だからみんなGTを見る。本気の日本語で声の限りに叫ぶ。そのことばはそのままの音、意味で、サーキットじゅうに響く。

前にも書いたが、ひとひは4歳のとき鈴鹿のホテルで星野一義監督に会った。見るからの幼稚園児を前にしゃがみこみ、星野監督は本気で「いいか、いちに、べんきょう！ にに、べんきょう！ さんしも、ごも、べんきょうだぞっ！」そういって、力強く握手してくれた。

先日の「ファン感」では、平川亮選手のグリッド・キッズをつとめた。長身の平川選手はひらりとシートからおりてきて、瞬時にひとひの隣に立ち、「いっしょに、しゃしんとろうか」と笑いかけてくれた。

たしかに憧れだ。でも、声のとどかない距離じゃない。あいかわらずひとひは「フェルスタッペンくん」が好きだが、それより「せきぐちくん」「かずきくん」と呼んでいるときのほうが、明らかに、声が弾んでいる。ドライバーも、レースも、自分と同じところに住んでいる。

ひとひにとって「もちゅーる」「いんぱる」「きーぱー」などはもう日本語だ。でもそ

がんばれEPSON
2018
なかじまさんもがんばれ
EPSON

2010
ウイダー
18

ARTA 2007年
ねんかんチャンピオン!
8

れは、僕たちおとなファンの耳にも、母国語として響くんじゃないか。みんなこの土地の声を送り、この土地を蹴って走る。だから、ＧＴ５００のマシンばかりでなく、ウラカン、ＡＭＧ、Ｍ６らのエンジンさえも、鈴鹿やもてぎのストレートでは日本語で吠える。

27

うなるミツアナグマ

ダニエル・リカルドが愛好するミツアナグマ。別名ラーテル。世界一どう猛な動物、として、ギネスブックにも紹介されている。

ダニエルは語っている。「ハニーバッジャーが好きなのは、外見はすごく可愛いのに、自分の物を守る時は凄い形相で戦うからなんだ。その切り替えがなんとなく自分とかぶる所があって、これはレースでも大事だなと思って親近感を覚えているんだ」

住むのは、アフリカのサバンナ、中東の砂漠地帯。全長は、しっぽも含めて1メートル前後。ラーテルが凄いのは「自分の物を守る」だけでなく、目につく相手に片っ端からケンカを売る気の強さだ。そして、かみつかれようが転がされようが、けして諦めない。コブラに噛まれ、毒がまわりかけても、強靱な精神力で立ち向かい、そして、食べ

てしまう。

中国ＧＰでダニエルはまさしくラーテル化していた。ハミルトンを抜き、ベッテルをちぎるマシンからは、地を響かせるうなり声がたしかにあがっていた。先頭を走る銀色のマシンで、バルテリ・ボッタスはシートの底を揺らすその声をまちがいなく感じた。ステアリングをわずかに切って威嚇しようとした。ラーテルは、そんなこけおどしには一寸も揺るがなかった。歯をむきだしてインに飛びこみ、誰もがあっけにとられるなか、水牛を組み倒すような勢いで、シルバーアローのマシンを豪快に抜き去った。

交換したばかりのソフトタイヤ。勝因は、それればかりじゃなかった。あのレースにはまちがいなく後半に大波が起きた。オーストラリア生まれのダニエルは、十代のサーファーのように完璧にその波に乗り、泡立つチューブをくぐりぬけ、白黒の、ラーテル色の旗が振られるゴールへと頭から飛びこんだ。

バーレーンでホンダ・エンジンが復活したようにみえたときＦ１関係者、Ｆ１愛好家は一様に、こころから嬉しそうだった。みんな強いホンダが大好きだから。

そしてダニエルの優勝は、同等か、それ以上の黄金色の幸福感にみちていた。こういうレースが見たかった！　Ｆ１に、こうした瞬間を求めていた！　世界中でみんな、シューイのシャンパンをまわし飲みしたかったにちがいない（バルテリ除く）。

２０１４年、Ｆ１を見はじめた当初から、ひとひはダニエル好きだ。ばかでかい笑顔、底抜けの明るさ。そして、レースでせめぎ合いになったときの抜群の強さ。ラーテルが好きになったのは、じつはダニエルとは関係なく、もともとオコジョ、イイヅナ、クズリなど、イタチ科の動物に憧れていたのだ。だから彼が、ラーテルを自分の「おしるし」にしていると知ったときの喜びは、おとなの想像をこえて大きかった。

ひとひの世界のなかで、ラーテル勝利のお祝いに、カジキマグロ化したケーヒンＮＳＸが駆けつけた。角が生えてからのほうが、ひとひの目には、速くなったように映ったかもしれない。こどものあいだでは常識だが、魚界最速は、バショウカジキ（時速１１０キロ）、２位はマカジキ（時速80キロ）。ＮＳＸと同じくワンツーフィニッシュなのだ。

初戦、２戦目と跳ね馬が勝ち、３戦目に、ラーテル化した赤い牛が勝利をおさめた。最強のはずの銀色の矢が、今年は動物たちに追いついていかない。今シーズン初めのレース風景は、だからこそおもしろくなっている。

「自分の物を守る時」と、ダニエルは語っていた。「凄い形相で戦う」と。ひょっとして、と思う。ダニエルの守りたかったものとは、瀕死だったマシンを一夜で蘇らせてくれたメカニックたちへの、感謝の一念だったかもしれない。仲間への信頼、誇りのためにラーテルは戦い、そしてラーテルらしく、勇敢に勝利をもぎとったのだ。

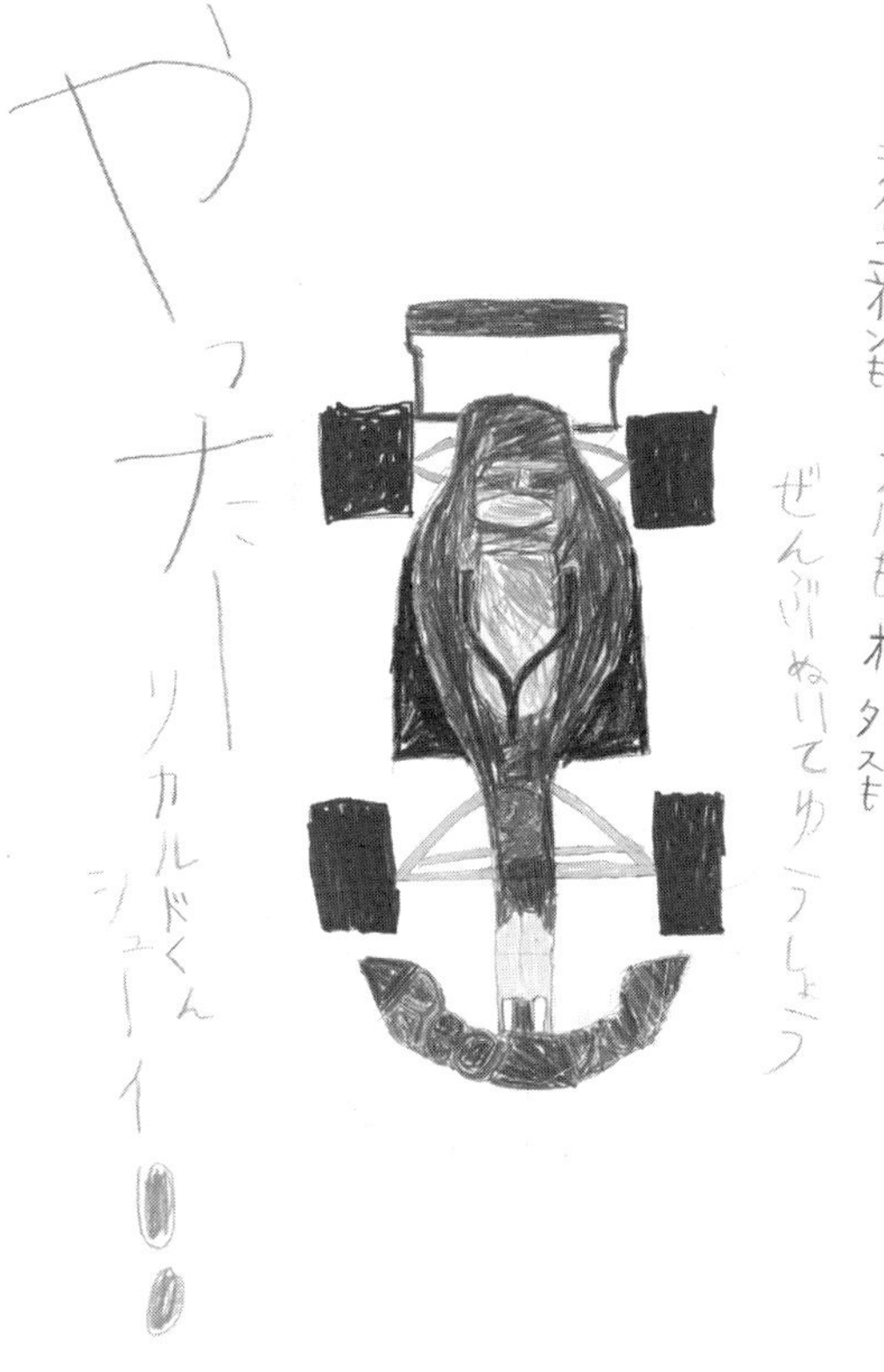
ライコネンも ベッテルも ボッタスも

2018年F1中国GP
ダニエル・リカルドは予選直前のフリー走行でターボチャージャーにトラブルが発生。レッドブルのメカニックたちは驚異的なスピードでパワーユニットを交換、リカルドは予選Q1終了まで3分というところでコースインして6番グリッドからスタートした。このシーズン、選手権5連覇を果たすメルセデス勢を抜いての逆転優勝にリカルドは喜び、チームのクルーたちに感謝を捧げた。リカルドの言うハニーバッジャー（Honeybadger）はミツアナグマのことで、ラーテルの英名。

28

うかびあがる

三浦半島の突端、三崎に住んでいたころ、家の近くの磯に、毎日もぐりにいっていた。シュノーケルにゴーグル、フィンをつけ、黒々とたちのぼる煙のような岩の、その付け根に向け、まっすぐに躍りこむ。トコブシやウニが貼りついているポイントがどこかは、毎日のことなので、ふつうに知っている。

もぐっては浮かび。もぐっては、浮かび。そのくりかえし。重力に逆らい、水底へ沈みこんでは、今度は浮力に乗り、水面へと一気に浮上。からだが縮み、ふくれあがる。

生きていながら死の淵をのぞく。単純に、海面をただ水平に泳いでいるだけでは、もはや満足できなくなってくる。

　オット・タナックといえば、２０１５年のラリー・メヒコ、３日目。崖から転げ落ちたフォード・フィエスタは、20秒のうちに池に水没。コ・ドラのモルダーが、立ち泳ぎしながら懸命にペースノートを守る模様は、バラエティ番組でも面白おかしく紹介された。夕方の6時前、フィエスタは水底からクレーンで引きあげられる。8時過ぎ、サービスパークに到着。チームは、車体をばらし、水を抜き、乾かし、交換し、あたため、息を吹き込み、そうして3時間のうちに、走れるマシンへと復活させた。

　うちのひとひとも知っている、ＷＲＣ史上に残るエピソード「タイタナック」事件。じっさい、チームはフィエスタに「ＴＩＴＡＮＡＫ」のステッカーを貼ったのだし、ゴールに「浮上」したあとコクピットから出てきたタナックとモルダーは、ゴーグルとシュノーケルをつけていた。

　じっさい、浮き沈みの多い戦歴だ。まっしぐらに駆けのぼってきたとはいえない。浮かんでは、沈み、また浮かんでは、沈み。エストニアで生まれ育つ。すばらしい夏。暗く凍てつく冬。北欧生まれのラリーストは「いい日もあれば、悪い日もある」と、よく知っている。

ラリー・アルゼンティーナでの優勝を、タナックはきっと、自力だと思っていない。豊かな浮力に乗ったのだ。そのため、深々と沈みこんだ。もぐるのは、ウニやトコブシを求めてのことでない。浮かぶため。浮力をつかむため。アッパーに、勢いよく飛びあがるためだ。

フォードからトヨタに移ったのは、そのアッパーを求めてのこと。以来、上へ上へ、浮上してみえる。それまで、じゅうぶんにもぐったか、本人しかわからない。ラトバラはもぐっている。オジエも、もちろん。もぐっては浮かぶ、もぐっては浮かぶ、くりかえしのなかで、走っている、生きている実感をつかむ。

サーキットを周回するレースは、ラリーストたちから見て、水の澄んだプールでの、クロールやバタフライにみえるかもしれない。あくまで水平方向。前へ前へ。勢いこんで飛びだしていく。スピードによる陶酔。天へ駆けあがる昂揚。でもけして、池に落ち、泥を飲みこむことなんてない。

ラリー、とくにグラベルでのラリーは、ごつごつした磯での、生身の潜水だ。日々、刻々とかわるコンディション。思いもかけない波。パンクしたら自分でタイヤを交換。ドライバーとコ・ドラは、ダイビングのバディさながら、たがいの命綱を握りあっている。

そうして気がつけば、ポディウムのてっぺんに浮上している。ただ、一勝の喜びなんて一瞬だ。ラリーストはまた、目の前の磯に、頭から飛びこむ。もぐっては、浮かび、もぐっては浮かび。詩のように、ひたすらに垂直を求めて。重力と浮力。だからきっと、車内のどこかにいつも、シュノーケルを用意しておく。

3じかんご
しゅうりがおわった!
アルゼンチン
おめでとう

29 ジャイアント

僕もひとひも、読売ジャイアンツよりパ・リーグ、サザンよりクレイジーケンバンドを愛好する。関西うまれだからか、ちょっとひねくれているのか。そのひとひが、F1のスペインGPをシャンパンファイトまで見終わったあと、ふう、と息をついて、「つぎは、メルセデスくん、描いてあげよかな」と笑った。

本来フェラーリがF1界のジャイアンツたるべきかもしれない。が、ひとひにとってそれはメルセデスAMG。物心ついてGPを見はじめた2014年以降、2017年まで、79戦中63勝、驚異の勝率79パーセントを挙げている。だからだろう、一年を越したこの連載で、一度もシルバーアローのマシンを描こうとはしなかった。まずは「リカルドくん」「フェルスタッペンくん」だし、なにかあればすぐホンダを取りあげてきた。

バルセロナのハミルトンは、たしかに圧倒的な走りを見せた。前半、周回ごとにファステストラップを更新するハミルトンのドライビングに、僕の隣にすわったひとひは、「うわあ、もう、かなんなあ！　かなん、かなんて！」と、京都のおっさんみたいにいって顔をくしゃくしゃにかきむしった。

ただ、その速さばかりではない。

今年序盤での未勝利、アゼルバイジャンでの苦い初勝利を経て、ハミルトンは、自分のなかに、なにかを見つけたのかもしれない。そしてバルセロナのコース上で、それを大切に、大切に守って走りきった。そのなにかはまちがいなく、ひとひや僕、レースを見守っていたものの胸に、たしかに伝わったのだ。

それで僕たちも、どこかふっきれた気がする。「もう、ハミルトンを堂々と応援していいんだ」と。きっと大勢がそう感じている。ファンやアンチをこえた高み、セナやシューマッハのあがった空に、あのレースのハミルトンは触れていたのかもしれない。

もともと、ちょっとひねくれた人間が、応援したくなるキャラである。チームとは別行動、プライベートジェット機で好きなとき好きなパーティへ。どこへ行くにも犬のロスコー連れて。不思議そのものの髪型。うまれつき付いてきたみたいなピアス。明らか

犬のロスコー
F1のったらすごい。
44と77の
メルセデス
ことしもがんばれ。

に「必死こいてる」様子はなく、なのに、だいたいいつもポールポジション。

２０１７年カナダＧＰで、セナのヘルメットを贈られたときの表情、メディカルカーに箱乗りしてピットへ戻ってくる姿は、ほんとうにすばらしかった。あんなにかっこつけて絵になるのは、この天体に生息する生物のなかで、ルイス・ハミルトン以外考えられない。

そういえば、ニキ・ラウダとトト・ウォルフの顔もすごい。ピットウォール内というより、ＳＦ映画の宇宙船の司令室みたいだ。

最近はこどもの「のりもの」図鑑に、世界最初の自動車ベンツ・モトールヴァーゲンが写真つきで載っている。ブランド名「メルセデス」が、パトロンだった大富豪の、当時11歳だった娘の名から来ている、などいったエピソードも紹介されている。ドイツのナショナルカラーだった白の塗料を軽量化のためはがし、むきだしの銀色ボディで勝利をかざったＷ25の逸話は、小さかったころからひとひも好きだった。

いちばん先にはじめたものが、いちばん速い、というわけでもない。ただ、冒険を恐れず、探究心をもちつづけるものこそ、いつも変わらず先頭をゆく。すべての国や時代、メーカーをこえて、純粋に、スピードそのものをある色で表すなら、それはむきだしの、輝かしい銀色になるのかもしれない。

［30］

ポータブル

いま小二のひとひは『かいけつゾロリ』や『おしりたんてい』も好きだが、ダントツの愛読書は『２０１８スーパーGT公式ガイドブック』に尽きる。２００７年度版からじっくり読みこんでいるので、選手の細かい知識は僕なんかよりよほど詳しい。寝床で電気を消したあとは「ドライバーの、下の名前あてクイズ」をせがむ。僕「つぼい……」ひ「しょう！」僕「いしうら……」「ひろあき！」僕「オリベイラ……」「デ！」といったのにはすばらしすぎて笑った。

２０１８年度版は、GT５００ドライバー欄の「食べ物の好き嫌い」話がとりわけ気にいっている。「のじり選手は、ここいちばんやの、ふくじんづけ、とりほうだいが好きやんなあ」「マーデンボローさん、なまえ、うなぎにしろていわれてん。ささきさん、

500えんだま、たべすぎ」。立川選手のボケだけは僕に読ませて爆笑する。「やっぱり鴨肉のローストと赤ワイン(笑)。いや、フォアグラのトリュフ乗せと白ワイン(笑)かな。ホントは？　ホントはラーメン」

スーパーGT3戦目の鈴鹿300キロ。予選の結果にひとひは「スズカやからなあ」と満足げ。生で知っている唯一のサーキットで、応援するホンダ勢が上位に並び、内心ほっとしている模様。

決勝スタート。オレンジ色の風をひとひは目で追う。1コーナー、S字、デグナー。オレンジ色と、何台もいる青たちとの間が、自然現象のようにふくらむ。500につづいて300もスタート。コースはにぎやかな色と音の箱をひっくり返したような騒ぎになる。

やがて、300と500が渾然一体。飛びだしてきた青の一台とオレンジ色が、今度は磁石のように、ぴったりとくっつき、時速250キロオーバーで縦走していく。「うつわあ、ギリギリやあ！」とひとひが叫ぶ。

じつのところ二年生は、山本&バトンの和食コンビによる初優勝を見てみたい気持ちもあった。が、ARTAにも勝ってほしい。うわ、うわ、と身もだえしつつ、45周目から100号車がじょじょに後退していくのを目の当たりにすると、残念そうに安堵し、気を取り直して8号車に声援を送りはじめた。

後日、オートスポーツ1482号がうちに届いた。表紙のNSXを見てひとひは「やっぱこれやな!」と頷き、写真を一枚いちまい凝視しながら、ページを大切そうにめくっていく。鈴鹿の300キロがいま、ひとひのなかで脳内再生されている。きっとエンジン音、歓声、インタビューの声まで、きこえているかも。見ているうちに思いだした。僕もおさないころそうだった。モータースポーツはいまのように身近にはなく、たまに週刊誌で、ジェームス・ハントやニキ・ラウダのモノクロ写真を見つけたら、必ず切り抜き、下敷きにはさんだ。フェラーリやブラバムのカラー写真など見つけた日には、それこそ一枚でごはん五杯いけた。

モータースポーツで、マシン、ひとは、たえず動きつづける。客席はうねり、ピットでは喧噪がうずまき、一日という時間が生きもののように、縮んでは膨らみ、膨らんでは縮む。それをいったん、持ち運びのできる一冊に静止画のように収めたとしても、頭のなかでプレイボタンを押せば、マシン、ひとは、また激しく動きだす。つまりそれが雑誌だ。

1482号をめくり終えたひとひは、ページから顔をあげ、ふう、と息をつく。焦げたタイヤの匂いに鼻を鳴らし、晴れ晴れと笑って、「のじりさん、ココイチのカレーと、ふくじんづけで、おいわいやな！」。

2018年
スーパーGT 鈴鹿300km
シリーズ第3戦として開催された、このレースでは野尻智紀／伊沢拓也コンビの8号車、ARTA NSX・GTが優勝。本文に登場する、山本尚貴／ジェンソン・バトンがドライブしていた100号車のRAYBRIG NSX・GTは2位という結果に。雑誌『オートスポーツ』の表紙を飾ったのは鈴鹿スプリントを制した、ARTA NSX・GTだった。

31

跳ねまわる馬

この2月から、親子で乗馬を習っている。ほぼ毎週土曜の朝、電車・バスを乗り継いで乗馬クラブにいき、一回45分、引退したもと競走馬の鞍にまたがる。その日どの馬に当たるかはいってみなければわからない。ひとひは「キューブ」がお気に入り。僕は最近、「クークーダーダー」とわりと気が合う。

通うまで気づかなかったが、子どもの習いごととして乗馬はけっこうすばらしい。まず、姿勢が悪いとぜったいに滑り落ちるので、自然、背筋がのび、乗っているだけで、知らず知らずのうちに体幹が鍛えられる。

また、鞍やあぶみなどの馬装は、騎乗するものが装備しなければならない。間近でみるサラブレッドは、おとなの目からしてもけっこうな迫力だ。その馬のひづめを削り、全身にブラシをかけ、重い装具を順々につけていく。勇気と責任感をふりしぼって。

さらに、馬はひとを見る。いいかげんな気持ちでまたがるということをきかない。気持ちをこめて馬と接する。キューブは気がおだやかで、ダーダーは気まぐれ。一頭ずつみんな性格がちがう。でも、乗馬用の馬は、こころが通じあうとみな調子よく走ってくれる。

もともと動物好き。もちろん乗り物マニア。動物×乗り物、と考えると、馬は、ひとひにとっては理想の趣味。クルマ以外に描く絵も、最近は、なにかといえば馬ばかりだ。

そして、こころおきなく「馬×Ｆ１」が描ける日。２０１８年のカナダＧＰは、一見平穏な展開にみえ、長年銀色の王座を守ってきたメルセデスを、赤い馬が蹴散らし、頂上に登りつめた、エポックメイキングなレースだった。フェラーリの5番は、のびのび、まわりのすべてと通じあいながら、凱旋門賞馬のように優雅に走っていた。

そのベッテルを、18年前にこのサーキットで優勝したＦ１‐２０００に乗せた（絵の上で）のは、ひとひにとって、やはりフェラーリといえばまずシューマッハ、という構図ができているせいかもしれない。

また、跳ね馬27番のカナダ人ドライバーを、ひとひは初めてＤＶＤで見た日から気に入っていた。同時代人やカナダ国民だけでなく、ときを越え、世代をこえて、ひとを惹きつけるドライビング、というものは多分にある。「このサーキットのスタートラインに、『やあ、ジルさん』て書いてあるんやで」と教えたら、ひとひは「やあ、リカルドくん、やあ、マックス、やあ、ジルさん」とゲラゲラ笑いながらくりかえした。彼の初優勝は地元のここカナダだった。

フェラーリのマシン、ドライバーには、時間をこえているところがある。勝利めざして駆けていくベッテルに、透明なジル・ビルヌーブ、半透明なシューマッハの姿が重なる。すべての馬の性格はちがう。けれど、走るのが嫌いな馬はいない。サラブレッドは走り、勝利するためだけに生み出されたマシンだ。その純粋さこそが、おそらく、時間をこえていける秘密なのだろう。

「これから、いっぱい勝つなあ」とひとひと話す。「これまでも、いまも、これからも」人気があるのは、ただ、長い歴史をもつためだけでない。ジル・ビルヌーブ・サーキットを埋めるティフォシの顔をみて思った。フェラーリがひとを熱狂させるのは、歴史をこえた「物語」をもっているからだ。

翌日、僕の銀色の「りんごマシン」を開いて、ディスプレイに見いっていたひとひが、「あっ！」と叫んだ。「おとーさん、たいへんや！」「なになに……」と後ろから覗いた僕も「あっ！」と叫んだ。それはトミカのＨＰ（ホームページ）だった。黒の、赤の、白のマシンが大写しになり、その横に白抜きの文字で「この夏、トミカシリーズにフェラーリモデルが登場！」とあった。馬が跳ねまわっている。

32

あたらしい3分

時間はのびちぢみする、というのは、小学生だって知っている。

育毛剤の臭いにまみれた上司から、おでん屋のカウンターでねちねち説教される一時間と、はじめてラジコンで遊んだ一時間は、ぜったいに同じでない。ごろ寝してちびまる子ちゃんを見てる30分と、サチモスの爆音をライブで浴びる30分では、趣味嗜好によって、ぜんぜんちがう。

楽しんでいたら短くなり、苦痛だと長くなる、と、そんな単純なことだけでもなさそうだ。一年に一度夜更かししてよかった大晦日など、こどもだった僕にとっては、その後にくるつまらない三が日なんかより、よほど長く、べらぼうに楽しく感じた。いまでも、あれらの夜たちはまだ、どこかでつづいているんじゃないか、とさえ思う。

競馬場で、馬がゴールを駆け抜けるのは一瞬、コンマ数秒のこと。でもそれが、記録的な万馬券ともなれば、その瞬間は、生きているかぎりたぶん一生長持ちし、何度反芻しても劣化しない。逆に、馬券がすべて泡、紙くずと消えたなら、コンマ数秒を何百、何千足し合わせたとしても、その時間は、むなしいまんまずっと一瞬だ。

濃さ、薄さ、といったほうが、しっくりくるかもしれない。濃厚な時間があるいっぽうで、浅薄な時間もある。経験が濃すぎたり、薄すぎたりすると、時間は圧力をうけ、縮んだり、伸びたりする。3分間。怪獣とたたかうウルトラマンにとっては、かなり濃密。カップヌードルができあがるまでのそれは、薄すぎて、オブラートみたいに透きとおっている。中嶋一貴にとっては「永遠」だ。

あと3分、の3分は、一貴だけでなく、トヨタの全スタッフの内側に、真っ黒いクレバスとして、濃厚すぎるくらい濃厚に刻まれている。あの瞬間、世界がひっくり返り、無秩序のなかで時がとまった。

いきなり離婚を切り出されたときや、大切なひとの死を告げられたとき。経験が極限レベルに強烈だと、その時間はのびもちぢみもせず、凍りつき、永遠にかたまる。ガズー・レーシングのみながみな、この二年間「あの3分を走りたい」、と否応なく、その深い絶望を、胸に大切におさめて過ごしてきた。今年最後のスティントは中嶋一貴でなければならなかった。そうでないと、時間はまた動きださない。

今年はじめてであろうが、アロンソにもそれがじゅうじゅう伝わっていた。だから、監督、ドライバー、メカニック、スタッフたちは、腕を組み、肩を組んで、ピットウォール内のモニターをえんえん見守った。レースのあいだじゅう、時間はおなじみの、のびたりちぢんだりをくりかえした。しかしＴＳ０５０に関わるひとびとのなかでは、あの、別の時間が、あいかわらず黒く、冷たく、固まったままだった。

そうして23時間57分。永遠と、いまがつながる。二年間が圧縮され、あたらしい3分のなかへ、滝のようになだれこむ。濃厚で長く、あっという間に過ぎていく、２０１８年、サルト・サーキットでの24時間レースのラスト3分。それは、２０１６年の3分間と溶け合い、ゴールの瞬間、しゅわっと透明な泡のように消えた。時の枷をはずされ、みな自由にもどった！

ル・マンのレースを見るたび、当たり前のようだけれど、「とき」のことを思う。時間について、これほど雄弁に、深く、ことばをこえたことばで語りかけてくるイベントは、この世にない。サーキット東側のほぼすべてを占める、ユノディエールの直線を、真夜中に疾走するとき、ドライバーは半ば狂気におちいっている。そして夜明け。「とき」は無法で、冷たく、残酷。だからこそ、誰にとっても、わけへだてなく、うつくしい。

ル・マンへの挑戦

トヨタがル・マン24時間レースへ初参戦したのは1985年。休止を挟み、挑戦を続けていたが、1999年の総合2位が最高戦績で頂点には手が届かずにいた。2012年からハイブリッド・パワーユニットを搭載したマシンで勝利を目指し、2014年には中嶋一貴がポールポジションを獲得。2016年にはトップを走っていた5号車がチェッカーまで、あと3分というところでストップした。2017年は3台体制を敷いたがトラブルが相次ぎ、表彰台にも乗れず。そして2018年、悲願の初勝利をワンツーフィニッシュで決めた。

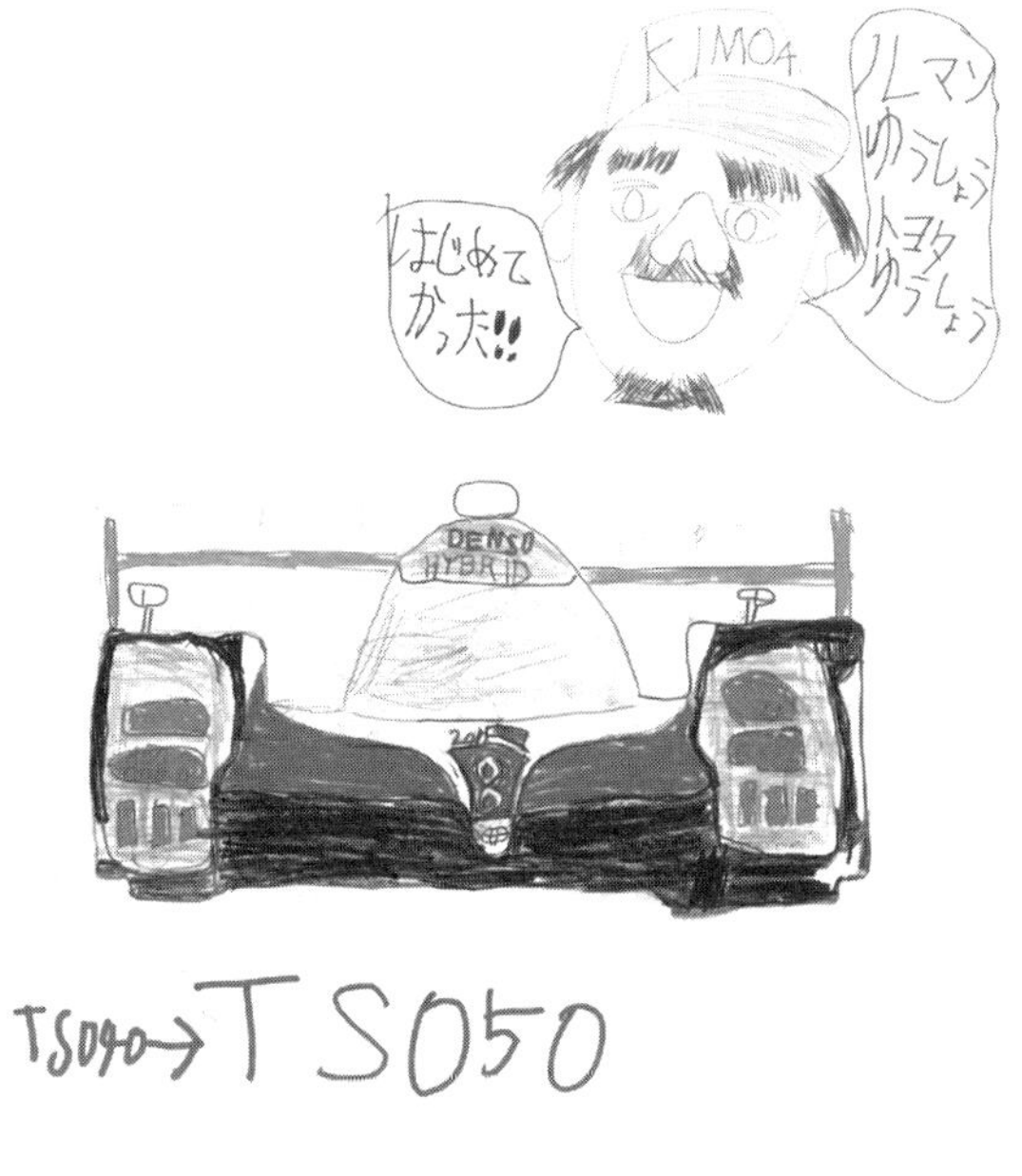

〔33〕

なにかが起こる

「かむいー!」

というのは、物心ついた頃のひとひが発していた感嘆詞で、「かっこいい」と「おもろい」を足して、さらに「はやい」感じをあらわす。3歳、4歳ころだったろうか、サーキットでもテレビでも、オーバーテイクの場面を目の当たりにするたび、

「かむいー、かむいー!」

と、身を揺すって叫ぶ。

2010年の生まれなので、小林可夢偉選手のザウバー時代に重なる。2012年の鈴鹿にはいっていないし、テレビでも見ていない。けれども、7歳のいま、「1位がベッテル、2位がマッサ、3位が可夢偉くんやんなあ」と、見てきたように「おぼえている」。

「可夢偉くん、いろんなん走ってて、で、うまいん。うまいとしか、いいようがないん」と、7歳のひとひはいう。「なんか、ぜんぶわかったはる、って感じするん」

この場合の「うまい」は、幼児期の「かむいー」に通じる。ただ速いだけでなく、うまみ＝プラスアルファがある、というニュアンスだと思う。日本人ドライバーとか、カテゴリーとかの枠をこえて「なにかある」。どのコーナーでもストレートでも、そんな風に感じさせるドライバー。まちがいなく、カート時代からそうだったんだろう。

2009年、トヨタF1での最終戦を、僕はおぼえている。デビューから「なにかある」と思わせる走り。このドライバーには「なにかが起きる」。その直感は的中した。トヨタの撤退。ザウバーとの出会い。ローラーコースターのようにはじまった小林可夢偉のF1。そして実際のレースでも、「なにか」は起こりつづけた。

数々の、信じられないオーバーテイク。前を行くクルマは、ぜったいに抜き去らなあかん。小林家の家訓にそう書いてでもあるような抜きっぷり。アロンソを、ハミルトンを、ベッテルを、可夢偉は次々と抜き、また、派手に抜かれた。それが「かむいー」なF1だった。あと1年、2年経てば、ひょっとしたら、と、僕たちはその「なにか」を、マンガの吹きだしのように思い描いた。全員を抜き去る。誰にも抜かれない。その結果立つ、ポディウムの頂上。

「いまのルクレールより、そのころの可夢偉くんのほうが、すごかったやんなあ」

「そらそやろ。尼崎の、お寿司屋さんの子ぉが、モナコ走っとんねんで」

ケータハム時代。ＷＥＣ。帰国後のスーパーフォーミュラ。うちはずっと「可夢偉くん」を追いかけた。今年のル・マン、２０１６年10月のＷＥＣ富士であんなにも凄い最終スティントをやってのけた。２位という結果は、ひとひのいうとおり「ぜんぶ、わかったはる」からにちがいなかった。

タイでのスーパーＧＴは、可夢偉の「なにか」が結集し、炸裂したレースだった。レクサス五重奏。カート時代から終わりなくつづく関口雄飛とのバトル。可夢偉のレースでは時間が吹っ飛ぶ。「いろんなん」が、ひとつのレースに混じりこみ、記憶が目の前に現出し、「いま」が未来からやってくる。

「なにか」が起こる。そして、ポディウムの頂上に立つ。サーキットで、ディスプレイの前で、映像の届かないところで、時間をこえて、すべてのモータースポーツファンが叫ぶ。「かむいー！　かむいー！」と。尼崎の、お寿司屋さんの子ぉが、照れたように笑い、雄々しく両手を突きあげる。

小林可夢偉

1986年9月13日生まれ、日本出身。2009年F1日本GPでトヨタから出走。トヨタF1活動休止後、2010年ザウバーへ移籍。2012年F1日本GPで3位表彰台に上がり、可夢偉コールを浴びた。この回は2018年スーパーGTのタイ戦で国内シリーズ復帰後の初勝利を挙げたときに書かれている。

〔34〕

ドイツうまれ

大学生のころ、マンハイムの駅舎と、ミュンヒエンの広場に、それぞれ野宿した。駅員はサンドイッチと水をくれたし、警備員にはビールを飲みにつれてもらった。ドイツ人は旅行好き、ときいたことがあった。旅行客も好きなのか、と、ありがたくおもった。

同じころ、大阪の実家にドイツ人が来た。高校生だった僕がアメリカ中西部に交換留学でいった、その交換相手だ。名前は、きいたような話だが、「マイケルでも、ミハエルでも、どっちでもいーよー」とのことだった。

僕と同い年で、身長はマイケルが20センチ高かった。「シュトゥットガルトうまれはのっぽが多い」といって笑った。大阪市内を移動するときは自転車のふたり乗りで、荷台で１９０センチが立ちあがると、まるで寸法をまちがえた機関車のようだった。

「ミュンヒエンうまれはどう」「ベルリンうまれはこう」と、マイケルはしょっちゅう口にした。「あんまり、自分たちで『ドイツ人』て思わないな」とも。「シュトゥットガルトっていうことは、マイケルんちは、メルセデス？　それともポルシェ？」ときいたら、照れた風にまつげを垂らして「ホンダ・アコード」とつぶやいた。

ドイツ・ツーリングカー選手権（ＤＴＭ）を見ていると、マイケル、あるいはミハエルのことを思いだす。ドライバー、マニュファクチャラーが競っているというより、土地同士のせめぎ合い、そんな風にみえる。

バイエルンとバーデン、シュトゥットガルトとインゴルシュタット。サッカーの国内リーグか都市対抗野球みたいなイメージ。「地球単位、国単位でなく、町や州でしか、自分をアイデンティファイできないぼくたちは、まだまだ田舎者だよ」といって、マイケルはおだやかに笑った。「そんなん、俺らかていっしょやんけ」と、大阪うまれ、タイガースファンの僕は強くおもった。

ヨーロッパの国々はほとんど、土地のぶんどり合いを経て形成された。同性愛、尊厳死の容認など、オランダが独自の考え、文化をもっているのは、ほっておくと国土が海に沈んでしまうから、ときいたことがある。

海洋国家イギリスは別の大陸に領土を求めた。さえない英文学者・夏目金之助はロンドンへ留学した。いっぽう軍医・森鴎外は、普仏戦争で勝利したばかりのプロイセンに滞留した。日本政府は軍隊をプロイセン流に編成することに決め、大陸に進出し、やがて、大国から叩きのめされる。敗戦後、森鴎外はあまり読まれないいっぽう、夏目漱石は国民作家へ、お札の顔にまでなる。

ビートルズのドイツ盤（ステレオミックス）を大音響できいてみると、ジョンとポールの声、それぞれの楽器の音を、ドイツ人のエンジニアが「これはここが正解」といいたげに、オーケストラのように配置し直しているのがわかる。「あの四人組」はハンブルクのバンド、と半ば信じているかのようだ。ガソリン自動車はドイツ南の田舎町シュトゥットガルトで発明された。ひょっとして、シュトゥットガルト以外でも、ドイツの都市に生まれたひとたちの目に、世界中のあらゆるモータースポーツが、自分の住んでいるこの土地発祥、とみえているかもしれない。

だからこそ、なのか、それでもなお、なのか、F1ドイツGPでのベッテルのクラッシュ、ハミルトンの勝利は衝撃だった。まるで1990年前後のレース後みたいに、透明なきな臭い煙がたちこめ、血流のまわる音がビンビン響いた。拳を叩きつけるベッテルの姿は、ヨーロッパ人、ドイツ人をこえた、人間の哀しみ、怒りを、火のようにあらわしていた。どこの土地でうまれようが、ほんもののレーサーは、地球上の誰がみても息をのむ、すごいレースを見せてくれる。

35

はじめての前に

たまに降り落ちる小雨ですら、銀色のシャンパンファイトのようだった。１９８８年日本ＧＰ。生で見るはじめてのＦ１。

スーツ姿のおっさんが目立っていた。おんなのひとはみな誇らしげに胸を張っていた。

おおぜいが、ラジカセみたいに巨大な携帯電話で、ピーピーガーガー喋りつづけていた。スタンドもパドックも、派手な色と音、香水の匂いであふれかえっていた。

それなのに、いま思いかえしても、「白」の印象しかない。1988年の鈴鹿は、純白だった。翌年以降もだ。鈴鹿でみるグランプリはいつも、突き抜けるように真っ白い。

2015年の3月6日、はじめて鈴鹿のメインスタンドに出た4歳のひとひ。手にはベッテルの駆るRB9のミニカーが握られている。金曜日の夕刻だった。翌朝からの「ファン感謝デー」を控え、スタッフもドライバーも準備に追われていた。

ウェブ連載『いしいしんじのごはん日記』より。

ほんもののレーシングカー初体験のひとひ、衝撃をうけて立ちつくす。それでも一台ごとに「あれ、レクシャス?」「あ、アウディ、きたわ」「ベンツ、きたわ」「あれ、けつこう、レクシャス、おおいんやなあ……」などと車種を気にしている。「えーおとや、なあ」といっていた。「ぴっぴ（ひとひの一人称）、スズカ、すみたくなってきたわ」

この夜ひとひは、F1デビュー前のバンドーンとアレジ父に手を振ってもらった。翌日は、セナの駆ったMP4／4と、スーパー耐久のマシンいくつかに乗せてもらった。「永遠のライバル対決」では、星野一義の見事なフライングに「にほんいち、はやしゅぎるやんなあ」と大笑いして喜んだ。翌年も訪れた鈴鹿サーキットホテルのロビーで、5歳になったひとひは、「日本一速い男」当人に握手してもらい、「いいか、べんきょう、べんきょう、にに、べんきょう、だぞ！」と、熱すぎるエールを受けることになる。

パドックで控え、ことが起きれば飛びだしてゆくメカニックたちも、ステアリングを握るドライバーも、監督も、みんな昔はレーシングカー好きのこどもだった。いや、レース中は年齢やこよみなど軽々と飛びこえ、こどももおとなもない、ただのレーシングカー好きに戻るのに違いない。

だから、鈴鹿で会うおとなたちはみな、ひとひのようなレースファンのこどもを、自分ごと以上に大切にする。はじめて、であることに、半ば羨望しつつ、敬意をはらう。はじめての目で見るレーシングカーが、いかに異様か、いかにかっこよいか、彼らはじゆうじゅう承知している。鈴鹿の最終コーナーをたちあがってくるマシンは、一台ずつ、目の前を通過していくたび、時空を揺るがせ、まあたらしい色に染め変えていく。

白い世界。白い時間。白い轟音。

鈴鹿サーキットは、少なくない数の日本人にとって、この国のある「中心」だ。ここに集うそれぞれがみんな、鈴鹿の「はじめて」を持っている。そして毎年、どのレースにせよ訪れるたび、「はじめて」は、次々に更新されていく。ここで過ごした時間だけが、日常をはずれ、別の次元でえんえんつながり合う。「はじめて」のサーキットを設計したひとたちには、きっと、はじめから見えていたにちがいない。だからコースが∞を、無限をかたちづくってのびているのだ。

ひとひはこの10月、8歳になる。そして、「はじめて」の日本GPを体験する。純白のエキゾースト・ノート。まっさらな時間。あたらしく出会うひと。駆け抜ける光。

鈴鹿のコースには人間の手で魔法がかけられている。∞は、ひとをあたらしい世界とつなぐ、「結び目」としても働く。

36 未来のドライバー

シャルル・ルクレールを初めて見たとき、そこだけ世界からくりぬいたように、プラチナ色に明るかった。スター性うんぬん、といった話でなく、内側に、なにか目にみえない光り輝くものが満ちあふれ、それが外に、わき水のようにコポコポこぼれだしている。生命力。精気。スピリッツ。生きていることへの喜び、感謝。

すごいレースだった、と噂をきき、後追いでバーレーンでの決勝レースを見かえした。F2カテゴリー、２０１７年の初戦。スプリントレースはいつも感じるが若馬の群れのようだ。みな我先にと、肩をぶつけ合わせながら、前へひたすら前へ、蹄を蹴りあげる。

新人ルクレールがトップをキープ。が、中盤にピットインし、ソフトタイヤを装着して、たしか14番手でコースに復帰する。それからが怒濤の展開。10台以上を抜き、最終周で1位2位も一気に抜き去り、それで初優勝。ドカベンかキャプテン翼。いや、もはやスポーツをこえてドラゴンボールの世界だ。

ただ、新人チャンピオンの誕生は、数字だけでみるほど順風満帆ではなかった。一レースごとに心臓がとまりそうな大波が、二度、三度と押し寄せ、19歳の新人ドライバーはそのたびに足を地につけ踏みとどまった。

モータースポーツへの道に連れてきてくれた父が亡くなった翌日のレースで、シャルルはポール・トゥ・ウィンを決めた。モンツァではコースを飛びだし、その後、鞭で打たれるかのようにクラッシュしリタイア。アブダビでのラストラップ、タイ人ドライバーのアルボンを抜き去っての優勝は、去年みたどんなスポーツの勝利よりうつくしかった。二名の日本人ドライバーを応援するいっぽう、ぼくはどんどん、この19歳のドライビングが好きになっていった。２０１８年となり、新人チャンピオンは当たり前のようにF１ドライバーとなった。

ルクレールほどオンボード映像が楽しいドライバーはそうそういない。挙動のひとつひとつにピンとピアノ線のように意志が通じている。ハンドリングひとつとっても、無駄な動きがいっさいない。ルクレールがいま、なにかを感じとった、だからそうしたの

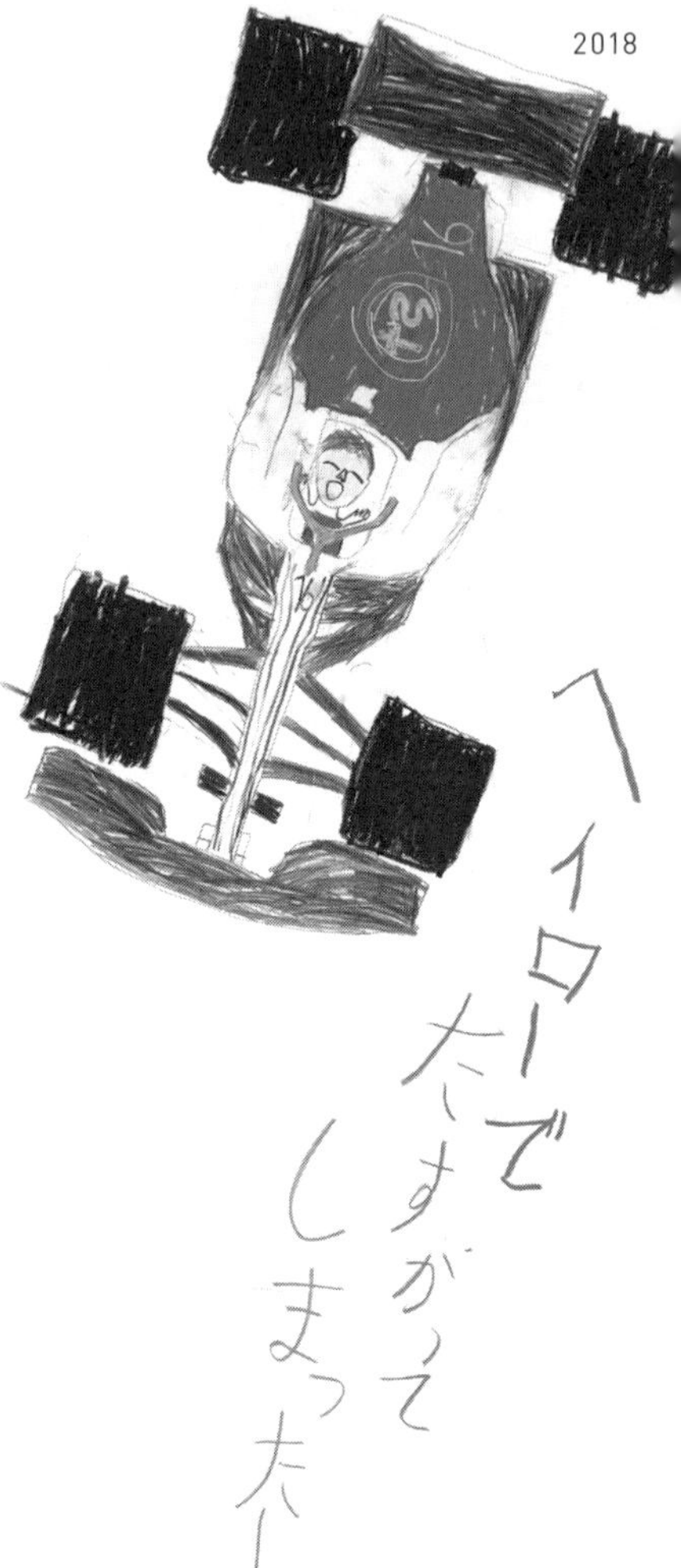

だ。マシンと、路面と、風と、ことばをこえて、たえず対話しながらドライビングしている。それが映像で、たぶん誰にも「伝わる」。それはきっと、彼の内面からほとばしるなにかと無関係ではない。

シャルルはかしこい。見ていればわかる。そして、そのかしこさと同じレベルで、呆気にとられるくらい野蛮だ。車幅プラス5ミリの幅があればそこへ飛びこむ。もしなければ飛びこんでこじあける。今季、ザウバーのマシンがもう少しパワーを持っていれば、同い年のフェルスタッペンと、えんえんと何周でも殴り合いをつづけているはずだ。

「モータースポーツの未来」ともいえるシャルルの存在を、ベテラン選手や引退したドライバーほど愛で、大切にしているようにみえる。昔ながらのオーソドックスなレースをするから、ではなく、もう自分には失われつつあるかもしれない野生の生命力を、まわりに惜しげもなくほとばしらせているから、なのかもしれない。つまり、本物だから。

ベルギーGPスタート直後。宙に舞いあがったアロンソには、自分の落下する軌道が、おそらく、あらかじめみえた。車体に衝撃を受けたとき、彼はいったい、なにを感じたろう。直後、ルクレールの身になにもなかったと知ったとき、なにを信じたろうか。

ルクレールはF1デビューにあたり、インタビューでこう話している。「父とジュール(ビアンキ)は、空の上から、喜んでくれているとおもう」。シャルルの輝かしい生は死に裏打ちされている。ヘイローのおかげなのかどうか、それはわからない。未来を照らす大きな光が、目に見えない大きな作用によって、救われたことだけはまちがいない。

HALO(ヘイロー)
2018年からF1に導入されたシステムで、ドライバーの頭部を保護するためコックピット周辺に取りつけられる環状のパーツ。聖人像の頭上に描かれる光輪(HALO)を思わせることから命名された。

37 スタートライン

京都では、小学校の夏休みは8月26日に終わる。月曜の朝、いかにもゲンナリー、といった表情の二年生ひとひに、奥さんの園子さんは、「この一週間、ブーブー文句いわないで学校いけたら、9月1日の土曜日、すんばらしいお知らせ、教えてあげる」

行ってみたら学校もわりと楽しかったらしく、その週の間、文句の文の字の最初の点すら打つ気配がなかったが、土曜日が来て、晩ごはんのたらこスパ平らげてしまうと、ひとひは食卓でわざとらしく咳払いをし、

「じゃ、おしえて。すんばらしいおしらせ」

園子さんは真顔で告げた。

「今年、鈴鹿にイキマス」

ひとひの顔面が硬直する。無表情のまま席を立ち、座敷にいってテレビをつけ、ずっとピコピコ、チャンネルを変えまくっている。

あとできけば、うれしすぎて、どんな顔したらええか、わからへんかった、とのこと。

その日から、雑誌のバックナンバーをめくり、DVDで90年代をふりかえり、と、GPの予習がはじまった。座敷に紙製の道路を敷いて鈴鹿のコースを作り、コーナーの抜きどころや危険箇所を確かめてみたり。

「ハッキネンさんきはるんや」

ネット上での、本人のあいさつ動画を見、ひとひはしびれた。生まれついてのホンダ好きが、連載のイラストについて、MP4／6とMP4-13と、どっちを描こうか悩みに悩んだ。結果はご覧のとおり。『グランプリ天国』ご著者の村山文夫さん、恐れいりますが、ひとひの愛読、耽読ぶりに免じて、どうか模写をお許しくださいませ。

優勝したらいい、と思うのは、の問いに、

「キミ・ライコネン」と答えるのは、わかってる、と思った。ほかに応援するのは、ときいてみると、たてつづけに、「ルクレール、ガスリー、ハートレー、フェルスタッペンくん」とこたえが返った。

この10月、ひとひは8歳になる。ピエール・ガスリーは8歳のとき、友だちのエステバン・オコンくんに誘われ、初めてカートに乗った。ルクレールは4歳でカートデビュー。父親とジュール・ビアンキの指導を受けて、8歳にしてフランスのPACAチャンピオンシップを獲得。

マックス・フェルスタッペンは4歳半でカートをはじめ、8歳で地元リンブルフ州のカート選手権で2位に入っている。じゃあ、ライコネンは？　調べてみると、やっぱり8歳でカートをはじめていた。

自分が8歳、小学二年生のころを思いだしてみる。本ばかり読んでいた。学校では教師に反発し、スリッパで殴られてばかりいた。家に帰って画用紙を綴じ自分で本を書いた。色鉛筆のケースの絵柄が赤いフォーミュラカーだった（おそらくフェラーリ312B）。やっていること、身のまわりのものが、いまとほぼ同じなのに少なからず驚く。

7歳は世界じゅうほぼどこでも、はじめて初等教育の機関にはいる年齢。ひとひとその同級生たちをみていて、小学校一年生は完全な小学生じゃないな、と感じた。まだ「新入生」。新生児が人間になりきっていないのと同じこと（だからすばらしいのだが）。

8歳、二年生になってようやく、自分の目でまわりを見、みずからの立ち位置をたしかめ、前へ進みだすことができる。サッカーボールを蹴って、カートに乗って、鉛筆を握りしめて。8歳とは多分に、それからしばらくつづく、楽しくもややこしい「人間の時間」のスタートラインなのだ。

8歳ではじめてF1を見る。それがひとひの時間にどう響くか。大勢の8歳児が10月の鈴鹿に来る。そこから自由にひらかれていく可能性を胸に秘めて。8が横たわり見る夢はきっと、鈴鹿のコースと同じ「∞」のかたちを描きながら、未来へとまわりつづける。

38

キミ語

スズカを前に、ひとひが入院した。喘息の発作自体は、いまは点滴でその日のうちに鎮まるが、血液中の酸素量が安定するまで、家に帰ることが許されない。最低五泊六日。小学二年生にしたらタイクツ地獄。

これを機にひとひは２０００年代のＦ１を映像や雑誌類でひととおり振り返った。そして出した結論が、

「やっぱり、次のスズカは、キミが勝つんが嬉しいやんなあ」

ということだった。

ベッテルやハミルトンは、これからいくらでも勝てる。けれども今後キミが勝てそうなのはおそらく次のスズカしかない。だから、最後かもしれないキミの優勝をみんなで

見届けたい。ひとひの気持ちはおそらくそんなところだろう。

もともと「フェルスタッペンくん」推し。ガスリー、ルクレールら、次のスターも応援している。なのにひとひが、現役最高齢のキミ好きなのは、物心ついたときから、2005年シーズンを戦ったマクラーレンMP4-20のミニカーを持っていたことが、多分に大きい。羽ばたくようにうねる流線型の銀のボディは、たった一台だけコースから離れ、いまにも空へ、未来へ、ボディウムの先へと飛び去ってしまいそうだ。ひょっとするとひとひは、唯一無二のあのスタイリングに、ライコネンを重ねて見ているかもしれない。

松田優作がどんな映画に出ようが松田優作でありつづけるように、フェラーリでもマクラーレンでもロータスでも、ラリーカーでもNASCARでも、なにに乗ってもライコネンはライコネンだ。酒を飲んでも息子を抱きあげてもひとり黙々と走り込んでいても、いつもライコネンはライコネンのままなのだ。

だから、伝記が書かれる。母国フィンランドではあっという間に初版の5万部が完売した。『知られざるキミ・ライコネン』。

2歳まで、ひとことも話さなかった。きっとうまれたとき、たったひとりで、きっぱりとそう決めたんだろう。幼いキミの目にはたぶん、まわりのあらゆるものが、彼にしか見えない見えかたで見えた。雪、時間、流水に雲。動いていく「速さ」そのもの。

伝記のなかで、たぶんキミは独特の言いまわしを連発する。「はじめからわかってた」とか「走ってるときは走ってることしか考えない」とか。でもそれは、ことばの表面通りの意味ではない。彼の母国語は英語でもフィンランド語でもない。キミ・ライコネンはキミ語を話すのだ。

２００１年、21歳でのデビュー。ペーター・ザウバーはほんとうに偉人だ。フェルナンド・アロンソも同じオーストラリアＧＰが初Ｆ１。２００５年にデッドヒートを繰りひろげるふたり。

フェラーリでの年間チャンピオン。アロンソに席を譲ってのＷＲＣ挑戦は、きっと心底楽しかったのではないか。ロータスからのＦ１復帰。アブダビＧＰの「リーブミーアローン優勝」。さらに名門フェラーリへの移籍。そして、びっくり仰天、キミにしかできない選択、古巣ザウバーへの復帰。

勝つこと、強いことで人気を集める選手はどんなスポーツにもいる。しかし、僕やひとひがライコネンを好きなのは、強いから、速いから、ではない。彼がキミ・ライコネンだからだ。酒に酔い、悪態をつき、船から落っこち、真顔でふざけ、本気で泣く。

ライコネンは弱い。だから強い。人間として、ドライバーとして。彼が走りつづけるかぎり、僕たちは声援を送りつづける。退院のときひとひは、相部屋だった男の子に住所を教えてもらった。お見舞いの手紙を出すつもりらしい。ライコネンの絵を描いてあげればいい。鈴鹿のポディウムの頂点でシャンパンを飲んでいるか、さっさと着替えてビールを煽っているか。どちらにせよキミはキミだ。

キミ・ライコネン
1979年10月17日生まれ、フィンランド出身。2001年にF1デビュー。フォーミュラ・ルノーから飛び級でザウバーに抜擢され、2007年フェラーリでチャンピオンに。その後、F1を離れて2011年までWRCに参戦。2012年ロータスでF1復帰。必要最小限のコメント、泥酔エピソードなど独自の個性で多くのファンに愛されている。

ライコネンゆうしょう
スズカやった
フェラーリもゆうしょうだ
Kimi
マクラーレン・メルセデス
A・ニューウェイさん
やった!!

39 知ってしまった

金曜のスタンド風景はテレビで見た。鈴鹿にキミ・ライコネンのファンが集まるのは予想ができた。土曜、サーキットに着いて、トロロッソ・ホンダ応援団の多さに思わず立ちつくした。僕自身トロロッソのパーカーをかぶっていた。それほどどうすら寒い天候だった。

ほとんど水滴とはいえないほどの雨がときおり降りつけた。ウインドブレーカーとミシュランキャップだけのひとひは最終コーナーから一瞬も目をそらそうとしなかった。予選どころか、F1を観戦するのさえ、これが初めてだ。春のファン感のデモランとは比べようもない張りつめた空気、サウンド、光。銀のマシンが目の前を滑りぬけてゆく。首に提げたチケットには、リカルドの駆るレッドブルのマシンがプリントされている。

園子さんのはトロロッソのガスリー、僕のにはライコネンのマシン。三チームが活躍してほしい、ひとひは当初、そう思っていた。Q1、Q2と予選が進むうち、だんだんと、どのチームでもよくなった。連載の当初ひとひは次のようにいっていた。

「いいレース、とか、わるいレース、とかいうのんは、ないねん。おとうさん、レースっていうのんは、ぜんぶ、ええねん。レースやってるだけで、すばらしいねん」

ウイリアムズもハースもルノーも、メルセデスもザウバーもフォース・インディアも、すぐそこを走ってる、それだけでもう、ほんまにすばらしいなあ、Q2が終わるころ、ひとひの目はそんな風に語っていた。リカルドはコースに出ることができなかった。その無念さを、スタンドで待っていた全員とともにかみしめた。

Q3。インターミディエイトで出たベッテルのマシンが、たった一周でピットに戻ってくる。「なにやってんだ」と、うしろの小学生がつぶやく。その父が隣で「勝負あったな」という。モニターを見てたしかめる。赤牛の二台がカエルのように雨中でぴょんぴょんジャンプアップする。ハミルトンがラップを刻む。出ていきそうなマシンはもうない。またモニターでたしかめる。赤牛の二台は奇跡のように十台の中団に引っかかっている。六位、七位。終了して即、はかっていたかのように大粒の雨が降りだす。

「予選、おもしろかったあ」とひとひ。「てゆうか、ぴっぴ、予選が好きやわ」

夜、宿泊はキャンプサイト。小学校で会うことのないモータースポーツ好きの子らが、秋のバッタみたいにそこいらで跳ねている。「F1の服着てるひと、こんなにまとめて見るなんてあり得ないよね」と、園子さんが笑う。ひとひはテントで、全巻もってきたグラ天（村山文夫『グランプリ天国』）をめくりつつうつ伏せで寝てしまう。

日曜の朝、赤い旗の揺れる歩道を歩いていたら、うしろから黒いNSXが来た。ハンドルを握るのは佐藤琢磨だった。五分ほどおいて、今度は黒いフェラーリが来た。ベッテルが窓から笑みをこぼし手を振ってくれた。「キミさんやったら、スクーターで来はるんちゃう」とひとひ。

決勝では、フェラーリ・ファンの一喜一憂で空が揺れた。まわりではフェルスタッペンは完璧に悪者にされてしまった。レッドブルを駆るリカルド、跳ね馬のキミを、最後まで見逃すまいと追いかけたが、ふたりはいつも目線をかすめ、悠々逃げていってしまう。

表彰式は真ん前で見た。ファミリーシートの特典だ。目前で繰りひろげられるシャンパンファイト。おとなもこどもも、全員が透明な光を頭から浴び、清らかに濡れていた。

こうしてひとひは現場を知ってしまった。ファミリー席をあちこち走りまわったあと「来年の場所、決めてきたで」と僕に囁いた。三十一回、三十二回と、幸いにして鈴鹿でのGPはつづく。網笠、浴衣、虎の着ぐるみ、キミのツナギ姿。F1の服のみなさん、来年もまた鈴鹿サーキットで会いましょう。

HONDA
1位はハミルトン!
3ぶんの1がフェラーリファンだった!
レッドブルが3位になった!
キャンプのごはんおいしかった!
トロロッソがQ3しんしっ!

2018年F1日本GP
メルセデスのルイス・ハミルトンがポールポジションから優勝。決勝スタート直後にシケインで飛び出したレッドブルのマックス・フェルスタッペンがフェラーリのセバスチャン・ベッテルに接触。レッドブルのダニエル・リカルドは15番グリッドから4位まで挽回など多くのドラマがあった。

40 ニューウェイさん

日本GPの翌日、鈴鹿の渋滞を避け、亀山インターに向かっていたクルマの後部席で、もうじき8歳になるひとひが、

「F1のマシンな、エンジンより、だいじなことがあんねん。おとーさん、わかる？」

「なんやろ」

「くうりき、やねん」とひとひは答えた。「くうりきで、はやなったり、おそなったりすんねん。それでな、ぴっぴ、わかってんけど、おおきなったら、くうりき、やることにしててん」

「あ、ドライバーやないんや」

「だってな、ぴっぴがすきで、ミニカーでもってるマシンな、きのうしらべてみてん。


ニューウェイさんみたいになりたい！

ＦＷ14やろ、ＭＰ４‐20やろ、ＲＢ５、ＲＢ８やろ。ぜーんぶ、ニューウェイさんがつくってん。だから、ぴっぴ、くうりき、わかるねん。なんか、見えてんねん」

そうかもしれない。理屈でなくマシン全体を見わたす子どもの目は、ボディを流れる風の動きをありありととらえるのかも。

「ニューウェイさん」の自伝『ＨＯＷ ＴＯ ＢＵＩＬＤ Ａ ＣＡＲ』によれば「将来、モータースポーツ関係の仕事に就くことは、６歳までに決めていた」。そして「12歳で、カーデザイナーをやりたい、と気づいた」。幼少時からはじまって、学生時代の思い出、マーチからレッドブルまで、それぞれのマシンを「いかに作りあげていったか」を詳しく、わかりやすく、エイドリアン・ニューウェイ本人がつづっていく。洋書のハードカバーの割に価格が安い。それに、ときどき笑える。

８歳の頃、エイドリアン少年は、機械いじりが好きな父と、ふたごのようにガレージ小屋に入り浸ってすごした。

「空力に関する私の初実験は、黒板めがけて発射させるフェルトペン製のダーツだった。ある日のフランス語の授業まで、とてもうまくやっていたんだ。私のダーツはそのとき、真上に飛び、スチロール製の天井に突き刺さった。教室じゅうのくすくす笑いに気づいた教師が振り返り、私に向かって歩いてきた。その瞬間だ。千に一度あるかないかのタイミングで、天井に刺さっていたダーツが外れ、教師の首の横へ、斜めに落下した。じつに詩的な景色だった。これが私の、唯一のむち打ち刑、ってわけじゃなかったがね」

学校での成績表が載っている。「ふざけすぎ」「まじめになれば、できる子」

スロットカーとプラモデルの日々。お気に入りの模型は、ジム・クラークとグラハム・ヒルの駆るロータス49。タミヤ製。

12歳のとき、ひとのデザインしたものをくっつけ合わせるのに飽き、自らクルマのスケッチをはじめる。英国『オートスポーツ』の写真を切り抜き、フリーハンドで写し、絵のなかでカスタマイズする。鉄くずやファイバーグラスを加工し、世界でひとつだけのモデルカーをいくつも作りあげる。

教室で教師が生徒たちに訊ねる。「摩擦がよいものだと思うものはいるかね」

沈黙のなか、エイドリアンだけが手をあげる。教師は面くらい、ふざけているのかと思う。生徒たちはにやにやしているが、エイドリアンは真剣な面持ちで、「だって先生、摩擦がなかったら、僕たち、立っていられません。つるつる滑っちゃいますよ」

「おとーさん」とひとひがきく。「どうしたら、ニューウェイさんみたいになれるん」

「線をひくこと」と僕はこたえる。「毎日、毎日。からだ動かして、線をひく。そのうち腕が風みたいに、自然に動くようになる。中学くらいで、わりと英語を話せるようになったら、イギリスの、ニューウェイさんの事務所に行ってみ。で、ここで働きたいんです、て本気で頼みこんでみんねん。それまでに描いた、クルマの線みせて」

「うん」とひとひ。「やってみる」

　絵が好き。クルマ好き。古いもの好き。「まじめになれば、できる子」。もうひとつ、ささやかな共通点がある。ニューウェイさんとひとひの線を引く手は、どちらも左手だ。

エイドリアン・ニューウェイ
1958年12月26日生まれ、イギリス出身のレーシングカーデザイナー。インディカーで成功を収めたあと、F1で空力の時代を切り開いた。F1第一作のマーチ881で空力の時代を切り開いた。ウイリアムズとマクラーレンで選手権を制覇したあと、2006年にレッドブルへ移籍。手がけたF1マシンによるコンストラクターズタイトルは10回、通算優勝回数は150勝を超える。

41

レースそのもの

この連載で何度か触れたとおり、8歳になるうちの息子ひとひは「いいレース、わるいレース、ていうのはない」が持論だ。「レースはな、レースやったら、なんでもすばらしいねん」

スーパーフォーミュラ（SF）最終戦、鈴鹿でのレースが終わったとき、ひとひは感慨深く「あー、おもしろいレースやった！」と呟いた。また、もてぎでのGT最終戦前、グリッドを見つめながら「うわあ、おもろいレースになりそうやあ」と叫んだ。

いい悪い、はないけど、おもろい、おもんない、はあるのか。無論、ある。事実、SFとGTのどちらも「おもしろすぎる」レースとなった。

その「おもしろさ」の中心に、両レースとも、同じ選手がいた。

ＳＦ決勝後のインタビューで彼は次のように語っている。「最終ラップまで熾烈な争いをして、速い者がチャンピオンになるという、フォーミュラカーレースの真の面白さをお見せできたのは、ニック選手ほかレベルの高い選手と戦えたからこそです」

「ニック」を「平川」に置き換え「フォーミュラ」を取れば、一字一句すべて、ＧＴ後の、ハンサムなイギリス人レーサーの笑顔まじりの談話として通用する。

山本尚貴選手に、誤解を恐れずいうなら、「速い」という印象がない。「強い」でもないし、「うまい」でもない。いや、速いし強いしもちろんメチャメチャうまいのだが、山本選手を言い表すための最適の形容句があるなら、こういったことばではないような気がする。山本尚貴はひとことで語れないのだ。

ホンダのエース、と呼ばれて久しい。だからこそ、鈴鹿で、最終戦、あれほどまでに耀いた。無限のＳＦ14が、文字通り黄金色に耀いてみえた。５年間走りつづけてきたすべてのレースの最先端として、山本選手はデグナー１、２を踏み、スプーンを滑りぬけ、１３０Ｒを駆けぬけた。

アナウンス、大歓声、インタビュー、笑顔と涙。誰もの胸が熱くなる。おもしろいレースとは、ドライバーのすべてが、そこにさらけだされているレース。ドライバー自身が、「レースそのもの」になっているレース。もちろん勝っていれば理想。けれど、もし負けていたとしても、「あのレースは尚貴だった」「いやあ、山本だったよな」と長い時間経ったあとも語り継がれる、そんなレース。

速い、強い、うまい。そういう乗り手は他にもいる。しかし、レースそのものになれるドライバーは滅多にいない。そして２０１３年以来、山本尚貴はいくつものサーキットで、まちがいなく「レースそのもの」になっていた。

インタビューでよく「ドライバー全員」「19人の選手」と口にする。そんなときの彼はただのウイナーでない。その日のレースそのものとなって、ドライバーたち、スタッフたち、観客、全国のファン全員を、こころから祝福しているのだ。

もてぎでのＧＴ最終戦、チャンピオンを決めたのはバトンのブレーキング、ハンドリングの妙だったように見え、やはり、「あのレースも山本だった」。地元生まれのドライバーが、もてぎでチャンピオンを決める。飛びはね、絶叫し、バトンに抱きつくレースそのもの。「ありがとう、みんな」とレースは叫ぶ。「おもしろいレースにしてくれて！」

２０１８年のモータースポーツ。これからずっと、何万何十万人の頭に、あの、穏やかそうだが意志の強い瞳が浮かぶ。涙をぽろぽろこぼしながら、他のドライバーをねぎらう、ふところの広い笑みが広がる。
山本尚貴はひとことで語れない。語る必要はないのかもしれない。ただ見まもっていればいいのだ。山本が走るのを。笑い、泣き、叫ぶのを。レースそのものとなり、黄金色の夕陽のなか、真上に拳を突きあげるのを。

2018年スーパーGT／スーパーフォーミュラ
スーパーフォーミュラは最終戦の鈴鹿でポール・トゥ・ウィンを飾った山本尚貴が、ニック・キャシディを逆転して二度目のチャンピオンに。スーパーGTでは最終戦もてぎで3位に入ったRAYBRIG NSX-GT（山本尚貴／ジェンソン・バトン）がシリーズ王者となった。文中の「ハンサムなイギリス人レーサー」は王座を争うライバル陣営、平川亮との直接対決を制したバトンのこと。

山本尚貴さん
SF19でもがんばって!
YOKOHAMA

42

名場面

ひとひが最近、競馬にはまっている。

競馬新聞ひらき、福島、東京、阪神の出走表を、ワンカップずずーっとすすりながら赤鉛筆でチェック、というのではなく、ただひたすら、馬の絵を描いている。

乗馬にかよっていることは前に書いた。およそ十ヶ月習って、いまは、元サラブレッドの鞍にまたがり、進め、速歩、ストップ、までなら介助なしでひとりでこなせる。

そこのクラブハウスで『21世紀名馬列伝!』という本を見つけた。オルフェーブル、ウオッカなど、記憶にも記録にも残る競走馬たちを、漫画家のおがわじゅりさんが、あふれんばかりの馬愛をこめて紹介していく。グランプリ天国よりは実録寄りで、でも愛情のそそぎかたはとても似ている。

グラ天ファンのひとひはすぐ夢中になり、今日はダイワスカーレット、今日はロードカナロア、と「じゆうちょう」に、いそいそ名馬たちを描きうつすようになった。

馬の輪郭は流れる曲線でできている。つい先月まで、動物の後ろ脚などまっすぐな棒でしか表していなかったひとひが、馬のお尻から蹄までの流麗な、たえず波打っているアールを、ていねいに紙の上に再現していく。

クルマでいえば、ラリーカーかも、と少し思った。現代のフォーミュラマシンは、跳ね馬や赤牛はいるけれど、昔にくらべ、あまり生きものを連想させない。ラリーカーにはそれぞれ「顔」がある。背を丸めてダウンヒルを滑り落ち、雪山でジャンプ、砂を蹴立ててとまったりと、やっていることは野生動物そのまんま。馬も、マシンも、パッと見はどれも同じようだが、まっさらな目でよくよく見れば、シルエット、表情、目つき、くっきりどれも違う。

ひとひがとくに気に入った一頭が、エイシンフラッシュ。２０１０年3歳の春、なみいるライバルを抑え日本ダービーを勝利。そのまま連勝街道、と思いきや、運に恵まれず、大きなレースでは二着つづき。もうすぐ引退か、と囁かれはじめた5歳の秋、ついに天皇賞で二年半ぶりの勝利。優勝後、ミルコ・デムーロ騎手とエイシンフラッシュが並び、両陛下にむかって一礼するシーンは、競馬史上に残る名場面だ(書いてて涙出てきました)。

モータースポーツの喜びは、マシンがゴールを駆け抜けていく瞬間に集約される。けれども僕は、僕たちは、たえず勝利に恵まれているわけでない、ほとんどのレーサーたちをも応援してやまない。いや、グラ天、名馬列伝を見ればわかるとおり、勝てなかった馬、人知れずもがき苦しむドライバーにこそ、ファンたちは、強くこころを動かされる。そして苦難の末、彼が、彼女が、その苦難に見合った栄誉を手にしたとき、ああ、見てきてよかった、とこころから思うのだ。競馬を。モータースポーツを。そこにかかわるすべての競技者たちを。

ラリー・オーストラリアの3日目を見ながら僕は、エイシンフラッシュのことを考えていた。この連載の1回目で僕は次のように書いている。「ラトバラくんは本当に『いろいろな人生をのりこえてきた』。だから、わかるのだ。これは俺のクルマだと。いや、俺だと。俺そのものだと」

2008年の最年少勝利からもう十年。パワーステージを駆け降りていく泥まみれのヤリスの顔が、もう、ドライバー本人にしか見えない。ゴールシーンを見届けるまでもなく、僕はいま名場面を目にしている。マシンは砂塵をまきあげ、ジャンプし、ドリフトする。先頭を切って走る喜びを爆発させている。もうすぐゴールだ。いけいけいけ、逃げろ、飛びこめ、「ヤリス」-マティ・ラトバラ！　ずっとお前を信じてた！

43

歴史のはなし

本年度、2018年のモータースポーツシーズンは、8歳のひとひ的には、おおむね満足のいくかたちで終わった。

スーパーGTはレイブリッグ、スーパーフォーミュラは無限と、物心ついてからずっと応援してきたホンダの両チームが優勝。しかも山本尚貴選手の二冠。冬休みにはきっと、ホンダ関連のミニカーばかりリュックに詰めて、青山のウエルカムプラザを訪ね、顔見知りのおねえさんと山本選手のレースについて話しこむことだろう。

ＷＲＣは最初、もやもやが募った。けれどもタナックの連勝で、ごく自然に流れが変わった。もう既定路線だろうと思っていた日本での開催が、突然ひっくり返されたが、招致に関わってきたすべてのかたの顔を思えば、やはりごく自然に、感謝の念しか浮かばなかった。８歳児はＷＲＣから、人間のなす、あれやこれやを理屈でなく学ぶ。トヨタのタイトル獲得が嬉しいのは、最後の最後にラトバラが、やはりチームのリーダーとして、新雪のようにまっさらな笑顔で、モリゾウ社長の旗を振りあげることができたからだ。

小二になって、読める漢字が増えたひとひは、村山文夫さん著『グランプリ天国』の世界に浸りきり、もう見ることのない、バリチエロやフィジケラの無念、シューマッハの偉光、ハッキネンのふんばり、可夢偉のオーバーテイクらを、歴史的事実として学んでいった。かと思ったら、現実の鈴鹿でハッキネンに会った。バリチエロにも会えた。かと思えばクビカが戻ってくる。手を伸ばせばもう歴史がすぐ目の前にある。

だからＦ１に関しては、ルクレールがすごかった、トロロッソおしかった、ハッキネン涙出た、等々、個別の話題もいろいろあるけれど、ひとひとすればそれ以上に、いま生きている自分と、自分が生きていなかった時間とのつながりかたを、グラ天、生の鈴鹿から身をもって教わったことが、おそらく、なによりも大きかった。

過去のある出来事が、おはなし、STORYとしてきこえるとき、そこに自分ははいっていない。けれども、それがHISTORY、歴史として立ちあがった瞬間、たとえ末端にすぎなくとも、その過去とつながって自分も生きている。

さらにまた、HISTORYは自分のいるいまから未来へも投射される。山本選手の二年後、WRCの日本開催、ガソリンエンジンが使えなくなったときF1はどんなかたちをとっているか。ほおづえをつき、8歳のひとひは思い描く。そのとき少年はモータースポーツの歴史のなかに小さな座を占めている。村山さんの描くハッキネンやバリチエロがパスを手渡してくれたのだ。

クレイジーケンバンドが好きだった3歳児は、6歳の春、京都で開校された「横山ロックンロール小学校」の総代として、校長の横山剣さんにベレット1600GTを描いた表彰状を手渡した。競馬に目ざめた今秋、乗馬のレッスンで厩舎にいくと、薄暗いなかに、2004年のダービーをコースレコードで勝ったキングカメハメハの仔が待っていた。

小さい頃は、ただ驚きだった。けれどもいまは、出来事と出来事の結びつき、必然、という感覚をもって時間をみられる。おはなしは絵空事でなく、現実になり得る。

「なーおとーさん」とゆうべ、ひとひは僕に尋ねた。「ぴっぴって、なんでもできるん？できひんこと、ないのん？」

ないよ、と僕はこたえる。いまからやったら、なんでもできる、と。それは「おはなし」かもしれない。が、それでＯＫ。

おはなしを作る。歴史を作る。どちらも同じことだ。フランス語のｈｉｓｔｏｉｒｅ、ドイツ語のｇｅｓｃｈｉｃｈｔｅ、イタリア語のｓｔｏｒｉａ。ヨーロッパでは元々、「物語」「歴史」は、同じひとつのことばなのだから。

44

乗りものと生きもの

うまれついてのクルマ好き。物心のつくころにはＦ１、ＷＲＣ、ＧＴのテレビ中継にかじりついていた。くわえて、シャチからミジンコ、アノマロカリスまで、動物ならなんだって好きだった。字が読める前から図書館で図鑑をむさぼり、動物園ではあらゆる生きものをスケッチしまくった。

そんな小学二年の息子の前に「乗りもの×生きもの」という、思ってもみない理想的存在が、なつかしい友だちのように立ち現れた。

馬である。

近所のショッピングモールでチラシをもらい、無料体験で訪れた乗馬クラブ「クレイン京都」。見あげるようなサラブレッドの威容に、臆する気配は初めからなかった。

十五分ほど乗って鞍からおりるとき、その表情は、馬と歩く未来を見すえ、旅人のようにほほえんでいた。それから十ヶ月、電車とバスを乗りつぎ、毎週末、乗馬クラブに通っている。

姿勢が悪いと、鞍から滑り落ちてしまうため、意識せず体幹が鍛えられる。馬装をつけたり水を飲ませたりは、子供でもひとりでやるせいで、胆力、責任感が身につく。そして馬は、ひとを見抜く。いいかげんな気持ちで接しては、ぜったいにいうことをきいてくれない。ことばをこえた、真のコミュニケーション。馬にやさしい人間は、ひとにもきっと誠実になれる。

個性豊かな馬たちがいる。気まぐれ、まじめ、臆病、おちゃらけ。そのどれも、乗っていると好きになり、好きな気持ちを、馬たちも返してくれる。クラブへ通う途中に、京都競馬場がある。根っからのレース好き、だから、速く、強い馬たちに興味を引かれた。雑誌、マンガなどを開き、そして知った。自分が生まれる前、シンボリルドルフ、オグリキャップ、ディープインパクトと、国をあげての声援を浴びた馬がいたことを。また、自分の生きている現在、史上最強かもしれない牝馬アーモンドアイがいて、武豊、福永祐一らは、まだ鞍に乗りつづけていることを。

「おとーさん、クレインに、ディープインパクトのこども、いんで！」

「さっき乗った、ベネディクタスのおとーさんて、あの、メジロライアンやて！」

競馬場へ行く。空の青に目をにじませ、いがらっぽい芝の匂いを深々と吸いこむ。ターフの、目にみえないどこかで怒濤が湧き、だんだん、だんだんと大きくなる。馬群が目に飛びこんでくる。4コーナーを立ちあがってきた馬たちが、一瞬で目の前を過ぎ去り、ひとかたまりの大きな生きもののように、緑色のゴールへと一斉になだれ込む。

「乗る」ことから入ると、一着の重みがよくわかる。勝つのはただ一頭。けれど、残りの馬たちにも名前があり、親たちがいる。レースにいい悪いはない、と、小学校にあがる前、ひとひはいった。レースはぜんぶすばらしいんや、と。競馬でも、F1でも、持久走でも。だからこそ、身を振り絞って勝ち抜いた一勝には価値がある。讃えられてしかるべき、誇りがある。

オジエもハミルトンも、山本尚貴も、ポディウムの頂上で、レースそのものとなって輝く。なんとすばらしく、誇らしげな「乗りもの×生きもの」たちだろう。

世界じゅうの子どもがクリスマスで盛りあがっている十二月、ひとひの頭のなかは有馬記念一色だ。彼のイチオシはオジュウチョウサン。障害から平地に復帰する七歳馬。

ジョッキーは武豊。さて、どうなったろうか。

とはいえ、モータースポーツ熱がさめたわけじゃない。小二のひとひがサンタクロースに手紙を書き、お願いしたプレゼントは、「フェラーリ248F1」のプラモデルだ。

あ、やっぱ馬か。

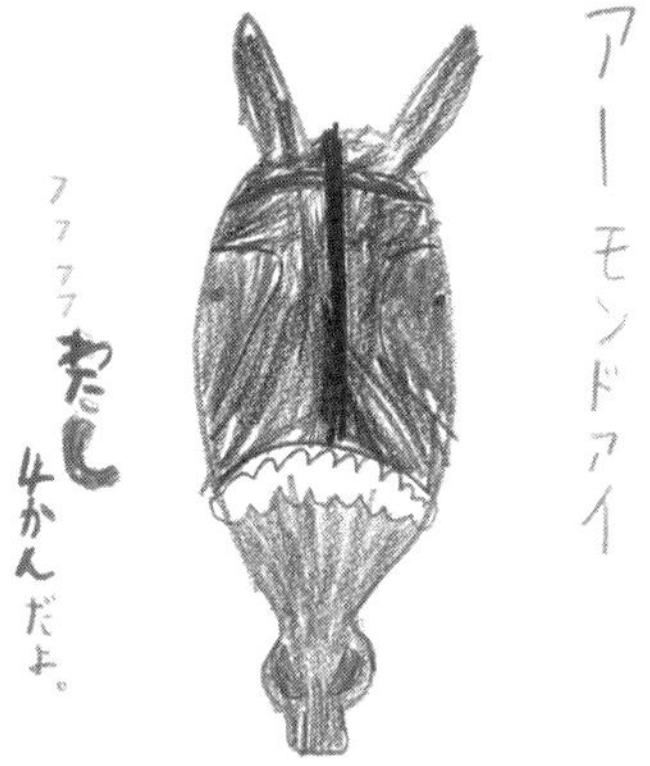
アーモンドアイ
フフフフフ
わたし
4かんだよ。

オジュウチョウサン
フフフフ、
まだまける
わけには
いかないよ。

〔45〕 赤いイノシシ

世界最古のラリーは干支レースだ。スマホを操るいまどきの小学生でさえ、

「牛さんは、前の晩からゆっくりゆっくり歩きだして、その上にネズミさんが乗ってて、ゴールの前で飛びおりて走ったから、ネズミがいちばん。牛がにばん」

「猫は、ネズミに一日おそい日にちを教えられたから、寝坊してこられなかった。だから十二支にはいれなくて、怒って、いまでもネズミをみたら追いかける」

なんて、ネズミ追いかける猫なんて一生みたことがないはずなのに知っている。

本家の中国には、さまざまなバージョンが存在する。たとえば、もともと干支レースのコースには大河が流れていて、泳げない猫とネズミは相談し、牛にかけあって背中に乗せてもらうことにした。渡河の途中、ネズミは猫を突き落とし、渡りきった瞬間牛か

ら飛びおりてゴールへと駆けこんだ。こりゃー猫も怒るわ。

　空も飛べるし神通力もあるしで、本来もっと早くついていいはずなのに、五着に終わった龍に（ウサギより遅い！）、神様が事情を尋ねたところ、「この世のすべての生きもののために、わたしはまず、雨をとめなければならなくて、天にのぼっていた。それで、遅くなりました」と。おまけに、河岸にひっかかっていたウサギを息で吹き飛ばして先にゴールさせている。なんという人格者。

　リアルな世界では最速である馬が七着。全速でゴールに飛びこもうという瞬間、蹄の裏に隠れていたヘビが目の前に飛びだし、思わず後ずさりした。で、ヘビが六着。

　猪突猛進のはずのイノシシが十二着。あれはほんとうは「豚」なのです。中国でも韓国でもベトナムでも。かわいらしい子豚が最後にちょこちょこゴールに走りこんでくる。干支が伝わった当時、日本にはまだ家畜用の豚が入っていなかった。なので、よく似た動物としてイノシシ、亥、を使ったそう。

　去年、ダカール・ラリー出走中の日野カミオンに思いつくかぎりの犬種の名を書きこんだひとひが、今年、皆さんへの年賀状の絵柄として選んだのは、赤丑でなく赤亥。ホンダPU（パワーユニット）を載せた新マシンは、干支レースとはちがって毎レースQ1に進み、ゴールに先着できるかどうか。秋田で最後のマタギ、松崎さんにきいた話だが、猪突猛進というのは実は迷信で、イノシシという動物はほんとうによくまわりが見えている。山ではもちろん最速だが、その他とくにブレーキをかける能力、方向転換する能力にすぐれている。

走る、停まる、曲がる。

昨年の赤丑は、三拍子すべてがうまくいくことが少なかった。三つそろうとき、それがギリギリ崩れそうなバランスで成し遂げられている印象が強かった。だから、連勝の気配がない。ルノーからホンダへ、リカルドからガスリーへ。安定度が増す、という予感は正直ない。バランスをあらたに組みたてる年になるのかもしれない。幸運の龍を味方につければ、一気にゴールへ吹き飛んでいけるかもしれないが。

赤馬はどうだろう。ルクレールがザウバーから連れてくるのは、馬を後ずさりさせる大蛇の精か、それとも風を呼ぶドラゴンか。アルファロメオのエンブレムの動物はどちらにも見える。ひとひの大好きだった「アリバベーネさん」は、干支の猫のようにチームから去った。エースドライバーも今年真価を見せないとおそらく同じように追われる。蛇か龍のマシンを快く操るライコネン。走る実験室となりそうな二頭の青い仔牛。それらを狩ろうとする銀色の矢二本。速さを競いながらあまたの獣たちが世界じゅうを駆け巡る。いちばん熱く、弱く、笑えて泣けて、見ているものの胸を打つ。二足でペダルを踏みハンドルを握りしめる、人間という動物の物語。

〔46〕

砂の上で強く生きる

砂の上を走る。砂は抗い、いきり立つ。引きずり込もうと、舌なめずりする。

TOYOTA
GAZOO
Racing
ルマンもラリーも
ダカールも
がんばれ
TOYOTA
301
GR
TOYOA
GAZOO
Racing
ダートにつよい馬を
書きました。

小説を書いていて、たまに、そんな感覚におそわれる。砂漠には道がない。方向も、目的もない。空間も、そして時間も。

海に似ているが、海以上に冷酷。わずかな風が吹きつけるだけで、たった数秒で目の前の風景は一変してしまう。

ひとを飲みこむ、砂そのもの、を描いた名作。安部公房『砂の女』。ポール・ボウルズ『シェルタリング・スカイ』。盲目の作家ボルヘスは、砂漠でかがみ込み、一握の砂をつかむ。少しばかり離れた場所に、しずかにそれをこぼし、そして呟く。「私は、サハラ砂漠の姿を変えようとしている」と。

そんな砂の世界に、スタート地点とゴールを設ける。あいだに道はない。ラリーストたちのつける浅い轍が道となり、翌朝にはもう消え去っている。

賞金も、賞品も、さほどでもない。汗、オイル、血、たまに涙。それでも、この星じゅうから集まってくる。今年は５４２人。期間は12日で10ステージ。バイクにバギー、ラリーカーにトラック。しかし、走るのは人間だ。砂の波が、人間を飲みこもうと、うねり、崩れ、流れる。砂は笑いかける。どうしてお前らは集まってくるのか、こんな、俺たちしかいない、なんにもない場所に。

ちがうよ、とドライバーはこたえる。ここには町にないすべてがある。大地が、空が、地図や時計に区切られない、ほんものの世界が、目の前に生きている。たった数秒で風景が一変する？　それこそつまり、生きている証拠じゃないか。ちがうか？

都市の風景が、サーキットが、死んでいるということではない。ただそれらは、あくまでひとが、ひとのために作りあげたものだ。ブラジルGPもマン島レースも、モンテカルロ・ラリーでさえ、ドライバーたちは、文明の上を走っている。その枠内でこそ命をほとばしらせて走るドライバーがいる。

枠の外へ出てみる。輪郭、奥行きのない、砂の世界。僕もそうだった。はじめて目の当たりにする砂漠は一生わすれない。まぶたのなかに収めた永遠だ。なにも建っていない。次の瞬間には変わる。だからこそ、深く、色濃く焼きつけられる。

カリフォルニアの高地。フィジーの砂丘。巨大な時間をかけて、太陽とともに空がまわる。死と隣りあわせに、むき出しの、ほんものの生が発露する。ダカールを走るラリーストは、ここではじめて、生きている、と実感する。人間には本来、方向も、目的も、進むべき道もない。みずからの手で作りだすほかないのだ、崩れていく砂、時間とともに。

「砂の王子」ナサール・アル‐アティィヤの目に、砂漠はどう映ったか。

カタールのドーハ生まれ。カタール首長のいとこ。父は前のエネルギー大臣。12歳のころから、道のない砂の上を走っていた。ラリーのみならず射撃の名手でもあり、ロンドン五輪ではスキート競技で銅メダルを獲得している。

動くものをとらえる一瞬の目。中東ラリーを14度制した王子には、砂地の揺れ動きがまるで、超一流のサーファーのようにつながって「読めた」かもしれない。そうして、道ではなく、時間に乗り、流れる砂の上を滑ってゆく。砂をもっともよく知り、読みきったものこそが、砂漠をひた走る2019年のダカール・ラリーをもっともよく「生きた」。

砂の男が、砂と語りつづけた12日間。ゴールに滑りこんだとき、時間をこえた物語は完結した。最終日、吹きつける風のなかに、砂たちの喝采、喝采が、入り交じっていただろうか。日本のテレビでは、残念ながらわからない。でも完走者たち全員の耳には、きっときこえていたはずだ。

2019年ダカール・ラリー
史上初のペルー単独開催となったダカール・ラリー、総合優勝を飾ったのは通算3度目の勝利となるナサール・アル・アティヤ。トヨタ・ハイラックスに乗り、これがトヨタのダカール初制覇となった。

47

魔法の時間

まずは、1500号達成を言祝ぎたい。まわりを見まわしてみても、1500歳の知り合いはひとりもいない。1500勝を達成したドライバーも。

ルーベンス・バリチェロの出走数322はとても好きな記録だ。ただ回数を重ねただけでない。どのチームにいても、やるべき仕事をやり通す、F1職人の歴代最多記録。

アロンソはあと11レースでバリチェロに並ぶことができた。ライコネンがあと2シーズンフル参戦すれば歴代1位となる。とはいえ、はじめっから、より長く走ることを求めているドライバーなどひとりもいない。いちレースいちレース、集中して戦い、シーズンを重ねてきたその結果、振り返ってみればこんなに長くステアリングを握っていた。

雑誌づくりも同じことだろう。1500号が世に出たいま、オートスポーツの編集者たちは、もうすでに１５０１号、１５０２号にむけてアクセルを踏みきっている。

うちにあるいちばん古い号は、１９７４年の１月１日発行。表紙を飾るのは、モータースポーツ史上もっとも美しいかもしれないマシン、漆黒に金ラインのロータス72E。当時はまだ横書き、左開きの誌面だった。定価は３００円。

巻頭記事一本目は、73年11月の「全日本選手権鈴鹿自動車レース」。マーチ７２２を駆る黒沢元治が圧勝。二本目は南アフリカで行われた耐久レース・キャラミ9時間。高橋国光・都平健二組が２４０Ｚで堂々の４位にはいり、現地のメディアから「インクレディブル」と絶賛されている。

スパークプラグ、ホイール、バルブステムなどパーツ関連、さらに、レーサー養成ドライビングスクールの広告がめだつ。「売りたし」コーナーを見ると、ホンダＳ８００が48万円、レビン用エンジン２ＧＴが15万円、さらに、ブラバムＢＴ29タイヤ・ウイング装備付80万円、といった出物もある。

僕はこの当時八歳、小学二年生だった。アルミの筆箱にプリントされた３１２Ｂを、授業中、何十回と「じゆうちょう」に描き写していた。先生に注意され、「だって、じゆうなんやろ」と答えたら、両耳をスリッパでぶったたかれた。いま小二のひとひも、プリントをはさみこむ紙ファイルに、ＭＰ４／４の絵を描き込んでいる。若い女性の先生にほめてもらえてうらやましいことだ。

年齢的にはふたり、四十四の差があいている。けれど、あの日のしんじと現在のひとひは、そんな物理的な数字をこえて、正確に、同じレースの同じ周回をたったいま走っている。55年前の第1号。いま出たばかりの１５００号。横書きが縦書きに、写真の多くがカラーに変わっても、僕もひとひも、モータースポーツ好きなら誰しも、ページを見つめるうち、同じくからだが火照り出すはずだ。

年齢や経年などにしばられない、時間の自由。ゼロと無限につながる「ある瞬間」。ステアリングを握るものも、ジャッキを手に待ち構えるひとも、一字一句見逃すまいとページを繰る読者も、ノートにマシンを描かずにいられない小学生も、日常をこえた魔法の時間に魅せられて、みんなモータースポーツが大好きになった。

73年の１３３号、37ページに、若きドライバー高橋国光のインタビューが載っている。肩まで届く長髪、スーツにブーツの足を組んで微笑み、「4位に入賞できて大変うれしい」と高橋選手は語っている。「ヘイルウッドとは2輪時代いっしょに戦った仲間だったが、ひさしぶりに会ってたがいに再びファイトを燃やした」と。

１５００号。レースは終わらない。終わる気配もない。レーサーも編集者も読者も、こころのスパークプラグを何度でも点火させ、その先へ、その先へ、時間をこえて走りつづける。

オートスポーツ
このコラムが連載されている雑誌『オートスポーツ』は、１９６２年『モーターファン臨時増刊号オートスポーツ』として発刊、１９６４年に月刊誌として創刊された。２０１９年３月１日号で通巻１５００を迎えている。

48

翼のはえた目玉

　さすが、レッドブル・レーシング、とおもった。ニューウェイ先生の「尻の絞り込み」のことじゃない。いや、もちろん、あれはあれですごいのだが、もっと単純に、あの「スパイダーマン」模様、2月13日発表の新マシンRB15にほどこされた、鮮烈すぎるカラーリングのことだ。

　チーム以外、世界じゅうの誰も予想していなかったどぎつい柄、ペイントに、F1愛好者の声は一気に沸騰した。どこまでも漆黒に接近した濃紺に、ガラス片が飛び散ったような赤の幾何学模様。「肉の部位」みたいに切り分けられた、抽象的赤牛。ネット上で、最高、超クール、とたたえるものがいれば、最低、カッチョ悪、とこきおろすものもいた。マーケティングチームとしてはガッツポーズだ。賛否どっちであろうが、話題をか

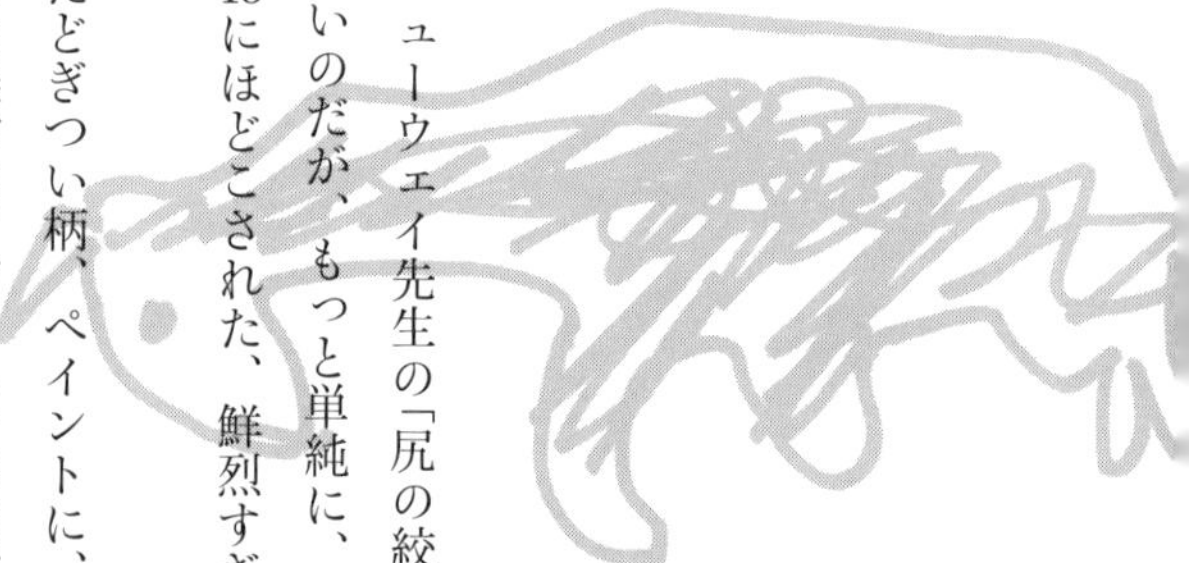

つさらえられれば大々々成功なのだから。

フェラーリ新車のマット加工も、多少、話題を呼んだ。光沢のある塗料より、つや消しのほうが車重を軽くできるというのは、申し訳ないがはじめて知った。じゃあ全部削ってむき出しにすりゃいいじゃん、という意見から、ほんとうに塗料をひと晩で削ってアルミむき出しのボディを嘲笑され、それでトップチェッカーを受けた1934年シルバーアローの伝説、メルセデスの話題につなげられてしまったのは、跳ね馬陣営としては意外かつむかつく結果だったろう。

人間は、視覚で生きる動物だ。見目麗しい相手が目の前を通れば、チラ見しないではいられないし、初対面の相手がピンクのスーツを着ていれば、交わした話題がどれほど高尚であろうが「全身ピンクのひと」として大脳皮質に記憶される。

レーシングカー、とくにF1マシンを幼子に見せて感想をきけば、十中八九、「かっこいい」とこたえるだろう（モータースポーツ好きの家に生まれればとくに）。もっとつっこめば「はやそう」と。語彙が少ないぶんだけ、子どもは躊躇なく、真実に手をのばし易々とつかみとる。

現代F1マシンは、決まったフォーミュラの上で、最速で走るクルマをめざしたら、自然とこの造形になりました、といったようなものだ。ハヤブサやクロマグロに、そんな形になったわけを問うてみれば、ニューウェイ先生やロリー・バーンと同じ答えがかえる。ゴッホや若冲があんな絵を描いてしまうのと筋道はいっしょである。自然に任せたら、そうなった。こういうひとらは余人にはみえないものをそこに「みてしまう」。

カラーリングにもその自然は間違いなく顕《あらわ》れている。「全身ピンクのひと」はただのオシャレでなく、全身全霊でピンクを着ているからそんなひとにみえる。相手に目を奪われたとすれば、その瞬間、相手とあなたのあいだに自然の導火線がつながれたのだ。

細かな情報ばかりを目で追いがちな現代だからこそ、パッと見の印象に、おうおうにして、巨大な真実がうつりこむ。注目を集めたRB15は、今シーズン、他を圧倒して速い、かもしれない。逆にまた、例年と変わらぬ印象でしかなかったメルセデスのニューマシンこそ、例年通り、最強、なのかもしれない。

いずれにせよ、見るのならやはり実物、本物を見るのでなければ、とおもう。どれほど事細かな予想より、パドックに行ったほうが自然に勝ち馬が見えたりする。「ピンクのひと」も、運命の相手も、写真で眺めているだけではただの遠い他人だ。

バルセロナ、セパンのサーキットへ出むいて、ひとの手による大自然を見届け、レポートしてくれるジャーナリスト、カメラマンたち。彼ら彼女らは、僕たちモータースポーツファンの願いをこめた、翼のはえた目玉なのである。

49

驚異の新人

「驚異の新人」は、わりとよく登場する。スポーツ、芸能、将棋や大食い選手権など、それぞれの分野で持ち回りみたいに出てくるから、そんな印象があるのかもしれない。

生きてきた半世紀と少し、ふりかえってみた実感として、ダントツの「驚異」の「新人」とは、ラジオで初めてきいたサザンオールスターズにまちがいない。『勝手にシンドバッド』くらいリアルに驚いた事件は、正直、生涯ほかにあまり経験していない。

音楽にかぎった話じゃない。歌謡曲のみならず、日本文化、日本という場をほのかに囲っていた目に見えない「枠」が、『勝手にシンドバッド』を浴びたあと、気がついて見まわせばどこかへ消えていた。それは日本語でうたわれていたが、ことば以上の衝撃を、1978年の僕たちにもたらした。あらゆるものを、堂々と「こえていってよい」のだと、そのうた自体が、全身でうたっていた。

村上龍はその二年前にデビューしている。『限りなく透明に近いブルー』。フィクションではありながら、ページからたちのぼる「ほんもの」のきなくさい煙。当時十歳だった僕でも、話題なのは知っていたし、学校でも教頭先生が話題にしていた。「あれは日本をあかんようにするクズや」と。サザンのうたとおなじく、この小説も「枠」をとっぱらった。外からぶちこわしたのだった。

モータースポーツの世界でも、もちろん。セナ、シューマッハ、ビルヌーブらの、デビューしてすぐの「なんやこいつ」感は、いまだ記憶に新しい。群れなすほかのドライバーたちと、オーラとかはさておき、明らかに挙動がちがった。おそらく、諸先輩たちに見えてこないコーナーの抜け道、オーバーテイクのポイントが、こうした新人たちの目には「限りなく透明に近く」ありありと見えている。だから、突っ込み、切り裂き、走り抜ける。その後には、ぶちこわされた「枠」の残骸だけが散らばっている。

上記の新人たちでさえ、あくまでじわじわと印象を強めていったのに対し、2007年のルイス・ハミルトンは、はじめからまばゆい、「驚異のビッグバン」だった。顔はあんな子どもなのに、「枠」をぶちこわすその拳の荒々しさは、セナや絶好調時のマンセルにさえ並ぶ。「ああ、これからこの若いのが中心になっていくんやろなあ」と、地球の裏でぼんやり見てるだけの僕にもそうわかった。

最年少男、ベッテルには、ふしぎとそんな印象がない。好きなドライバーなのに、なぜだろう、と考える。四連覇中でさえ「驚異」とはおもわなかった。勝つときは「枠」を壊すことなく、最適解で走り、一切の無駄なく抜き去っていくからかもしれない。それはそれで、ものすごいことではあるのだけれど。

ルクレールはどうだろう。

F2の頃から、ひとひはシャルルのファンで、このコラムにイラストで二度登場したのは、トヨタのラトバラくんと、この新人のマシンしかない。同チームのベッテルがただの先輩でなく、「こえていく」ターゲット、こわすべき「枠」として映っているとしたら、今シーズンの跳ね馬は抜群におもしろそうだ。

ひとひがいま夢中の競馬にも「驚異の新人」は頻出する。僕がおぼえているのはやはりシンボリルドルフ。新馬戦から菊花賞まで七連勝でっせ。その名のとおり「衝撃」づくしのディープインパクトも新人七連勝。２０１８年は牝馬のアーモンドアイが三冠に加えジャパンカップを勝ち取った。

サートゥルナーリアは今年3歳。2歳の新馬戦から三連勝。春競馬からクラシック、つまり皐月賞、ダービー、菊花賞をめざす。たしかに印象が、フェラーリのこの新人に似ているかもしれない。馬名は古代ローマのお祭に由来。イタリアの神様と馬のご加護で、若駒シャルル・ルクレール、驚異の冠を授かることができるかどうか。

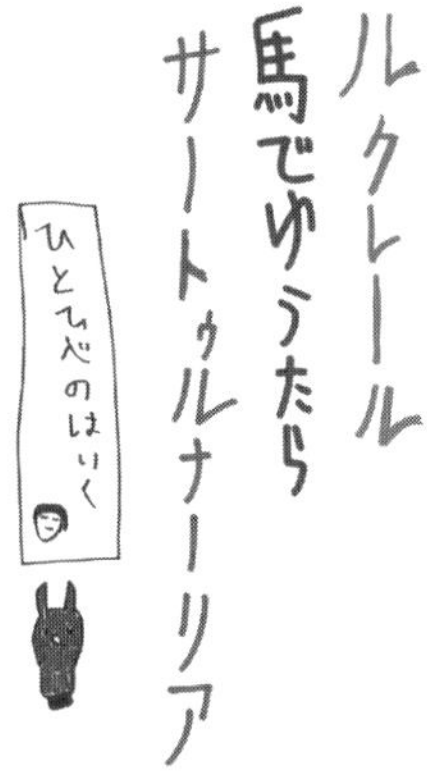
ルクレール
馬でゆうたら
サートゥルナーリア
ひとひでのはいく

76
V-Power

〔50〕

まあたらしい心臓

「おとーさん、これ、いま?」

八歳のひとひが、画面を指さしていう。

「うん、たったいま。なま」

三月十六日、午後二時十分。メルボルンの現地時間では午後四時の十分。地球という星の上を「いま」が、巨大な縦向きの帯となってまわっていく。つぎつぎに灯りがともり、消され、明滅をくりかえす。

三歳の頃、「きのう」ということばをやたら使いたがった。「きのう、ドーブツエンできりんいた」「きのう、おじいちゃんと、やまてててん(山手線)のった」「きのう、かもがわで、でかいネズミおったなー」。ドーブツエンは半年前。やまてててん、はひと月前。

そしてでかいネズミはまさに前日。

三歳のひとひにとり、いま目の前にない、過去に属するすべてが、ひとまとまりのかたまり「きのう」となる。おとーさんがうまれる前も「きのう」、ちょんまげの時代も「きのう」。「ちきゅうができたときは」と訊ねたら、なにぬかしとんねんこのおっさんは、という表情で「そんなん、きのうやん」。

かっこいいなあ、と、画家の大竹伸朗さんや小説家の朝吹真理子さんらとうなずきあった。西暦とか年号とか何世紀とか、そんな後付けの数字に振りまわされていた自分がちょっぴり恥ずかしい。

ホンダはマクラーレンとチームを組み、十六戦走って十五勝した。その後チームは解散し、そしてしばらくのち、また復活した。レースに関わるもののほぼ全員がその新たな誕生を祝ったし、マシンを駆るふたりともがもとチャンピオンでもあった。

チームはふたたび解散し、ホンダは独自の道を見つけ、口をつぐんで歩みだした。

すべて「きのう」のこと。目の前にひろがるのはまばゆい、南半球からとどく「いま」。

午後の陽ざしが乱反射する青空、その下のサーキット。一年のはじまりを迎え、ドライバー同士が、スタッフが、チームを越えてお正月のように挨拶をかわしあう、赤い帽子、黄色い帽子。サングラスの下の笑顔。

素顔。フェイスマスク、そしてヘルメットをつけたドライバーがシートに収まる。タイヤカバーがはずされ、マシンの周囲からひとがいなくなると、音もなく「いま」のギヤが切り替わり、そして、銀の矢が、赤い馬が、一台いちだい、グリッドから滑りだす。

「おとーさん、これ、いまやんなあ!」

「ああ、そや」

地球がまわり、「いま」がずれる。二十台のマシンが発射台につく。赤、赤、赤、赤、赤。消灯と、裏返しの轟音。うねりだす色とりどりの大波。銀の光。赤い怒声。黄色の羽根がちぎれ宙に舞う。「いま」はもう、停まらない。導火線のようにパワーがまわり、黒いゴムの足を駆り立てる。太平洋に渡された縦向きの帯をこえ、焦げくさい太陽のにおいが鼻先をうつ。

つぎつぎと更新されてゆく「いま」。僕、ひとひ、世界じゅうのモータースポーツ好きが、縦横の磁力でつながれる。稲妻が走り、もうすぐに当来するその「瞬間」のはじまりを告げる。「きのう」からみんな、待っていたのだ。胸のうちで拳を握りしめながら。

いま、赤い馬が、猛り声をあげながらコーナーを走りぬける。若い牛のマシンが心臓をふりしぼって煽る。日本からきた、まあたらしい心臓。
いま、赤い馬は伸びやかにストレートを走る。いま、赤い牛は、スピードをこえたスピードで馬にならぶ。いけいけいけいけーっ、八歳のひとひが叫ぶ。いま、ホンダが光のなかに飛びこみ、そうして、その瞬間がうまれる。すべての「きのう」がこめられた新たな「いま」が、待ち臨んだみなが見まもる前で、歓声の渦巻くオレンジのコーナーを突き抜けてゆく。

２０１９年Ｆ１オーストラリアＧＰ
シーズン開幕戦の舞台はアルバート・パーク・サーキット。オランダ出身のマックス・フェルスタッペン（レッドブル・ホンダ）を応援するファンはオレンジ色に身を包み、時にコーナーを埋めつくす。マクラーレン・ホンダが16戦15勝を記録した黄金時代は１９８８年。両者は２０１５年から再びパートナーとなったが、フェルナンド・アロンソ、ジェンソン・バトンらチャンピオン経験者を揃えながら結果に結びつかず、２０１７年に決別。ホンダは２０１８年からトロロッソ、さらに２０１９年よりレッドブルにパワーユニットを供給している。

51

漆黒の地響き

あと一週間で小三になるひとひは、エッ！　と口走ったきり、十秒間動かなかった。真後ろに、銀色のチャンピオンがスルスルと迫る。動けなかった。画面の向こうで、いったいなにが起きているのか理解できない。

エッ、エッ、エッ！　なんでなんで。

遠慮もためらいもなく、ハミルトンが赤いマシンを抜き去ってゆく。つづいて、ボッタスも。世界一のレースを戦っているドライバーなら誰もが身につけている滑らかさで。

そうかー、と息を漏らし、ひとひは仰向きに倒れた。画面のなかで、バーレーン・インターナショナル・サーキットの夜がまわる。いま、なにがどうなったか悟った、ひとひの表情はおだやかだ。満足げに、微笑んでいるようにさえ見える。

Ｆ１は、モータースポーツは、残酷だ。分け隔てしない。ひとの思いをこえて、自然の摂理のように動く。アインシュタインがつぶやいたように神はサイコロ遊びをしない。だからこそ、黒々と美しい。

前夜、中東でもうひとつ、世界が注目するレースが行われた。アラビア湾をはさんだドバイの地で、芝１８００メートルで戦われる国際Ｇ１、ドバイターフ。現在日本で最強と謳われる牝馬アーモンドアイが、初めて海外の芝を蹴って走る。

心配は無用だった。砂漠に取りまかれた漆黒のナイトレース、四歳の若きチャンピオンは、宙に浮かんだまま、真っ先にゴール前を駆け抜けた。目に見えない巨大な手に、後ろからグイグイ押されていく、いつもの神がかった勢いで。同じ海沿いのバーレーンで、若い跳ね馬が初めてポールポジションを勝ち取った、ほぼ同時刻に。

中東の砂漠に風が吹き、なにかが動く。ふだん滅多に動かないものが、重たげに、耳にきこえない地響きをたてて。

焦るな、と、巨大ななにかはいう。人間はいつも急ぎすぎる。大切なものは、砂漠のように、いつもゆっくりと動く、そういいながら、物事が軽く滑りすぎないよう、黒い指先をかけて引きもどす。赤い跳ね馬のシリンダーに、その透明な指は引っかかっている。

それはたぶん、サイコロ遊びでも、いたずらでもない。華やかで軽やかな、ひとが思い描いたとおりのポール・トゥ・ウィンより、三月三十一日にバーレーンで起きた信じがたい展開、結末のほうが、まちがいなく記憶に深く刻まれる。

黄色い二台のマシンが「同時に」エンジンを止め、黄色い旗となって翻《ひるがえ》ったとき、マックス・フェルスタッペンはヘルメット越しに、目の前を行く赤い跳ね馬のすぐ隣に、併走する透明な指の持ち主の姿を、おぼろげにでもとらえていたかもしれない。僕には見えなかったが、そのようななにかを感じていた。若い跳ね馬には、なにかが「憑いていた」。それは特別な、選ばれたものの刻印だ。競馬やF1、いろんなスポーツを長く見てきて、滅多に立ち会えるものではない。

砂漠に立つ、天の高さのドアが、ギイ、と音をたててひらく。ノブに手をかけ、むこうの闇に足を踏みだそうとする若者は、軽くふりかえり、首を傾げてほほえむ。

「おめでとう、ルイス、バルテリ」

その笑顔。父が、親友が笑う。

F1が笑っている。

そうして背を向け、ゆっくりと、新しい光にあふれた世界にはいっていく。僕たちも、その足跡をたどって、まっさらな世界へ足を踏みいれる。おめでとう、シャルル・ルクレール。僕たちは、モータースポーツの未来に間に合ったのだ。

DUBAI TURF
ルクレールは、
フェラーリで、
モナコゆうしょうがんばっ
て。アーモンド
アイは国枝
きゅうしゃでが
いせんもん
しょうめざし
てがんばれ

２０１９年Ｆ１バーレーンＧＰ
フェラーリに抜擢された、１９９７年生まれのシャルル・ルクレールが初めてポールポジションを獲得。スタートで２番手に落ちたものの抜き返して首位を走っていたが、パワーユニットのトラブルでスローダウン。メルセデス２台に抜かれ、背後にフェルスタッペンが迫る状況で、ルノー２台にトラブルが発生。これでセーフティカーが導入され、ルクレールはルイス・ハミルトン、バルテリ・ボッタスに続いて３位で表彰台に上がった。

52 雨の天使

開幕戦、岡山。これぞまさしくGT、と、ひとひと前のめりで見入る。

まずは予選の300。辛うじて飛びこむレオン。オリベイラの脱落。そのいっぽう、ゆうゆう首位を守ったARTAの高木、福住。

500では、GT-R勢による驚異のコースレコード、さらに衝撃だったのが、あの強かったLC500勢の、蟻地獄に落ちていくかのような敗退。山本尚貴もQ2から燃えあがる走りを見せていた。決勝では絶対になにか見せてくれる、という焦げくさい匂いがぷんぷんした。

そして日曜、その匂いは雨に打たれ、いっそう色濃くコース上にたちこめた。

レース冒頭、セーフティカーが消え去った途端、山本選手は予選からそのまま、アクセル踏みっぱなしの勢いで、カルソニックを抜き去る。雨が強くなる。

11周目、鏡のように光る路面を、山本選手はただひとり、文字通り、水を得た魚のように泳ぎ抜き、前を行くモチュールGT‐Rをアウトからオーバーテイク。派手な走りのはずなのに、まったくブレのない安定感。このひとはやはりチャンピオンなのだ、と座りなおして見入った。

雨がいっそう強くなる。

12周目、K‐tunesの新田選手は雨の天使に導かれていたのか。そう信じたくなるような光のスピードで、わずかに横にブレたARTA・GT3をまばゆく抜き去る。最多勝利記録の更新をぐっと引きよせる。

雨がさらに強くなる。天使は気まぐれ、かつ情け知らずだ。つぎつぎと、GTではあまり見たためしのないクラッシュシーンが相次ぐ。が、これもまたGTだ。飛びかう色、あざやかな破片。ひるがえる、とりどりの旗。

20周目、伊沢選手がモチュールを抜き、これでNSXの1‐2‐3態勢が整う。雨の天使がHマークの上で微笑んでいる、見ている誰もが、そう思ったはずだ。

23周目だった。僕はこの瞬間、KEIHIN・NSXのステアリングを握る、塚越広大の胸の内をおもった。コースアウトした山本選手のマシンをミラーで見ながら、アクセルを踏みつける塚越選手。ＧＴだから、最高峰のドライバーだから、足を、気持ちを、ゆるめることは許されない。雨の天使はいったいなんというドラマをつくりだすのか。31周目、レース終了。半ばで中止、ではない。皆じゅうぶん、フルに戦った。イエロー、レッドの時間もふくめ、それくらい濃密な、焦げくささ満タンのレースだった。

目にみえたシーンのうち、クライマックスはふたつ。

ひとつ目は、顔だ。ヘルメットをとり、全てを焼き焦がすような目つきで虚空を見るチャンピオン、山本尚貴。前にも書いたが、すばらしく走れたとき、山本選手は「レースそのもの」となる。この日もやはりそうだ。２０１９年、岡山国際でのＧＴ開幕戦は、山本尚貴のレースにほかならなかった。

信じられない、信じたくない、山本はそう呟いていたかもしれない。そう思いながらみずからの顔を、レースそのものを見つめていた。そうして、高橋国光監督の顔は、信じる・信じないを越え、「これがレースだ」と語っていた。山本に、レースに、「おまえがレースなんだ」と。

ふたつ目は、スタンドの観客たち。叩きつける雨に怯まず、ずぶ濡れ、ぐしょ濡れになって、最後までレースを支えつづけた、応援席のみんなだ。山本選手とともに、あそこにいたみんなこそ、ほんもののレースだった。スタンドにいてくださって、ありがとうございました。こころからの喝采を送ります。

2019年スーパーGT開幕戦
雨の岡山国際サーキットを舞台に、セーフティカー先導でスタート。塚越が山本に追突するなど波乱の末、31周で赤旗、ハーフポイントで終了となった。首位にいたKEIHIN NSX-GT（塚越広大／ベルトラン・バゲット組）にペナルティが出たため、ARTA NSX-GT（野尻智紀／伊沢拓也）が繰り上がって優勝。GT300は予選2位からスタートしたK-tunes RC F GT3（新田守男／阪口晴南）が制した。

RAYBRIG
とKEIHINのバトルもっと見たい人
もっと見せてください!

53

スピードの向こう側

セナのことを思うたび、いつも、ともに思い返してしまうレーサーがいる。

ふたりとも、別次元のスピードを誇った。たったひとり、孤独に先頭を旅してゆく姿がよく似合った。ときにやんちゃ、ときに落ち着き払い、なにより、レースを走ることが好きで好きでたまらなかった。

そのレーサーは、ひとではない。馬だ。

そして、セナと入れ替わるように、１９９４年5月１日、この世に生を受けた。その名も、サイレンススズカ。沈黙の、鈴鹿。

馬主が、三重のその地方の出身だから、自分の馬には鈴鹿にちなんだ冠をつける。サイレンス、は、父親の名、サンデーサイレンスにちなんでいる。日曜日の、沈黙。

世間が、ブラジルの英雄の喪に服しているころ、うまれてすぐのススズ（こう呼ばれていた）は、人なつっこく元気なものの、きゃしゃで、育ちが悪かった。デビュー戦こそ、段違いのスピードで勝つけれど、その後はしばらく鳴かず飛ばず。才能はあるものの、馬券を見込める馬じゃない、そのように見なされていた。理想の騎手と出会うまでは。

武豊は、この馬の常識破りの強さを、早いうちから見抜いていた。だから、滅多にないことだが、調教師に自ら「乗せてほしい」と名乗りでた。

競馬ではふつう、スタートしてしばらくのうちは、後半のために足をため、最後の直線でトップスピードにのせ、一気にゴールをめざす。華奢なススズならなおのこと、これまでの騎手はこのように走らせた。

満五歳でむかえた、1998年2月のバレンタインステークス。武豊は手綱で抑えることも、鞭を入れることもしなかった。最初から最後まで、ススズの行きたいよう、走りたいように走らせた。結果、四馬身差の一着。

3月、中山記念。やはり抑えない。ススズが芝の上を駆ける。いや、飛んでいく。鞭など使う必要がない。二馬身差の一着。

4月、小倉大賞典。飛ばすす飛ばす。最初からただひとり。なんて気持ちよさそうに、この馬は走るのか。どよめく観衆。三馬身差。コースレコードでの勝利。

異様なハイペースに見える。が、この馬の場合、それがマイペース。ダントツのスピードで後半まで走り、いったん息を入れ、そうして最後の最後にもう一度加速する。逃げ、というより、ただ、自分の走りたい速さで走り、他馬を一度も前に出さずに勝つ。光の仔。神も嫉妬する速さ。こんな馬に、いったい誰が勝てるのか。

5月の金鯱賞では、十馬身差のレコード勝ち。あまりの圧勝に、観客席から笑いが漏れた。「狂気の逃げ」と呼ばれたレース。

7月の宝塚記念。初めてのG1勝利。これから何勝するんだろう、皆そう思った。10月の毎日王冠。無敗の若駒二頭の挑戦を受けた。ぶっちぎり、引きよせ、さらに、ちぎった。敗れたグラスワンダーはのちに有馬記念を二連覇、エルコンドルパサーはジャパンカップを勝ち、凱旋門賞で二着となる名馬。勝ち方を見つけてから、これで六連勝だ。

無理しての速さとは、あきらかに違った。あくまで、走ることが好きで、レースが大好きで、それで気持ちよく、異次元のスピードで駆けぬける。11月1日、秋の天皇賞。レース半ばで、十馬身以上の差をつける。

そして。

セナはイモラのタンブレロ・コーナー。やはり先頭を走っていた。サイレンススズカは、東京競馬場の3コーナーを過ぎたところ。少しつんのめったように見えた。スピードが縮み、そして停まる。喧噪のあとの沈黙。顔を覆うもの。泣き出すもの。左前脚手根骨粉砕骨折。この日のうちにススズは、セナと同じく、「スピードの向こう側」へ走り去った。

同じ日、ほぼ同じ時刻、鈴鹿の山の向こうでは、ミカ・ハッキネンの駆るマクラーレンのマシンが、１９９１年のセナ以来、７年ぶりのコンストラクターズタイトルを決めている。

54 富士が愛でる

富士は生命のたぎる山だ。
万葉集には次のように詠まれている。「富士の高嶺は　天の雲も　渡っていけない
飛ぶ鳥も　飛んではあがれない　燃ゆる火を　雪が消し　降る雪を　火が消してしまう
ことばでは言い表せない　ふしぎな神の山よ」(長歌・高橋虫麻呂　いしい訳)
この頃から、火と煙の山だった。864年に大爆発を起こし、北西麓からふきだした
溶岩が湖になだれ込み、現在の樹海を作った。土地はうねり、空は沸きたち、岩や火や
水、さまざまなものが降った。
和歌、物語、日記と、書かれたものを読めば、富士はまるで生きもののようなのだ。
1083年、噴火活動は収束し、修験道者を皮切りに、富士登山が大流行した。土地

を焦がす火のかわりに、山は、目にみえないエネルギーを、土地を訪れる人々のなかへ注ぎこむようになった。

1966年、この地に富士スピードウェイが誕生したときも、まるで鉄柵がひらいたかのように、全国のカーキチがいっせいに殺到した。この年5月3日の日本グランプリ決勝には、九万五千の来場者があった。

火が燃え、煙が噴き上がる。ニッサン、トヨタ、プリンス、いすゞのワークスチームのエンジンが轟音を放つ。一五〇〇メートルにもわたる長大なストレート。伝説のすり鉢バンクへ、とりどりのマシンが絶叫をあげながら飛びこんでゆく。が、「飛ぶ鳥も飛びもあがらず」と詠われたように、重力の魔につかまれたドライバーは、身を引き絞られ、内蔵を半ば吐きながら地上へ帰還する。

2019年5月4日。五〇〇キロ。110周。しかし、数字以上の魔が、ドライバーたちを迎え撃つ。3776メートル、という数字が、クライマーたちにとってあまり意味をなさないのとまったく同じように。

雨が、稲光が、土地に降り落つ。「霞居る　富士の山びに　我が来なば」と、万葉人が詠んだ昔から、この山のあたりの天候は気まぐれだ。晴れたとおもったら雹《ひょう》。暑いとおもっていたら寒風。

富士のレースは、まさに生きものだ。うねり、たぎり、一瞬ごとにその姿をかえる。コースも、気象すらも。

23号車は予選で、富士の高嶺を転がり落ちる、燃えさかる岩だった。それが、決勝では、火の手が少し衰えた。「燃ゆる火を　雪もち消ち　降る雪を　火もち消ちつつ」。

オンボード映像を見ると、38号車は、一台だけ別のレースを走っていた。ドライバーふたりのなかに、火と煙のエネルギーがたぎり、コーナーごとに赤々と発火する。30度バンク上に一本しかなかったまぼろしのライン。この日のサーキットでも、そこでしかあり得ない一本の線の上を、ZENTセルモのマシンは一寸も過たず滑りぬけていく。ずっと濡れているだけでない。ずっと晴れ渡るわけではない。豪雨がやみ、路面が、初日の出のような陽光で、ゆっくり、急速に、乾いていく。その先頭を、38号車は、一羽だけ近寄るのを許されたヒバリのように、春雷を響かせて駆けあがる。

富士は、ひとを見る。ひと群れのものたちにだけ、天と地のあいだの、ちょうどいい座を授ける。

立川選手、五勝。石浦選手、四勝。合わせて九勝目。ふたり並び、ひときわ高い山頂に立つ。両脇に、23号車、1号車のふたり。彼らもまた、富士に、この座を授けられたひとびとだ。

日本一の山に愛でられたレース。出場した誰もが、日本一を走る。閃く炎が、立ちあったすべての目に焼きついている。万葉人は詠んでいる。

「語り継ぎ　言い継ぎ行かむ　不尽の高嶺は」

38
ZENT
ZENT
チャソピョンへ
がんばって!
スーパーFORMULA
でもがんばって

2019年スーパーGT第2戦
ドライの予選では23号車MOTUL AUTEC H GT-R（松田次生／ロニー・クインタレッリ）がコースレコードでポールポジションを獲得。決勝は雨でウエットからドライへと変化する状況下で、38号車ZENT CERUMO LC500（立川祐路／石浦宏明）が優勝を飾った。

55 透明な「閾《しきい》」

はじめから、うちのひとひは「フェルスタッペンくん」が好きだった。本腰いれてグランプリを見はじめた、四歳の頃から。

二〇一四年、新しくトロロッソに加わった新人ドライバーは、まだ十六歳。公道を走る運転免許を持っていなかった。

「みち、はしれへんのに、サーキットははしれんねん。フェルスタッペンくん」

アロンソ、ライコネンらと比べて、ピンク色の頬の新人には、たしかに「くん」付けが似合った。いちばん年下なのに、コース上ではふてぶてしく、時折アウトから信じられないオーバーテイクをみせる。

才能はある、わがままな子ども。その態度をたしなめる大人たち。贔屓の買いぶりならば、セナ、シューマッハ並み。クラッシュか追い抜きか。勝利か撃墜か。

子どもには「親」がいる。モータースポーツによく見られる父子の物語。セナには文字通りの「オヤジ」宗一郎がいた。フェルスタッペンくんにはもちろんヨスがいるが、それだけでなく、彼は、世界じゅうの皆が待ち焦がれた息子、という気がした。モータースポーツの申し子。その言動に、いろいろ口出ししたくなるのは、親の心配の裏返しだ。

二〇一九年、兄貴分リカルドが移籍し、フェルスタッペンくんは長男になった。Hマークのパワーユニット。去年、兄貴が勝ったモナコGP。

スタート。好調な77番を、いつでも抜ける、じゃない。レースの流れを感じ、すっとゆるめた。ところが11周目、ピットレーンで「敢えて」行く！　レース自体が「行け！」と叫ぶ、その声を聞いたかのように。

22周目、5秒ペナルティの裁定とともにエンジンに火が入る。あきらかにスピードアップ。けれども危険なし。縁石を踏みもせず滑らかな走りでチャンピオン44番に迫る。

27周目、タイヤの摩耗、雨も合わせ、メルセデス陣営の戦略が複雑にからむ。フェルスタッペンの作戦は、きわめてシンプル。「前を抜くしかない」。

31周目、コンマ5秒差で推移。44番から歯ぎしりが漏れる。モータースポーツのマシンはどれも、透明な「閾」を、微妙ななわばりの膜みたいなものを、その全身にまとっている。フェルスタッペンは44番のそれを突っつく、突っつく、突っつく。かき乱し、ともすれば引き裂こうとする。44番はそのバリアをぎりぎりで保ち、45周、60周と逃げつづける。

ヌーベルで一度ぶつかろうが、その「閾」が破れはしなかった。追いすがるほうにしても同じこと。以前なら、オーバーテイクに固執するあまり、みずからの閾を、内側から引き裂いてしまうことがあった。この日はそんな気配が一切なかった。マシン対マシン、チーム対チーム、それ以上に、ドライバー同士の閾の、ギリギリのせめぎ合い。ほんもののそれが78周目まで切れ目なく見られた。

今年のモナコGPが忘れがたいレースとなったのは、それだけが理由でない。この日を境にひとひは「くん」付けをやめた。ただ、マックス、と呼ぶようになった。

「マックス、これからホンダのマシンで、コンストラクターズと、ドライバーズタイトルの記録、ぜんぶ、ぬりかえんで」

「リカルドがミツアナグマやったら、マックスは、熊やん。めっちゃ強い、でっかい熊」

もう子どもじゃない。二十一、という年齢ばかりでない。「すべて出し尽くした」とレース後に語っている、その「すべて」が、マックスにはもう過不足なくわかっている。大人として生まれ変わった、マックス・フェルスタッペン。ペナルティでポディウムを逃しながら、「楽しいレースだった」と。速いだけじゃない、きっと「めっちゃ」強くなる。

2019年F1モナコGP
77番はバルテリ・ボッタス、44番はルイス・ハミルトンのメルセデス勢。フェルスタッペンは、優勝したハミルトンを最後まで追っていたが、ピットストップでの危険なリリースで5秒ペナルティを受け、4位に降格。

56 父と子の物語

近所の出版社「ミシマ社」のひとが、小三のひとひを借りにきた。『小学生と本屋さんに行こう』なる、WEB企画のためだ。「丸善いって、ふたば書房いって、誠光社」と、ふたりでブツブツ相談している。「いってきまーす！」に「いってらっしゃい」と、メダカに餌をやりながら送りだす。

午後六時過ぎ、玄関で僕を呼ぶ声がする。出ていくと、ミシマ社のひとの横で、ひとひが、照れくさガムを歯にはさんだような笑い顔で立っている。

「おとーさん、これ、はい」とひとひ。「父の日、おめでとーな！」

受けとる。分厚い、大判の一冊。WEB企画の名はほんとうは『父の日に本を贈ろう』だった。あけてみると車番25、1970年の鈴鹿12時間を戦い抜いたハコスカが、轟音をあげて走り出た。「GT-R　STORY&HISTORY」。運転席にうっすら高橋国光の影。あやうく落涙しそうになってしまう。五十代のおっさんに何しさらすねん。

父の日は、裏返って、父が子に思いを馳せる日にもなる。この連載の、前号のフェルスタッペンの肖像、今回のハコスカ（とくに描き文字！）など、親バカを自覚しつつも、ほんま上手くなった、と感慨を覚える。二年前の、象形文字みたいなフォーミュラカーのシルエットなんかも、あれはあれで悪くないけれど、ここ最近のひとひの絵は、明らかに一皮むけた。見える対象、描きたいイメージ、じっさいに描いていく絵、つまり、目、頭、手が、分かちがたく結びついている。まるでドライビングやん。

モータースポーツの世界で、父と子の並び姿は珍しくもない。その関係で、ほぼすべてが語りうるかもしれない、とさえ思う。

セナの幸福な物語は、「オヤジ」宗一郎を喪ってから、一転、悲劇に変わる。常勝ウイリアムズのピットには、みなの父、いつだって冷静沈着なフランクがいた。現在ラリーを走るあらゆるドライバーの父親、カルロス・サインツ。ダカールを走る菅原父子。F1の父エンツォ・フェラーリにしても、最初はアルファロメオに対する「親殺し」としてグランプリをはじめたようなものだ。そしてもちろん、バーニー・エクレストンの顔を忘れられるわけがない。

油くさいサーキットだからこそか、色濃い血の匂い、意地の張り合い、理屈をこえた、泥くさい人間関係が、モータースポーツにはよく似合う。

スーパーＧＴの現場にはまだそんな雰囲気が残る。Ｆ１はどうだろう。エンジンからパワーユニットへの転換とともにどこか、そんな色、匂いが、薄れているような気がする。ふりむけば、フランク・ウイリアムズも、ペーター・ザウバーもピットにいない。カルロス・サインツはわざわざ「ジュニア」を取っぱらってしまった。ランス・ストロールも、あんまり親父に出てきてほしくなさそうだ。

僕たちがレースを、スポーツを見るとき、そこに速さだけでなく、「物語」を求める。ライバルとの葛藤。若くしての大活躍。ベテランの復活、などなど。なかでも、父と子の関係は、ギリシアや日本の神話の時代から色濃く語りつがれてきた、物語の原型だ。

カナダＧＰを振り返ってみる。ベッテルの苛立ちが僕には、刃向かい、乗り越えるべき父親のいない息子の、困惑にみえてしかたがなかった。ルイス・ハミルトンの速さは、そんなことはとうに諦めた「孤児」の強さだ。じつのところそれは、哀しいことなのかもしれない。ただ、フェルスタッペン親子が頂上にたどりついたとき、サーキットの空気が一変する可能性はある。ヨス親父は、Ｆ１を代表する「親父」に成り上がれるかどうか。父の端くれとして、期待しつつ見まもりたい。

［57］　**絶えざる時間**

帯状疱疹、という病気で眠れない。

はじめは肩の、神経痛だけかと思った。

金曜、鍼灸の治療院にいった。「どんな感じですか」ときかれ「たとえていうなら、肩の奥にイタミっていう名前の魚が潜ってて、そいつがヒレを動かすたび、ビシッ、ピキッ、って痛みが閃くんです」

といった。

土曜の午後、園子さんが背中を見て「しんじさん、すぐ救急窓口にいったほうがいい」

背中を見てみると、ちょっと記憶にないくらい立派な水疱が、中央アルプスの立体地図みたいにもごもご広がっている。日赤病院での見立ては「たぶん、帯状疱疹」とのことだった。子どものころの水疱以来ずっと眠っていたウイルスが、体力の低下にともなって暴れだし、はじめは神経をむしばみ、同時に、からだの片側（僕は右半身）にぼこぼこの水ぶくれ群をつくる。からだの内、外、どちらも痛い。「イタミって名前の魚」のたとえは、一見バカバカしいものの、そう的外れではなかったわけである。

夕食のあと、ひさびさに一滴の酒も飲まずに寝た。初日はふつうに寝入ったが、二日目は、一日じゅうじっとしていただけなので、九時から横になったって、ぜんぜん眠くならない。帯状疱疹もきついが、不眠もけっこうしんどい。ああ、思ってもみない、つらい目にあってしまった、と自省しつつ、目をとじて、でも、思ってもみないつらい目にあったひとって、結構いるな、とおもった。

スポーツ界はとくに。今年の阪神タイガース、交流戦の六連敗はつらかった。あんな風になるとは思ってもみなかった。いや待て、とフットボールファンならいうだろう。今年のチャンピオンズリーグ、準決勝。レアル・マドリードを襲った災厄こそ、思ってもみなかったつらい目の最たるものだ、と。

モータースポーツでも結構な数、そんな場面を目の当たりにしてきた。暗闇でそっとおもいかえす。ピット交換でのタイヤの装着ミス、１コーナーでの同士討ち、水没、炎上、砂漠で真っ逆さまの直立、超大型台風によるレースそのものの中止。生死にかかわるものをのぞいても、実にバリエーション豊かな「思ってもみない、つらい目」が、モータースポーツには存在する。

そして、多少の異論はあるだろうが、2016年のル・マンで、トヨタ5号車を襲った悲劇こそ、モータースポーツ史上最大の「思ってもみない、つらい目」としても、おおむね構わないのではないだろうか。

「ノーパワー」を叫び、マシンを路肩に寄せてから、ポルシェ2号車に抜かれるまでの2分半あまり、ドライバーズシートの中嶋一貴は、たったひとり、誰よりも暗い夜の底にいた。再始動し、走りはじめた瞬間。中嶋はその底から、本人にしかわからない浮力で、少しずつ浮いてきた。それから二年間、2018年、同じサーキットでチェッカーフラッグをくぐり抜ける瞬間まで、絶えざるその浮上はえんえんとつづいたのだ。

今年のル・マンで、7号車を襲った悲運に、僕もひとひももちろんあんぐり口をあけた。「思ってもみない、つらい目」再び。このレースでいちばん速かったのは、誰が見ても7号車に他ならなかった。けれど、インタビューで涙を浮かべ、声を張りつめた中嶋選手こそやはり、このレースを語りうる唯一のひとだ。「酷だ」と、つぶやいたとき、中嶋選手は一尾の、ル・マン、という名の魚になっていた。誰よりもその、深い、暗い水底を知っている。だからこそ一気に、耀く水面に踊りあがり、跳ねることができる。

真夜中、台所で水を飲んだ。ぜんぜん眠れない。なんの気なしにネットを見ると、フランスGPでマックスが4位に入っていた。水面に跳ねあがるのには、もうしばらくかかりそうだ。電気を消し二階にあがり、眠れない夜の底で横になる。朝までは長い。

２０１９年ル・マン24時間

トヨタTS０５０の７号車（マイク・コンウェイ／小林可夢偉／ホセ・マリア・ロペス）がレースの大半をリードしていたが、終盤パンクに見舞われてピットイン。センサーのトラブルで違うタイヤを交換してしまい、次の周に再ピットインしたことで後退し、同じチームの８号車（セバスチャン・ブエミ／中嶋一貴／フェルナンド・アロンソ）が２０１８年に続き、総合優勝を手にした。

しゃー!
DENSO
TOYOTA HYBRID
#8にかわって
#7世界チャンピョン
ねらうぞ!
いくでー!
可夢偉!一貴
チームでがんばるぞ!

58

自然をこえる

トゥバ共和国、に来ている。ロシア連邦に属する一国家。中央アジア、モンゴルの北西部。トゥバ作家会議なる催しに招かれた。韓国、モンゴル、日本とトゥバの作家が、互いの作品を紹介し、交流を深める。

とはいえ、大きな狙いがもう一つ。トゥバ独特の「うた」、ホーメイだ。ガラガラ声で歌う合間に、喉を舌を骨を使い、頭のてっぺんあたりから口笛みたいな甲高い音を、ヒュウイー、と発する。二十年前、日本で初めてきいて夢中になった。日本でのホーメイ第一人者が、ヒカシューの巻上公一さんで、今回のトゥバ旅行は巻上さんがリーダーだ。首都クズルでの歓迎セレモニーで、本場のホーメイが披露される。人間のからだから出ているとは信じられない振動。原理的には、人間の声がもつ波長の「倍音」を、肉体を楽器に、高く低く響かせる。

唄っている。うなっている。啼いている。いったい、これはなんだろう。

巻上さんの朋友、来日経験もあるオトクン・ドスタイさんの実家に招かれた。トゥバでは大切なお客を招くとき、羊を一頭解体して塩ゆでにして歓待する。料理ができあがるまで、居間で車座になり、オトクンさんの友人ふたりによるホーメイを浴びた。

別格だった。ホーメイとはきっと、古来から、これくらいの距離で友人同士で聴かせ合うものだった。音楽家のからだだけでなく、空間自体がふるえ、ホーメイとして響く。音が作用して、まわりの光景がちがった明るさを帯びている。

合間に、歌手のひとりが話してくれる。ホーメイにいちばん近いのは風だと。せせらぎ。空を渡る鳥。馬。草のゆらぎ。そういったすべてがホーメイにつながっていると。僕は、ロシアからトゥバへ国境をこえたとき、風景が一変したことをおもいだした。うねる平原、小高い丘のどこにも、高木が生えていない。低い緑、黄緑、黄色が、グラデーションでえんえんとつづく。鷲が飛ぶ。馬が駆けていく。ホーメイとは、人間の前にそびえるトゥバの圧倒的な自然を、小さな人間が世界の隅で再現するこころみだった。人間をこえ、自然をこえる、超自然の「うた」。

人間が自然をめざし、自然、そのものとなる。滝。狼。吹きすさぶ風。寄せる波。ゴッホや印象派の絵画、現代舞踏、あるいは、FCバルセロナのパス回し。肉体を使って人間をこえる、超自然のいとなみ。

モータースポーツのドライバーが野生動物にみえるのはそう珍しいことでない。ナイジェル・マンセルは食らいつき、ダニエル・リカルドは背後から飛びかかる。パワーユニット以前のエンジン音のルーツは、空を揺るがす雷鳴ではなかったろうか。サーキットを離れてラリーに向かうと、ドライバーはいっそう自然に溶けこむ。コースがそう、というだけでない。フィンランドの雪原を駆けるインプレッサには銀色の足が伸びていたし、サバンナのセリカは黄金色のたてがみをなびかせていた。

人間をこえ、自然をこえる。ル・マン24時間はレースそのものがまさにそれ。パリ・ダカールラリーもそうだった。アイルトン・セナはいつも、たったひとりでそのようなレースを走っていた。

人間をこえたホーメイが、ふたりの歌い手のあいだで行き来し合う。不意に、マックス・フェルスタッペンのオーバーテイクを思い起こす。あれは動物じゃない。波濤、突風、地鳴りのようななにか。まるで台風の渦が大陸を横切るように、濃紺の波がマシンを抜き去る。ハンドルを握った自然現象。マックスはその域に達しつつある。ただ、いまはまだハミルトンが先行している。銀色のあの閃光は、自然現象どころか、天体の運行、時間の運びと同じ、ぞっとするほどの精密さで、いつもまっ先にゴールへとなだれこむ。

59

服=細胞膜

小三のひとひが、ふだん着たおしているTシャツは、WECを戦うトヨタ・ガズー・レーシングと、それに、トロロッソ・ホンダのレプリカだ。中学校は、京都で唯一、公立で制服がない近衛中にあがるのを楽しみにしているというのに、スポーツにまつわるユニフォームは昔から大好きである。

鈴鹿のスタンドに行けば、全身真っ赤っけの跳ね馬ファミリーがそこらじゅうで笑いあっているし、甲子園球場の周囲には、場内から縦縞柄の22番（藤川）、5番（近本）、7番（糸井）があふれだしている。

ユニフォーム、スーツ、制服。おおもとは軍隊に由来している。

武道、水泳、乗馬に体操。

警官、駅員、医師、書店員。

コスプレ、SM、イメクラのたぐい。

僕も含め、世のひとはけっこう、制服にかこまれ、制服を愛好して暮らしているように見える。「気合い」「スイッチが入る」「臨戦態勢」。たしかにあるだろう。「大きな団体に帰属することへの安心感」。なるほど、それも考えられる。

昔なにかで読んだが、古代から世界じゅうに見られる部族の紋章や勲章は、一種の「おまじない」「護符」だそうだ。目に見えない巨大な存在（＝神やご先祖）の力が、それを身につけているものだけに「お裾分け」してもらえる。赤い跳ね馬の描かれたレーシングスーツのほうが、茶色いロバの描かれたスーツより速く走れそう。スリーポインテッド・スターのかわり、南方熊楠の描いた宇宙図を掲げたら、メルセデスW10はきっとサーキットを越え、違う時空へ飛び去ってしまう。

服とはなんだろう。僕は、人体が外界と接する、いちばんぎりぎりの「細胞膜」だと思っている。

服につつまれた人間は、それぞれが一個ずつの、単細胞にすぎない。この世にたったひとりで生まれついた僕たちは、膜の奥底から叫ぶ。「なにかになりたい」と。肺に、臓腑に、腕に。もっといえば、一体の、目にみえる生きものになりたい、と。

服は、個を他の個と分かちながら、他の個とくっつけ合わせる役目も担う。声にならない叫びをあげ、細胞たちは接し合う同士、機能を補いあいながら互いにつながっていく。

エンブレムの描かれた「細胞膜」を通し、人間は、外界の視線や期待、エネルギーを

取りこむ。そして「ル・マン24時間」や「東京オリンピック」といった巨大な有機体、壮麗な生きものの一部となる。

この原稿を書いている時点で、今年のツール・ド・フランスが佳境を迎えている。車と馬好きのひとひさえ「山岳の水玉ジャージ、ええやんなあ、ほしいなあ」とねだりだす始末だ。ひさしぶりに登場した新星、フランス人のジュリアン・アラフィリップを親子で応援している。２０１８年は山岳賞。今年は最終週まで、チャンピオン・ジャージの真っ黄色い「マイヨ・ジョーヌ」を、超イケメンの上にまとっている。

アルプスの登りでライバルたちに遅れ、けれども優男はあきらめなかった。歯を食いしばり、まるでスキーのスーパー滑降のように山道をかっとんでいく。マイヨ・ジョーヌそのものがバイクにまたがり、黄色い光となって突っ走る。このジャージを着たものにしかできない走りがあると、ツール・ド・フランスという生きものが教えてくれている。

けして強力とはいえないザウバー・アルファロメオのマシンを、淡々と、いつも上位まで運びあげる。キミ・ライコネンの今年の走りは、源流の清水のように爽快だ。どんなレーシングスーツで身を包んでも、いまのキミは、風のよく通る、真っ白いＴシャツを着て微笑んでいるようにみえる。

60

まるで映画

一家で映画を見にいった。アメリカのアニメ『ペット2』。前作が大好きだったひとひは、見終わって直後、「やっぱりおもしろかったあ!」と客席で叫んだ。

アニメとはいえ、いや、子どもが見るアニメだからいっそう、現代の作り手たちは、どの作品にも、人間が知っておくべきシンプルな知恵をしのばせている。たとえば、笑いにもいろいろあること。反射としての笑い、ひとを蔑む笑い。あざける笑い。胸から湧きでる安心の笑み。逆に、諦めの笑み。ひととひとをつなげ合う笑顔。

有名な『カーズ』を、ひとひは小三になるまで見たことがなかった。もちろん絵柄として知ってはいたし、ミニカーも、ひとからもらって持ってはいた。でも、「ほんもののモータースポーツ」に慣れ親しんでいる身として、多少、たかをくっていたところ

があったかもしれない。アニメやろ、と。よい子向けやろ、と。僕、ホンモノの星野さんや国光さんと話したことあんねんで、と。

　スタートし、十秒ではまった。冒頭のオーバルコース。マックィーンのアクロバティックなオーバーテイク。観客席を埋める、クルマ、クルマ、クルマ、クルマ。

「クルマが、クルマのレースみてる」と、爆笑しながらひとひが漏らす。「だれが運転してんねん。考えたひと、すっごいなあ！」

　おそらく『カーズ』について、ひとひと同じような理由で関心がない、見る気もない、というモータースポーツファンは少なくないだろう。僕は初公開時、映画館で見た。そして激感動し、まわりの大勢に勧めまくった。見たことのあるひとなら、深く納得してくれるとおもうが、『カーズ』はアニメの手法を使った、超オーソドックス、王道中の王道の「アメリカ映画」なのだ。

　才能ある若者、導く老人。都市と田舎の対立。西部へのノスタルジア。信頼。裏切り。すべてを包含し、突き進んだ末でのクライマックス。

　カーレースはひとりではできない、とマックィーンは悟る。ピットクルー。そして、競いあう相手。スポンサーも、観客も、みなが画面のむこうでサーキットのようにつな

がりあって、映画が、すばらしいレースが、はじめてうまれる。

七月末の、ドイツGPのピットが、再び目に浮かぶ。俊敏な、ひと連なりの波のようなレッドブルのスタッフ。懸命に働きながら、指のすきまからサラサラ、なにかがこぼれ落ちていくのを見おろすしかないメルセデスのクルーたち。映画以上に映画的な対比。打ち下ろそうとした拳をとどめかけ、それでも打ち下ろしたトト・ウォルフの姿は、どんな天才監督にも撮れないシーンだった。

ハンガリーGPのような、悲劇的、かつ美しいカーチェイスが、かつて撮られたことがあったろうか。追いかけるハミルトンにも逃げるフェルスタッペンにも、ピットの両陣営にも結末は見えていた。それでも誰も、レースを憎んではいなかった。ひとの手をこえ、レースはつづき、そしてレースとして完結した。神が作った一本の映画のように。そして最後に記されている。白い字で「TO BE CONTINUED」と。

『ペット2』が終わったロビーで、フライヤーのコーナーを何の気なしにのぞき、おや、と一枚手に取った。見覚えのある流線型のボディ。サングラス姿のふたり。『フォードvsフェラーリ』。まじか、と思った。さすがヨーロッパ。レース文化の根深さがちがう。日本でいうなら、長嶋茂雄の天覧試合ホームランをいま映画化するみたいなものか。

近寄ってきたひとひに「ほら」とフライヤーをさしだすと、ちらっと一瞥し、「ああ、ル・マンのんな」とひとことだけ呟いて、すたすたエレベーターホールへ向かった。カーマニアとアニメ好きは見事に両立する。

〔61〕

三十一歳のヒーロー

三十一歳のころ、ボクシングジムに通っていた。世界チャンピオンを輩出してきた東京の協栄ジムだ。とある席で、主要スタッフだったマック金平さんと隣りあい、話を重ねているうち、

「あんた、ボクシングやらなあかん」

と、ジムの会員証をじかに手渡されたのがきっかけだ。

ストレッチ、基礎トレのあと、バンデージを巻いてグラブをはめる。サンドバッグとパンチングボールをそれぞれ五ラウンド。カーンとゴングが鳴ったら一分間の休憩。

ジムの隅で、サンドバッグ相手に、ものすごいパンチを浴びせている先輩がいた。頭は巨大なアフロヘア。160センチくらいの背丈で、闘牛みたいに肩を膨らせ、ジムの

建物が揺れるほどの勢いで、ズドン！　バシン！　拳を打ちつける。そのたびサンドバッグは軽く宙に浮く。

もとチャンピオンかもしれない。カーン、とゴングが鳴った休憩時、挨拶にいった。「あの、はじめまして」「ハア、ハア」「いしいと申します。練習生です」「ハア、ハア」「先輩、すごいパンチですね」「ハア、ハア」「お名前は、なんておっしゃるんです」

すると先輩は、ぐい、と右のグラブを挙げた。手首の表側に、白い油性ペンで「テキサス」と書いてある。

「テキサス、さんですか」

先輩は首を振り、今度は左のグラブもならべて掲げた。「ハリケーン」と書いてある。

「テキサス、ハリケーン、さんですか」

先輩は「ハアッ」とうなずき、カーンとゴングが鳴った瞬間、サンドバッグに向きなおるや、また肩を膨らませ、アフロヘアを揺らせて、ズドン！　バシン！　とまた、強烈なパンチを打ち込みはじめた。

トレーナーの小林さんにきくと、テキサス・ハリケーンは五十代半ば。パンチと腹筋の強さは世界チャンピオンクラス。「こころが弱い」ので若い頃はパッとしなかったが、現在「オヤジボクシング」界（そんなものがある！）のヒーローなのだとか。

ひとひの得意な競走馬の世界で、オジュウチョウサンという八歳馬がいる。ダービーや菊花賞を競う三歳馬たちからしたら、はるかなオヤジである。オジュウの専門は障害レースで、中山グランドジャンプ四連覇、十一レース連続勝利など、平地・障害含めての日本記録をもち、四年連続して年度代表馬にえらばれている。

この強烈なオヤジが、昨年の末に有馬記念グランプリに出走し、競馬ファンはどよめき沸きたった。たとえていうなら、全盛時のカルロス・サインツが、シーズン中モナコGPに出るようなもの。結果は九着だったが、逃げ馬について途中まで二、三番手を走りつづけ、全国で見まもるオヤジたちを泣かせた。

山本尚貴は父親になった。三十一歳。オジュウチョウサンと同じく、ずっとトップカテゴリーを走りつづけ、いま頂点にいる。

オヤジであることとヒーローであることは矛盾しない。九着でも五十過ぎでも、ひとの胸を打ち、一生消えない姿を焼き付けることはできる。いまだダカール・ラリーを走りつづける、サインツや菅原さんみたいな「こころの強さ」さえ、保持しつづけることができるなら。

テキサス・ハリケーンに会ったその夜、勤めていたバーでその話をすると、カウンターの若い女性客が「知ってる！」と叫んだ。三日前、原宿でヒールを折ってしゃがんでいると、小柄でムキムキの男性に声をかけられた。男性は無言でヒールを直してくれたあと、もじもじしながら「オ、オ茶イカナイ……」といった。いまから会社なんで、とこたえると、アフロヘアを揺らせ猛ダッシュで去っていった。「心が弱いっていうより、やさしすぎる感じ」とそのお客はいった。テキサス・ハリケーンは、若い頃の試合中、本気で相手の顔にパンチを打ち込めなかったのかもしれない。

62 深い瞳

二十世紀もそろそろ終わる秋の日、浅草のマンションのドアベルが鳴った。扉をあけると見覚えのない外国人がひとり立っている。

僕と同じくらい下手な英語でいった。「わたしはレオナルドといいます。イタリア人です。あなたは、しんじ、ですね。イニーゴ・アシスにいわれてきました。日本にいく、といったら、イニーゴは『しんじに会いにいけ。なんとかしてくれる』といいました」

イニーゴはスペイン人の美術家で、浅草にも何度か泊まりにきたことがある。僕はため息をつき、不安げにたたずむレオナルドを部屋にあげた。荷物を床に置くようにいい、安ワインの栓をぬいてグラスふたつに注ぎ、ようこそ日本へ、と乾杯した。

いま思い返せば、このときのレオナルドの瞳とルクレールの瞳が、僕にはどこか、重なりあって見える。基本はグリーンに青。なにかのときには灰色、濃褐色に深く沈む。スパの表彰台では後者だった。モンツァのゴール後は、成層圏のように青々と澄みわたっていた。ヨーロッパの光と影を生後すぐ焼き付けられたかのような、まっすぐな瞳。

レオナルドは写真家、つまり、瞳が仕事道具だった。お父さんはミラノで法律事務所をひらいている。隔世遺伝、というやつか、おじいさんは映画監督だったそうだ。

「家に、フェラーリの車、何台もあるんでしょ」そう訊ねたら、冗談か本気かわからない表情で「うん、いっぱい」とこたえた。ワインが空き、ふたり手ぶらで外に出た。さんさんと黄金色の秋の光が降りそそいでいた。

浅草はまだ今ほど流行っておらず、昼間はホームレスや地元民が、そこいらの道端でぼんやり立っているようなところだった。狭い路地、ドアを開けはなしたスナック。最終的に、演芸ホールの寄席にはいった。イタリア人ならお笑いが好きだろう、とおもって。レオナルドが日本語をまったく解さないことを忘れていたのだった。

落語に漫才。マジックに曲芸。瞳にさまざまな光を反射させ、レオナルドは舞台を見つめた。わからない日本語を、ひとことも聞き逃すまい、と決心したかのように。

のこぎり音楽家が、黒い紋付きであらわれた。大ぶりな西洋のこぎりを曲げ伸ばしし、弓でひいて、哀愁たっぷりの音を鳴らす。音楽家はひとこと、ふたこと話し、半分もはいってない客席から微妙な笑いをとると、のこぎりを構え、音楽を奏でだした。レオナルドの瞳がみるみる青ずみ、そこからぽたり、ぽたり、青い海水がこぼれだした。

「サンター、ルチーアー」と、レオナルドは小声で唱和していた。のこぎりがいま、もっとも有名なイタリア民謡を奏でている。日本の秋空が、イタリアの若い写真家をここころから歓迎している。「サンター、ルチーア！」

レオナルドに教えてもらったが、北イタリアの人間は親子関係を、南イタリアの人間は友人関係を、一生背負って生きている。ミラノの近郊モデナの町は、もちろんイタリアの北部に位置する。スパで、モンツァで、若干21歳のドライバーを見つめ、抱擁し、歓喜しあうスタッフ、ティフォージは、おそらくシャルルを全員の息子だと、たとえでなく実感しているだろう。

親子、友人関係。両方に深い哀しみを負いながら、サーキットを疾駆するルクレール。これから、さまざまな景色に出会うたび、その深い瞳はさざ波のように、虹彩の色を変えるだろう。北イタリアだけじゃない、ヨーロッパすべての国民が、モナコ生まれの若きスーパースターの登場を歓迎している。その瞳に、驕りはない。たえず哀しみをたたえ、だからこそ、まっすぐに前を向く。

レオナルドは二十年日本で暮らしたあと、奥さん、三人の子どもたちと、昨年末フィレンツェに引っ越した。「しんじもこっちに引っ越してきたら。なんとかしてあげるから」と、昨日メールでいってきた。

がんばれユベール
がんばれルクレール
がんばれフェラーリ

63

番狂わせではない

赤白ストライプ、桜エンブレムのジャージを着たひとひと、試合の合間に交わす会話。

「ニュージーランドが、メルセデスやろ。フェラーリは、どこなん?」とひとひ。

「まあ、強さでいうたら、南アフリカかな」と僕、「歴史が長いんは、イングランドやけど、あっこはやっぱしマクラーレンやろ」

「じゃあ、レッドブルは?」

「三強やし、オーストラリアちゃうか」

「ちゃう!」と断言する小三男子。「レッドブルは、日本。サ、ク、ラ!」

九月末からこのかたずっと、ワールドカップの風が、日本列島を席巻している。札幌、釜石、熊本、福岡。先週、実家のある大阪に行ったら、町のそこここで、黒、緑、黄、そしてもちろん赤白のジャージ姿の子どもに出くわした。よくよく考えたら、関西にはスポーツの三大聖地がある。ラグビーの花園、野球の甲子園、そして鈴鹿サーキット。

じつのところ僕は、フィジーのナショナルチームに属している。

二十五年ほど昔、南洋のビーチで長編を読む、という気の抜けた仕事の依頼をうけた。訪ねていったフィジーは、海と空と土が互いに溶けて境目がわからなくなった島だった。ホテルで現地ガイドに、高校の頃ラグビーのクラブにはいってたんですよ、と話した。翌朝、代表チームのコーチとキャプテンがロビーに来て、雷みたいに笑いながらいった。

「いっしょに練習しよう」

フィジー代表の練習場所はグラウンドではない。砂丘だ。

オー・ルージュみたいな激坂を太ももをあげて駆けあがる。頂上から尻で滑りおり、また駆ける。何度も、何度も。五周目で僕は吐いた。キャプテンは相変わらずガラガラ笑いながらその上に砂をかけてくれた。丘の尾根で四十人ほどダッシュし、触ったら指が吹き飛びそうなパスを次々にまわしてゆく。集団のうねりに吹き飛ばされながら、午前いっぱい時が過ぎた。ヘロヘロの僕に代表監督はたぶん子どもサイズのジャージを手渡し、「ようこそ、ナショナルチームへ」と岩のように厳格な顔でいった。ほかの全員がその背後で爆笑していた。

砂丘特訓の成果か、今大会のフィジーは弱くない。サーキットでいえばハース。粘り強いジョージアはアルファロメオ。フランスは、もちろんルノー！

日本代表メンバーの出身国は、オーストラリア、ニュージーランド、トンガと、周知のとおりばらばらで、この辺はどこかモータースポーツのチームを思わせる。グループリーグ突破をかけ、日本とスコットランドが対戦する十月十三日の午後、鈴鹿では日本GP決勝が行われている。ワールドカップで日本に来ている何十万の渡航者のなかには、ラグビーとF1のハシゴとしゃれ込む人も、少なからずいるだろう。

それにしても、町のカラフルな賑わいを見るにつけ、F1グランプリとは、世界じゅうの都市をめぐりながら、毎月、週替わりでワールドカップを開いているようなもの、とあらためて感嘆する。今年の鈴鹿でも、赤、銀色、濃紺、青、白に黄色と、とりどりの、願いをこめた花がきっとそこらじゅうで開く。

みんなが期待する、フェルスタッペンとルクレールの一騎打ちは果たしてみられるか。さっきの国のたとえでいうなら、「日本対南ア」ということになる。前回のワールドカップ、「スポーツ史上最大の番狂わせ」を、サクラのジャージが起こしたマッチアップ。

レッドブル・ホンダが、鈴鹿で勝利する。けっして番狂わせではない。けれどもそれは、鈴鹿の祈りだ。ワールドカップの決勝と同じかそれ以上の、熱狂と歓喜。天への祈り。スタンドのどこかできっと、日本代表永世監督・本田宗一郎が、世界をつつみこむ笑顔で見まもっている。

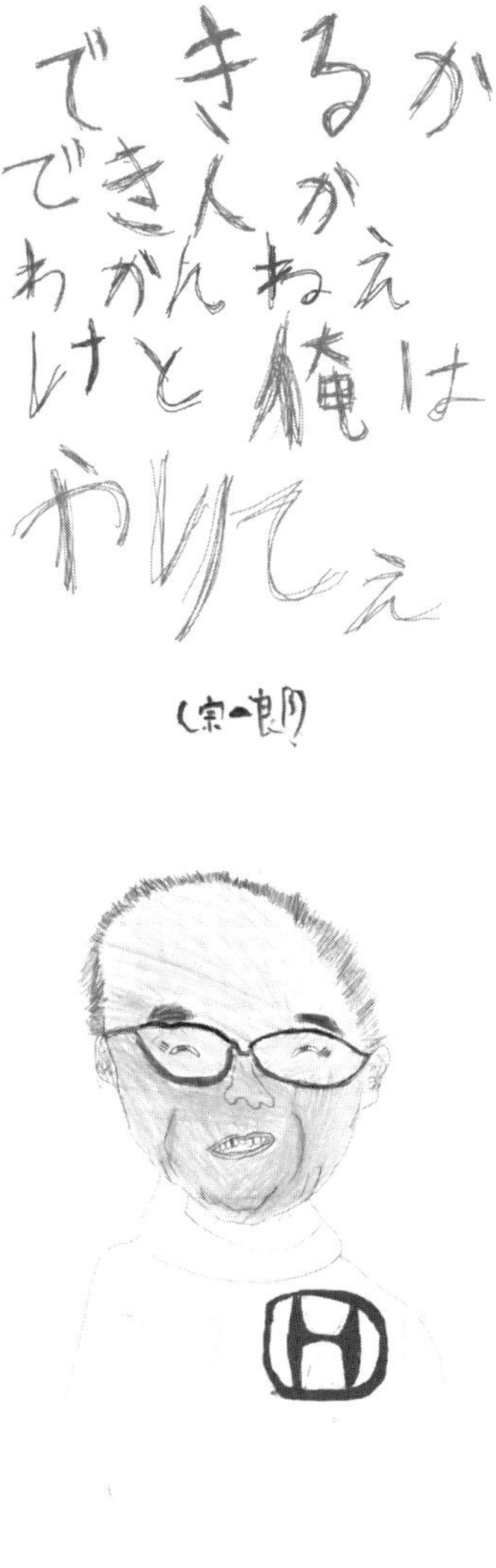

64

ほんとうの声

ソウル国際作家フォーラムに呼ばれ、韓国にきている。

空港からタクシーでソウル市街にむかう。まわりはヒュンダイ、キアのエンブレムばかりだが、中身は三菱やマツダと技術提携し作っている。角刈りの運転手にきいてみた。

いま日本は、ラグビーW杯のことばかりだが、韓国のひとたちのあいだで、いちばんホットな話題はなにか。

一瞬の躊躇もなく、「抗議やな」と運転手はこたえた。

「プロテスト。大統領と、その関係者への。そういうたら、今晩、ごっついデモあるでえ、江南で。全国から200万人集まりよんねん」

「すごいなあ」と僕。「そういうとこへ、僕なんかがいったら、ヤバイっすかね」

「ヤバない、ヤバない」と運転手。「俺のオヤジくらいの爺さんから、赤ちゃんまで参加しとんねん。ピースフルなデモなんや」

オープニングセレモニーは、ザハ・ハディド設計「東大門デザインプラザ」内の寒風吹きすさぶ中庭で行われた。韓国人作家18名、外国からの招待作家15名。暖かな国から来た作家たちは、ガタガタふるえ、次第に毛布をかぶったまま動かなくなった。国際ミノムシ会議みたいだ。

ひとりひとりに司会者が短くインタビューしていく。「日本からきた、いしいしんじさん」と声がかかった瞬間、芝生にすわった観客の視線が、いっせいにこちらに向いたのがわかった。「作家の果たすべき仕事とは、いったいなんだと考えますか」

「韓国と日本はいま、最高の親友とはいえない関係、といわれています」

僕は話した。「でもそれは、ネットやテレビで踊っていることばです。僕は、ここにいるみなさんの本当の声を、拾い集めにきました。それを日本に持ち帰り、声のまま書きます。作家全般のことはわかりませんが、日本からきたひとりの作家として、僕のやるべきことは、それしかないようにおもいます」

視線がひらめき、ぱちぱちと無数のまばたきが起こった。よくみればそれはまばたきでなく、暖かみのこもった拍手だった。からだごと、声を発してくれている。僕もたったまま観客のみんなに拍手を送りかえした。

キューバの詩人、ヴェトナムの作家、アメリカの批評家と乾杯した。みな言語はばらばらだけれど、ことばの底の声を、じかにやりとりしあう間に、だんだんと別れがたい親友のようになっていく。

メディアはつなぐように見え、ほんとうの声を封じ、きこえにくくさせる。ことばに秘められた真意、声は、じかに目を合わせるのでないと、なかなか届かない。政治、文学のみならずスポーツの世界でも、メディアを使ってことをうまく運ぼうと誰かが企めば企むほど、話者本人の目が封殺され、誤解のうちに声と声とが分断されてしまう。

F1チームのドライバーふたりが、互いに視線を交わし、ほんとうの声をきかせあう。簡単なことではないだろう。けれど、ふりかえってみれば、それができるチームこそ栄冠を勝ち取ってきたように思う。仲違いしようがやりあおうが、メディアやチーム関係者越しでなく、ドライバーふたりが、ふたつの声をじかにやりとりし合えること。フェラーリのふたり、レッドブルとトロロッソのドライバーたちがそうなれば、これからのぼるポディウムの高さがきっと一段ずつあがる。

チームをこえた同士でもいい。ニキ・ラウダとジェームス・ハント。マキネン、サインツ、マクレー。ドライバーたちの、生きた人間の声がきこえてくる、ひとのする「スポーツ」だからこそ、僕たちは魅せられてきたのではないか。

夜ごと新たなソウル市民と知り合い、マッコルリの杯と声を山ほど重ねながら、半島の都市でそんなことを思った。

65 集まってくる

テニス小説を書くことになって、ふと思いついた。「テニス」っていったい、なんの意味だろう。

調べてみると、もともとフランス語から来ていた。ＴＥＮＩＲという動詞の活用形。日本語に訳せば「取る」「受ける」。この命令形ＴＥＮＥＺがイギリスにわたって、英語の名詞ＴＥＮＮＩＳとなった。

フランス語には「強い命令形」と「ていねいな命令形」がある。ＴＥＮＥＺは後者、つまり「とってください」という意味。つまりテニスとは、本来、相手を打ち負かすことが主眼ではなく、相手に「とってもらう」そして「できるだけ長く相手と打ち合う」蹴鞠のような球技だった。語源を知ると、その語の、ふだん奥底に埋もれてそうと気づ

かれない本質に、たまにこうして触れることができる。

「ラリー」も、古いフランス語起源のことばだ。RALLIERは「集合させる」「ふたたび集まる」の意。よく知られたことだが、ラリーはもともと、いろんな場所からある都市のゴールへ「集まってくる」競技だった。たとえばモンテカルロをめざし、パリ、ベルリン、マドリードやチュニスから、とりどりのクルマが野をこえ山をこえ突っ走ってくる。

英単語のRALLYは、自動車競技を離れた意味でも使われる。

The general rallied his troops.（将軍は軍隊を招集した）。Tigers rallied back to win the game in the bottom of 9th.（タイガースは9回裏に持ちなおして試合に勝った）。President held a rally in New York.（大統領はニューヨークで集会をひらいた）。

集める、持ちなおす。一度離ればなれになりかけたものを、別のエネルギーのもとに、再度凝集する。友人、賛同者、お金。縁のないばらばらなものを集める、のではない。RALLYの語の底には、「再会」のニュアンスがひそんでいるように感じる。だからこそ、必然として「なつかしさ」の感覚も。

日本へ、WRCが帰ってくる。チームのクルー、ドライバーたちが、日本のいち地方へと集まってくる。ただ漫然と集結するのでなく、ラリーストたちは、そこへ「集まってきてくれる」。スピードを、タイムを競うだけではない。めざしていく土地への憧れ、強い意志、競技者への敬意。モナコでもフィンランドでも、ケニアでも変わらない。RALLYとは集会、集まってくる人間そのもののことでもあるからだ。

そう考えると、大成功を収めたラグビー・ワールドカップも、野球のプレミア12、来年の東京オリンピックさえ、本質的にラリーにほかならない。

一度離ればなれになったものたちが、意志をもち、強いエネルギーのもと、何度もくりかえし集まってくる。凍てつく冬山、灼熱の砂漠、ひなびた田舎の風景を、人間たちが走りぬけてゆく。

一度ラリーに触れたものは、かなりの確率で「どはまり」する。ひとひはまだ九歳だがサファリ・ラリーの郷愁を知っているし、「なつかしい」とも感じている。そうでないとカンクネンのTA64なんて描くわけがない。

スポーツの試合、政治の集会といった大規模なものだけでない。同窓会、冠婚葬祭の集まり、お盆や正月の帰省。ラリーの本質は、きっとこんな、ささやかな集まりにさえ通じている。大切なひとと会うこと、へこんだ誰かに声をかけ「もちなおさせる」こと、「とってください」と声を投げかけること。そうした人間の喜びを実感したことがあるなら、そのひとがラリーという競技に「どはまり」する可能性は、きっと大きい。

ところで、テニス小説「とってください」は、最新の短編集『マリアさま』に収められている。よかったら、読んでみてください。

WRC日本ラウンド
2004年に初開催、2007年まで北海道の十勝で行われた。2008年と2010年は札幌で開催。資金面などの理由から継続できず、2020年に愛知／岐阜での開催が決定していた。このコラムが書かれたのはWRC日本ラウンド復活が決まった2019年の秋。その後、新型コロナウイルスの影響により、2020年の開催断念が発表された。

66

ありがとう

京都から新幹線を乗りついで、友人の作家・柳美里さん作の演劇『ある晴れた日に』を見に仙台に来た。東北の地である日、突然、大きなものをなくした、とある女性の喪失、そして再生の可能性をえがいている。

日本のかたちを変えたあの災害を境に、柳さんは福島県の小高に住み、書店をひらいたり、小さな劇場を作ったり、さまざまな活動をしている。

トラック運転手は物資を運んだ。医師は避難所をまわり、こころとからだの手当につとめた。自衛官は瓦礫をとりのけ、土木作業員は道を修繕した。おにぎりをむすび、毛布をひろげ、なにもない腕で抱きしめた。みな、それぞれができること、それぞれにしかできないことを探り、身をなげうって、東北にひらいた傷をつなぎ合わせようとした。

不可能なこころみとわかっていても、やらずにはいられなかった。

芝居を見終わって、ひとりホテルに帰りながらふと、ジェンソン・バトンのことが頭にうかんだ。ここ仙台に彼は、被災の翌月にはやってきた。翌２０１２年、菅生で、こどもたちのためのカート教室をボランティアでひらいた。その様を取材したテレビ番組をたまたま見た。レーシングドライバーが、レースを走ることで、ひとびとのなかの傷をつなぎ合わせようとしていた。懸命に、真摯な笑みをこどもたちにふりかけて。

どんなカテゴリーで走っても、バトンのドライビングは滑らかだ。ジェントル、スムーズ、シルキータッチ。けして慌てず、無理をしない。熱くない、というのとはちがう。「リミット」がたぶん、常人より数百ランク高い。内側では燃えさかっている熱を、矜持をもって、外へは漏らさない。

「地に足がついている」。その足で、走りだす。地面と、ドライバーのあいだに、強い信頼の絆がうまれている。当たり前のようだが、すべてのレースは、地面の上でおこなわれる。Ｆ１ドライバーは、この星に点在するサーキットをまわり、世界じゅうの土地をつなげてゆく。作家が紙をなでさするように、レーサーたちは地面を愛する。

だから、土地が割れ、その上に立つひとをのみこんでしまうようなことが起きたとき、信頼の無垢な強さのぶんだけ、ドライバーのうけるショックは、言語にも数値にもおきかえられないほど大きいのではないか。

　そんなジェンソンが、２０１８年、日本の土地を踏んでくれたことの深さ。強さ。２０１１年の鈴鹿で勝ち、２０１８年の菅生で勝つ、その運命のジェントルな運び。内面でいったいどれほどの火が燃えていたのか。チームクニミツは全員知っている。山本尚貴も熟知している。そして僕たち、モータースポーツのファンにも痛いくらい伝わった。バトンがその足で走り、笑みをこぼすたび、日本にひらいたかくしようのない傷が、少しずつ少しずつでも、いやされていく感触を。

　乗りこえようのない哀しみ、というものはある。どんな笑みを、ことばをかけようともけして、繕うことができない。そんな哀しみを、僕たちは大切にたずさえて未来へいく。「忘れない」ことの強さを、ほんとうの哀しみは深く教えてくれる。

　ジェンソン・バトンの走り、笑顔、声を、僕は忘れない。やるべきことをやりぬく。同じ仕事をする相手を気づかい、尊敬し、だからこそ本気で挑む。地に足をつけ、こころをこめて踏みしめる。忘れようがない。僕が踏んでいるこの地面を、たったいま、ジェンソンも踏み、歩き、すわり、走っている。

だから、この地面をとおし、ジェントルに呼びかけたい。彼ならばきっと、その声のふるえを感じとってくれるだろう。僕もおなじく、彼のふるえを感じながら、ひとひの書いたとおり声をかける。こころをこめて。Thank you, Jenson!

THANK YOU, JENSON!
RAYBRIG

［67］

つながっている

最初に外国を意識したのは大阪の万博だ。四歳の夏。影の影、みたいに真っ黒でうつくしいおんなのひとが、茶色い粒をくれた。うまれてはじめてのチョコレートに頭の芯がとんだ。

レコード屋の輸入盤コーナーに店じまいまで居座った。高二の夏、交換留学でアメリカのイリノイ州にいった。国内線は、小包扱いで、郵便飛行機で空輸された。

十代で、スペイン、フランス、中国にもいった。飛行機の窓から、えんえん途切れない地表、雲、波のきらめきを見ていた。二十代半ばで初めて出した本は、アフリカ東岸のコモロ島へ、シーラカンスを釣りにいったときの絵日記だった。

小中学生のころ、モータースポーツを見はじめたのは、だから、遠く離れた土地への憧憬が、もともとあったせいにちがいない。雑誌をめくり、深夜テレビに見入るとき、僕の隣には、地球儀が、世界地図が必ずあった。レースの終わったあと、ノートを開いて結果を書きこむ、そのページの最上部にカラフルな国旗を描きこまないではいられなかった。

そのあと、外へ出る。実家のそばの、万代池公園へ走っていく。砂地を踏みしめ、その固さ、平らかさ、揺るぎのなさを、何度も何度もたしかめる。足もとのこの地面は、まちがいなく、地球の裏側の、あのサーキットへつながっている。大陸と大陸のあいだに充ち満ちる、すべての海水を干上がらせることができれば、僕は、モナコへ、シルバーストンへ、デトロイト、インテルラゴスへ、この足で歩いていかれる。

あのころから四十年以上が経った。

いま、自宅のコンピュータでGPSソフトをひらけば、ディスプレイ上に、まだいったことのない、これからいく機会はないかもしれない、世界中の、あらゆる場所を見ることができる。いま覗いてみたら、エベレストの第一ベースキャンプも、ナスカ平原の猿の地上絵も、ニューヨークの友人が引っ越したナイヤックの田舎家も写真で確認できた。けど、当たり前かもしれないけれど、そこに、僕が「立った」感触はない。上空からの写真だから、鳥のように見おろす感じがあるか、というとそれもない。別の土地の風や、海、大陸に触れたときの、僕の奥のなにかを揺さぶる、真新しいリアリティ。僕の世界は内外から更新される。対し、ディスプレイ上の画像は、僕のなかにはいってこない。情報として「こんな風景か」と知るよろこびはあっても、現実を揺さぶられる驚き、センスオブワンダーは、そこにはない。

レースが終わり、僕は着替え、四十年前と同じように外へ出る。ここは京都。夜が明けたばかりの、鴨川べりを走る。

はじめはゆっくり。晩秋の芝を、かわいた土を、一歩ずつ踏んでゆく。だんだん、呼吸と歩調がシンクロしだす。外から内へ、吹きこんでくる大気を味わいながら、僕のなかに色が、音が、名前とかたちが浮かびあがる。

ラスト一周。口をひらき、目をこする。ホンダの、ワン、ツー、スリー。

銀色のマシンの、ささやかな、致命的な接触。レース後の、チャンピオンからの素直な謝罪と、新人によるうつくしい受容。

燃えあがる火。赤と赤。バーストし、黒い流れ星のようにスピンするピレリタイヤ。

初めて立つポディウムでの青い絶叫。

最終コーナーからストレートへ、真空のなかのつばぜり合い。永遠の沈黙。一瞬後、世界にひびきわたるマシンの咆哮。

地球の裏側、ブラジルの地で、ついいましがた戦われたレース。ここは鴨川の河原。息を弾ませ、僕は走る。太陽がゆっくり、僕の踏む土地を、この星を照らしながら、中空へのぼってくる。エンジンは、絶叫は、モータースポーツの喜びは、たったいまも、この地面に響いている。この星を踏むスニーカーの裏から、僕のからだへ。ふるえが伝わる。

2019年F1ブラジルGP
波乱の多いレースで、マックス・フェルスタッペン（レッドブル・ホンダ）がポール・トゥ・ウィン。2位は自身F1初表彰台のピエール・ガスリー（トロロッソ・ホンダ）。フェルスタッペン、アレクサンダー・アルボン（レッドブル・ホンダ）、ガスリーとホンダ勢がトップ3を走る場面もあった。その後、ルイス・ハミルトン（メルセデス）がガスリーを抜き、アルボンと接触。アルボンはスピンして14位に終わった。

68

銀色の横綱

クリスマスが近づくにつれ、相撲のことが頭に浮かんでくる。

平成元年からしばらく、東京の浅草に住んでいた。二ヶ月ごと、僕は隅田川沿いに自転車をとばし、両国国技館に通いつめた。

生で見る相撲は、どんなものだってそうだが、テレビとは別物だ。東からたとえば「跳馬山」、西からは「赤牛山」がでてくるとする。馬と牛、ふたりの関取は土俵上に腰を落とし、何度もにらみあう。時間が来ると東西から立ち、がっぷりと組み合う。

その瞬間、土俵に「相撲」が現れる。

相撲は、丸い土俵上で、右へ左へいったりきたり、膨らんだり縮んだり、固まったり揺れたりし、そうしてなにかが満ちあふれ、土俵に怒濤のようにくずおれる。と、「相撲」

は消え失せ、そこには馬と牛、ばらばらになった二名の関取が残っている。おもしろいことに、勝った側は、相撲の前より明らかに大きく膨れ、負けた側は小さく縮まっている。相撲とは、関取のあいだで取り交わされる、目に見えないやりとり、なにがしかの「交換」なのである。

貴乃花の全盛期だった。ほんものの横綱がとる「相撲」はほかとまるでちがった。貴乃花がまず、相手を受けとめる。「相撲」はどんどん色づき、膨らんでいく。貴乃花が上手投げを決め、相手は土俵上に転がる。胸を張る貴乃花は山のように高々と立っている。そして、ここがすごいところだが、土俵に膝をついている、負けたはずの関取のからだが、どうみても、取組の前よりふっくら膨らんでいる。どちらも膨れるのだ。

もはやスポーツではないし、ましては格闘技などであるわけがない。横綱は、相撲をとおして、自分のもっているなにか、目にみえない光のようなものを、相手に惜しみなく分け与える。太陽、季節のめぐり、海とか、いってみればそんなような存在なのだ。

インテルラゴスでレッドブルのアルボンに追突し、最終ラップでガスリーを追いつめたあと、インタビューにこたえるルイス・ハミルトンの姿をみて、あれ、と思い、モニターの前に座りなおした。レーシングスーツ姿のまま、こんもりと膨れ、銀色でない、より深い輝きを放っている。

二位にはいったガスリーを讃え、自分がはじき飛ばしたアルボンには「僕のミスだ、彼には悪いことをした」と、惜しみなくことばを贈る。

銀色の横綱。

最終戦、アブダビGP。

もはやハミルトンは、競ってなどいなかった。横綱の走りは、抜く抜かれるを優にこえている。走りのなかで、絶えずみずからを分け与え、レース全体を全身全霊で言祝ぐ。ポディウム上で、次期チャンピオン候補のふたりは、これまでになく輝き、どこか大きく見えた。それはすぐそばに横綱が立ち、ふたりを満足げに見つめていたからかもしれない。レース後、トト・ウォルフがフェラーリとハミルトンの関係について、なにも問題ない、と語ったが、それはそうだ。走ってくれさえすれば、どのチームだっていい。ハミルトンの存在はいまや、F1、モータースポーツ全体の象徴なのだ。

贈り、贈られる、クリスマスの夜の、サンタクロースのように。

京都の橋の上から、ロンドンの街中から、砂漠のタワーから、頭上をつつみこむ透明な星空をみあげて祈る。もう、強すぎてレースがおもしろくない、などとはいわない。

来年必ずやってくる、「皇帝越え」の日の、見事な勝利を、素直に、こころから祝おう。僕たちはいま大横綱の時代に立ち合っている。きっといまごろ、友人や家族と乱痴気騒ぎのさなかにあるルイスに向けて、タイミングを合わせ、全地球でグラスを掲げよう。

メリー・クリスマス、横綱！

ルイス・ハミルトン
1985年1月7日生まれ、イギリス出身。マクラーレンの育成ドライバーとして順調にステップアップを重ね、2007年にF1デビュー。2012年までマクラーレン、2013年からはメルセデスに移籍。2019年シーズンで6度目のチャンピオンに輝く。コラム執筆時点で「皇帝」ミハエル・シューマッハの持つタイトル獲得7回、通算91勝など、いくつもの最多記録に迫っている。

〔69〕

天才たち

銀座のバーで雇われバーテンをしていたころ、常連客のひとりに、安孫子素雄さん、「藤子不二雄Ⓐ」氏がいた。偉ぶらない、楽しい、気さくな方だったが、その芯には、こちらの背筋を直伸せしむる「矩《さしがね》」のようなものがたしかに通っていた。

ある夜、真夜中を過ぎてから、ふらりとひとりでやってこられた。カウンターにつき、スコッチの濃いめの水割りを一杯、二杯。

「なあ、しんちゃん」と声がかかった。「客、オレしかいねえんだから、たまにはこっち来いよ。いっしょ飲もう」

隣につく。三杯、四杯。先生は変わらない。僕も弱いほうじゃないが、そのペースにはとうてい追いつけない。なんの話をしたろうか、午前4時まで語り合った、その半ば。

「先生、ひとつ、お願いがあるんですが」

「うん、なんだい」

「安孫子先生、『藤子不二雄Ⓐ』じゃないですか、あ、ではじまるから」

「ああ、そうだよ」

「で、僕、いしいしんじなんですけど、し、がいっぱい入ってるから、『藤子不二雄C』って名乗ってもいいですか」

「うん、いいよ」

先生はうなずいて、紙ナプキンにボールペンで『私、藤子不二雄Ⓐこと安孫子素雄は、いしいしんじ君が、藤子不二雄Cと名乗ることを許す』と記し、「なんか、絵もつけといたほうがいいよな」といって、五秒ほどで、サラサラと怪物くんの絵を描きあげた。

5時前、タクシーが迎えにきた。ご自宅のある住所を僕がいいかけると、「ちがう、ちがうんだよ」と先生は手を振って笑い、「いまから、ゴルフなの。運転手さん、千葉いってちょうだい」。偉人とはこれか。僕は激烈に感激しながら暁のタクシーを見送った。

その少しあと、赤塚不二夫さんの自宅に入り浸っていたことがある。はじめは雑誌の対談でお邪魔し、そのまま昼夜三日間、自宅から帰してもらえなかった。初対面の相手はだいたいそうなるらしい。

西部劇のビデオ、タモリや筒井康隆とともに作った、放送不可の自主制作映画を鑑賞。その間ずっと、焼酎をカルピスで割った「カルチュー」なる飲みものを、自らふるまってくれる。入院先から着の身着のままで逃げてくるたび、「脱走、乾杯！」と、カルチューのジョッキを打ち合わせ、どばっとこぼす。

日本じゅうから、赤塚さん、藤子不二雄のふたり、石ノ森章太郎らが、手塚治虫のもとに集まってきた伝説のトキワ荘。神様はたまに、人類史の上に、奇跡のようなイタズラをしかける。ゴーギャン、ピカソ、ブラック、マティス、モディリアニらが住み、出入りしたアパート「洗濯船」。バード、ディジー、モンク、マックス・ローチらが夜ごとにビバップを開拓していったジャズクラブ「ミントンズ・プレイハウス」。これらと並び、日本のマンガを育んだトキワ荘は、百年二百年をこえ、語り継がれる聖地に違いない。

モータースポーツにおいても、後生振りかえってみれば、神様に選別された天才が集結していた、そんな時空がある。ニキ・ラウダの全盛期がそう。カンクネンの時代は全てのラリーがオールスター戦だった。セナとプロストと同じＧＰを走ったメンバーの名は、知らず知らず、いまも誰もが暗記している。

いまがそうじゃないのか、と思うときがある。ハミルトン、ベッテルを、若きふたりの天才が呑みこもうとしている。偉人、天才、ヒーローは、目の前に現れた瞬間、あっという間に過ぎ去ってしまう。目を見ひらいて遠い怪物くんを見つめ、カルチューの味を忘れずにいたいと思う。ここに立ち会えること自体、神様のイタズラ、天の配剤。その積み重ねの上で、たったいま、ルクレールやタナックがアクセルを踏みこむ。もっとも新しい「ワンピース」の線は、いま、この瞬間も紙の上に、黒々と描きつづけられている。

70

砂漠のバラ

今年から「ダカール」は、南米から中東に移った。去年も書いたように思うが、この「ダカール」は都市名でも、イベントの名称でもない。この星に生まれ落ちた、ある種の人間の胸をかきたてる、風音のようなメロディ。追いかけても追いかけても、けして行きつかない蜃気楼の楼閣。

1978年、パリを出発したティエリー・サビーヌらが、バルセロナ経由で地中海をわたり、砂を蹴たててアフリカの大地を走破していた時でさえ、「ダカール」はもはや、地上の土地でなかった。彼らがセネガルの首都に到着した瞬間、「ダカール」は天空に飛び去った。だから翌年も、その翌年もずっと、ラリーストはけして到達できない「ダカール」をめざしてきた。

その後、南アフリカや東ヨーロッパに、まぼろしのように現れたあと、「ダカール」はしばらく、南アメリカ大陸に定位しつつ、アルゼンチン、チリ、ペルーを悠然とさまよった。名だたるラリーストたちが、砂と風と、方向感覚を失わせる青空に翻弄されながら、逃げ去る「ダカール」のしっぽをとらえようと追いすがった。

『八十日間世界一周』『月世界旅行』『ドリトル先生アフリカゆき』そして『タンタンの冒険』。おさない頃、寝食を忘れて読みふけった。第二次世界大戦後、あらゆる辺境の地は独立国家を名乗り、二十世紀が進むにつれ、地球上に、人類未到の地などなくなっていくかに見えた。そこにふわりと、すべての冒険家に微笑みかけるかのように、夢の目的地「ダカール」があらわれたのだ。

だからだろう、カルロス・サインツは今年も、F1を戦う息子より猛々しくみえる。去年まで、レーシングスーツに身を包んでいた菅原義正は、小学生男子そのものだった。フェルナンド・アロンソの髭の上で、あの鮮やかな瞳の奥から、黄金色の星々がさらさらと砂の上にこぼれ落ちた。

中東の砂漠の空は、映像でみるだけで、南米やアフリカと気配がちがった。空に意志が張りつめている、ひとびとを睥睨《へいげい》する巨大な視線を感じる。あそこの上にまちがいなく、誰か、「大きなもの」がいる。

思いだしたことがある。

およそ二十年前、その空の教えのことを、僕はなにも知らなかった。よく泊めてもらった友人の家の近くに、白壁に金の装飾をあしらった壮麗なモスクが建っていた。ある日前を通りかかると、白木の大ぶりな引き戸が外に開かれている。その隙間から漏れる薄暗いなにかにひかれ、僕は何心なく、扉の奥へはいっていった。

円形のフロアに、滝がそそぎ落ちるかのように、白い曲線の柱が何本も、天井からおりている。円と弧と直線と。宗教画や彫像はなにもない。抽象的な模様がただ、森を埋める葉や枝のようにつなぎあい、空間をつくっている。だからだろうか、より「自然」を感じた。扉ひとつ抜けただけで、とても遠くへ旅してきたようにも思った。

ふくよかな笑みをたたえたこの施設の指導者《イマーム》に、宗教のことはなにも知りません、と話すと、そのようなひとのために、モスクは建っているのです、とこたえた。

「キリスト教は、布教をしますよね。駅前でも、訪問でも」と僕はたずねた。「イスラム教は、なんにもしないのですか」

指導者はいたずらっぽく笑うと「この世のはてに、この世でもっとも美しいバラがあつたとします。そのバラが、あなたのほうへ歩いてきたりしますか。あなたのほうから、バラのほうへいくでしょう？」

そうか、と、いま思い返す。あの深い空の下、アロンソは、ラリーストたちは、砂漠の彼方へバラを求めて走っていたのだ。「ダカール」という名の、光かがやくバラを。

71

理想のラップ

小三にして、はじめて吹き替えのない、字幕つきの外国映画を見る。上映時間も短くないし、だいじょうぶかな、と思っていたが杞憂だった。「め〜〜〜〜〜っちゃ」と、息がつづく限りのタメを作って、「おもしろかった!」と九歳のひとひは満足げにいった。

「いまから、もっかい見よかな」

きわめてシンプル。アメリカ映画の王道、ど真ん中。ケン・マイルズがスパナを投げるSCCAレースのパドックは、まるで西部劇の牧場。荒くれドライバーたちは牧童だ。走りぬけるクルマたちもまさしく荒馬そのもの。

モデナのイタリア人たちは、まるで別の映画の「帝国」側に位置するようにみえる。無気味で、ゴージャスで、不遜、いまにも窓から馬の生首でも投げこみそう。

ただし、真の「帝国」は、アメリカの巨大メーカーの側だ。君臨するのは、会長ヘンリー・フォード二世。付き従う下士官リー・アイアコッカ。策士顔のレオ・ビーブ。エンツォ・フェラーリは、たったひとり戦い抜く、単騎の戦士として描かれる。が、さらに孤独、かつ、ひとりであることを雄々しく貫くのが、ケン・マイルズ。新大陸と旧大陸、どちらにも与しない、島国うまれの誇り高き騎士。

GT40を走らせるマイルズは、フォード帝国に所属している感がゼロだ。さらにいえば、安定したこの世界のどこにも所属などしない。たえず動き、走り、既存の秩序にあらがう。アメリカ映画の孤独なヒーロー、ガンマン、ボクサー、探偵、戦士たちが、いつもそうだったように。

親と子の絆が、執拗に語られる。帝国を統べる王が、テスト走行のあと、キャロル・シェルビーの横のシートで「おじいちゃんを乗せてやりたかった」と泣く。夜のテストコースでマイルズ親子は理想のラップを夢みる。24時間、どころではない。３６５日、うまれてから消え去るまで、いや、消え去ってからも、父と子はラップを刻む。妻・母が少し離れたところからその様をじっと見まもる。

歌舞伎に「型」があるように、アメリカ映画にも「こうでなくては」という強い定型がある。だからこそ、それを壊そうという作品もあらわれる。さきほども書いたが、『フォードvsフェラーリ』は、アメリカ映画のど真ん中を突っ走っていく。

1966年のル・マン24時間。輝かしく、苦いリザルト。ブルース・マクラーレンが賞賛を浴びるポディウム。その横に立つケンと、スタンドのエンツォ。孤独なふたりの視線が、誇りが、生命が、一瞬交錯し、たいせつなものの交換がなされる。映画の時間が沸騰し、光が遠のく。そうして気がつけば、スクリーンは白く、いつしか映画は終わっている。

家族三人でならぶ。恋人同士、肩をならべて座る。それでも映画と相対しながら、僕たちは、フィルムの光のなかで、ひとりひとりであるその具合を確認する。

映画はたえず、問いかけてくる。「おまえの『ひとり』は、だいじょうぶか」と。「世界に安住し、満足しきってないか」と。「理想のラップを、いまも信じているか」と。

スクリーンの前に座った全員が、映画が流れているあいだ、最近忘れていたかもしれない、大切なひとりを取りもどす。映画が終われば、また、世界にまきこまれ、のみこまれてしまうかもしれない。けれども映画館の光と闇が、僕たちの内側で明滅をつづける、しばらくのうちはだいじょうぶだ。

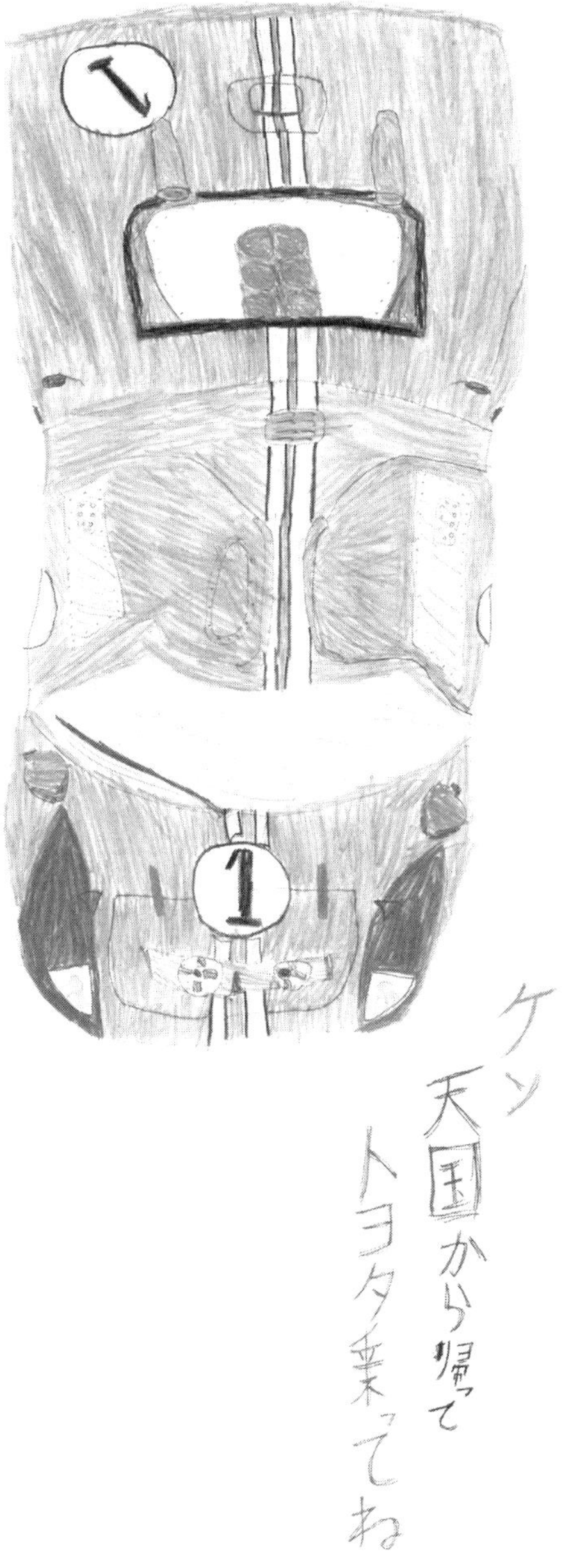

九歳の少年がスクリーンに向かい、ひとりであることを磨く。闇と光をうちにふくんで外へ歩きはじめる。大切な、映画も小説もモータースポーツも、じつは同じだ。自分の、かけがえのないひとつの生を生きるための、「理想のラップ」を、こころの底に刻みつけてくれるのだ。

〔72〕 砂漠の井戸

その瞬間、なにが見えただろう。

砂。黄金色の陽ざし。宇宙に抜けるような空の青。

外の世界、ばかりでない。目をとざしてこそほんとうに見えてくるものもある。

一月十二日。ダカール・ラリー2020の第7ステージ、276キロ地点。昨年二輪部門の王者トビー・プライスが、はじめに現場を通りかかり、すぐさまバイクをおりて救助にあたった。救命ヘリは、緊急警報をうけて8分後、午前10時16分、事故現場に到着した。そのときにはもうすでに、心肺機能は停止していた。

パウロ・ゴンサルベスは昨年までホンダの精神的な支柱だった。どれほど長い、惨憺たるステージのあとでも、彼だけはいつも、満面の笑みでラリーを語った。ビバーク地点では、取材カメラを見つけると、向こうから歩みよってきて、記者を驚かせることもしばしばあったらしい。きっと、そこにいる誰もを、ともにダカールを走っている仲間、と思っていたのにちがいない。

砂漠を知りつくしている。

砂漠のことはなにも知らない。

ゴンサルベスにかぎらず、長くダカールを走ってきたひとなら、どちらのことばにも頷くことだろう。砂漠が好きだ。砂漠なんて見たくもない。一年が過ぎ、年がまたあらたまれば、ラリーストたちはまた朝日とともにダカールへと集まってくる。

そのとき、そのあいだずっと、トビー・プライスが彼のそばにいた。いてくれた、と、世界じゅうのラリー好きが、手を握り合わせて思う。

2017年のダカール・ラリー。アンデスの山中でプライスが転倒し、大腿骨を骨折したとき、バイクをおりてそばに寄り添ったのがゴンサルベスだった。ダカールを走るラリーストたちは、きっと、そうせずにいられないのだ。砂漠のことをよく知っているから。砂漠を、なんにも知らないから。

1935年、フランスの作家サン＝テグジュペリが、パリ〜サイゴン(現ホーチミン)

間87時間の飛行記録への挑戦中、リビア砂漠に墜落した。飲み食いするものなにもなしで、まる五日間、機関士のプレヴォーとともに、砂漠のどまんなかをさまよった。アラブの隊商が見つけてくれなかったら、作家と機関士はいまごろ砂粒となって風のなかに消えていた。

のちに作家は『星の王子さま』のなかでこう書いている。

「砂漠が美しいのは、どこかに井戸をひとつかくしもっているからだ」

王子さまのこのつぶやきは、砂漠に不時着したパイロット(語り手)の耳にしみこむ。「家でも、星空でも、砂漠でも、その美しさを生み出しているものは目には見えない」。遭難中、作家は何度目をつむったろう。そして、ともに歩く機関士に何度声をかけ、何度ともに空をみあげ、広大な砂漠を前に、何度息をのんだろうか。

バイクが砂に突きささったその瞬間、彼が見たものは、きっと目にみえないものだ。大きすぎ、まぶしすぎ、近すぎて目におさまらない。けれども、まちがいなくすぐそばにある。

そのなにかを、瞼の奥にたたえ、プライスの声をそばに感じながら、ゴンサルベスはしずかに、音もなく立ちあがる。そうして、二度、三度とプライスの肩をたたくと、あの大きな微笑みをたたえ、手を振りかざして歩きだす。
どこへ。砂漠へ。初めての、なつかしい、あの砂の家のほうへ。
光かがやく井戸が、もう、すぐそこに見えている。

パウロ・ゴンサルベス
1979年2月5日生まれ、ポルトガル出身。2020年1月12日、ダカール・ラリー第7ステージでのクラッシュによる負傷から死去。2013年FIMクロスカントリーラリー世界選手権チャンピオン。HRC（ホンダ・レーシング）などで二輪ライダーとして活躍した。

73

やるべきこと

もうすぐに、F1がはじまる。といった状況で書いている。例年とくらべ、今年は、いささか様子がちがう。

ドライバーが、チームが、というのではない。テストのプロセスや発表されるコメントを見るにつけ、例年と同じ、どころか、どのチームも、ここ数年でもっとも順調な仕上がりをみせている。

空気のことだ。世界を包む大気の層。われらの住むこの星が、直径30センチの球体だとしたら、その厚みはおよそ0・5ミリ。F1のマシンにとって、空力的には御すべきライバル、パワーユニットを考えればやさしい指の女神。生命の基ともいえるその空気が、F1にかかわるひとびと、その家族、それ以外のひとびとすべてにとって、頭痛の種、ひいては脅威の対象となっている。

ウイルスとは、ラテン語で「毒」を意味する。遺伝子をもった「粒」で、みずからを増やす能力をもたず、宿主に寄生し、その細胞に入りこむことで「増殖させてもらう」。目の前に浮かぶ地球儀上の、厚さ0・5ミリの透明な層。天体の回転によって、巻き起こされた風が、不安と「粒」をともに運び、ぼくたちの上に拡散させる。

目に見えないけれど確実にそこにあるなにかが、日常の暮らしを一変させ、陽が照っているのにどこか薄暗く、その影がからだの内部、果てはこころにまで射し、未来へ目をみひらく力を奪う。まさしくこのようなことを日本に住まう僕たちは身をもって体験している。２０１１年3月以降、アイドル、八百屋のおばさん、小学生まで、シーベルトなる耳慣れない単位で心身を縛られたあの時期。

あの一年間、僕は、文学メールマガジンの編集長をつとめた。日本じゅうの作家に、いま、書けることを書きませんか、と呼びかけたところ、よしもとばななさんはじめ、多数の方から、賛同の声とともに書き下ろしの掌編がとどいた。毎日、昼間は自分の、ふだんの小説を書き、夜は作家たちの原稿を読んで感想を送り、体裁をととのえ、メールマガジンにアップロードした。

震災の三日後、以前「国境なき医師団」に属していた友人が、ヘリコプターで宮城北部へはいった。スクーターで走りまわりながら撮った写真を日々送ってきた。医師は診療する、運送会社は配達する、自衛官は瓦礫を取りのぞき、鉄道会社は線路の復旧工事につとめる。さまざまな立場のひとびとが、それぞれにできること、やるべきことを、わが身をふりすててやろうとしていた。

歌手はうたう。真夜中の編集作業中、細野晴臣さんの『ＨｏＳｏＮｏＶａ』をくりかえしかけた。ふしぎと、ここ最近もしょっちゅうきいている。目に見えない「毒」を中和させる、目にみえない「薬」こそ音楽だ。

なにも気にせずＧＰの開催を楽しめた日々はいま思えばなんと幸福だったことだろう。サーキットにでかければ、応援するチームカラーに身を包んだ大群衆が、ぎっちり詰まったスタンドで大口をあけて声援を送る。それにこたえるかのようなエンジンの轟音。大所帯のチームがいくつも、国から国へ、地球を縫いあわせる糸のような軌跡を描いて移動していくスケール感。目に見える笑顔。人間の人間への深い信頼。

そうして、全世界の数億人が、たったいまこの瞬間、この同じオーバーテイクを、このゴールを見つめている、そう信じられる祝祭感。連帯し、深々と胸にはらむ空気。

今回も、できること、やるべきことに、大勢のひとが身を捨ててとりくんでいる。医師は診療する。教師は徹夜でプリントを作る。料理人は厨房にこもる。新聞記者は取材し、ホテルは部屋を提供する。科学者は研究の手を休めない。

ひとひは絵を描く。

Ｆ１ドライバーは、走りだす。

74

自分オリンピック

京都の子どもたちも、小学校に行けなくなった。小学生目線でいえば、行かなくてよくなった。どちらにせよ、行かなくなった。

オーストラリアGPは時差がないから生で見られると、小三のひとひはこころから楽しみにしていたけれど、結局、残念なことになり、揚げ句、中国どころかヨーロッパラウンドにもシャッターがおろされてしまった。

午前中は宿題、勉強。昼からは野球、もしくは乗馬。世のあらゆるスポーツ施設が休業しているのに、乗馬クラブは平常どおりオープンしている。きのう乗った馬は、ダービー馬キングカメハメハの息子だった。ほかにもディープインパクトやメジロマックイーンの仔もいる。こういうところでひとひはモータースポーツ熱のくすぶりを少しは発散できている。

屋内にとじこめられたのをきっかけに、親子でプラモデルにはまりだした。僕自身、小中学生時代のめりこみ、ティレルの6輪はもちろん、ヤードレーマクラーレン、1972年のロータス、モンテカルロのストラトス、サファリラリーのセリカと、塗装し組み立てながら、それぞれのクルマの特徴をなんとなくつかんでいったものだった。

その頃作りたかったけれどタイミングを逸して見逃した、フェラーリ312Tの1／12モデルを入手した。組み立ての図面をひらいただけで指先がむずむずしてくる。

ひとひは作りかけで置いてあった、フェラーリ248F1の1／20の箱を棚からおろし、ウイングやサイドボンツーンの加工を始めた。「空力、こりすぎやで〜」とか叫びながら、細かな部品をピンセットでつまんで貼りつけていく。

1／700スケールの自衛艦の「ひゅうが」も2年越しに完成させた。僕の友人が、6歳で自衛隊好きだったひとひのためにプレゼントしてくれたもの。マッチを折ったくらいのサイズのヘリコプターを二機、指先を駆使して製作し、息をつめてそおっと甲板に置いた。あ、これがやりたかったのね。

新しいプラモデルを買いに、鴨川の河原を自転車で爆走する。僕のはロードレーサーのデローザ、ひとひのはマウンテンバイクのGT。家から京都駅前のヨドバシカメラまでおよそ20分。

売り場で迷う時間から、プラモデル作りの楽しみははじまっている。ひとひは熟考し、テープ止めしてある箱のふたを、いくつも店員さんにあけてもらい、最終的に、ふたつの候補が残った。「自衛隊」部門からアパッチヘリコプターAH-64D、「クルマ」部門からトヨタ2000GT。「うーん」レジで考え、考え、考え、「こっちやな」と手にとったのは、真珠色の車体の、あの名車だった。よかった。持って帰ったその瞬間から箱をあけ、ニッパーとヤスリを握りしめる。

　ここ最近の、長い長い、時間を盗まれたような空虚がつづくあいだ、モータースポーツファンは皆、きっとそれぞれのやりかたで、灰色の時間を埋めている。DVD、プラモデル、雑誌の切り抜きを作ったり。

　僕は毎日、走っている。ジムは閉まり、プールは閉まり、七月の東京(行き)も不透明ないま、いろんなことをうじうじ気にしていては、からだやこころまでもいつのまにか閉じてしまう。鴨川沿いを、哲学の道を、大文字山を、走る走る走る。モータースポーツ好きなら、きっとみんな、走るのには向いている。

　プラモデルを作るのは、ふりかえってみれば、ボディとその構造を、指先を中心としたからだで理解することにちがいない。マスクをし、とじこもっているだけでは、なにも始まらないし、組み上がらない。箱をあけ、空気を入れ換え、走りだす。新しい息で、からだとこころが調えられていく。東京で何十万人も集まる必要はない。「自分オリンピック」なら、いつどこでも開催が可能だ。

［75］ 無音の熱狂

今年の二月、ひとひの小学校で講演会をひらくことになり（まだコロナなんて目の端にもいなかった）、全校の児童にアンケートをとった。「いしいしんじさんにききたいこと」。500をこえる回答のなかに、見慣れない用語「キメツ」が散見された。いわく「いしいさんはキメツのなかで誰がすきですか」「キメツみたいな話を書いたら売れますよ」。

少年ジャンプ掲載『鬼滅の刃』。実作を見てみて、その完成度にうなった。ゲーム、アニメ、マンガ。いわゆるクールジャパンのそのさらに先。疑似大正時代の鬼退治。メジャー好きなひとひは早々にはまった。全国の子供たちに伝播していった速さは、それこそいま流行りのウイルス並だったかもしれない。

家に幽閉状態のひとひの、もうひとつの楽しみは競馬。全国の競馬場で、いまも無観客で開催中。テレビで解説者も乗り手も調教師も「早く元どおり、満員のお客さんから声援を浴びて馬を走らせたい」と語っている。が、当の馬はどうか。

静かなパドックで、ゲート前で、馬たちはとても落ちついて歩いている。広々としたターフを見渡し、なんだか早く走りだしたそうだ。

ゲートが閃く、その運命の音。しばらくつづくバックストレッチの低い地響き。第3コーナーの入り口、明らかに高まる蹄の競奏。第4コーナー出口へ。蹄が、呼吸が、波のように逆巻き、怒濤となって一気に寄せる。ゴール前3ハロン、2ハロン、1ハロン。うなる鞭。逆巻くたてがみ。馬よりも、騎手よりも早く、音の波がゴールを駆けぬける。ゆっくりとターフを踏む馬たちの漆黒の目はただ頭上に拡がる空の青だけをうつしている。

日本競馬史上、もっとも有名な種牡馬は、その名もサンデーサイレンス、「日曜日の沈黙」だ。

無観客だからこそ響く音がある。大相撲でのあの、肉と肉のぶつかり合う爆発音はどうだ。プロ野球オープン戦で、テレビのスピーカーから聞こえてきた打球音は、その打席の真横できくくらい耳に残った。きっといま、ミュージシャンのなかで、満員のライブハウスより、たったひとりのライブをネット配信するほうが、好きかも、と気づいたひとがいるだろう。ゲートの前の、ひと握りの馬たちのように。

観客がいなくて残念。それはそう。けれども、いまのこの沈黙を、プラスに転じることはできないか。

同じくひとひの愛読するマンガ『ＭＦゴースト』（作者は『頭文字Ｄ』のしげの秀一）で描かれる未来の公道レースは、コース内を封鎖し、無観客で行われる。全世界のファンは、マシン一台ずつを追尾するドローンから配信される映像に見入り、熱狂する。「例の爆発」以来、火山性の有毒ガスが風に乗って流れてくるらしく、コースとなる熱海や箱根の市街は、色を失ったゴーストタウンのそのものにみえる。まるでなにかの予言のようだ、と、初めてページを開いたときからそう感じた。すぐれた表現はたまに、こんな風に、すぐ先の未来を垣間見せてくれる。

作中の「リョウ・タカハシ」のようなディレクターが、知恵と勇気を振り絞れば、きっとまたサーキットに熱狂は戻ってくる。客席を満員にして利益を得る、というビジネスモデルを問い直す、いい機会にちがいない。満場の歓声ももちろんだが、まずは、この星に響きわたるエンジン音をこそ、モータースポーツファンたるぼくたちは耳にしたいのだ。

SUNDAY SILENCE

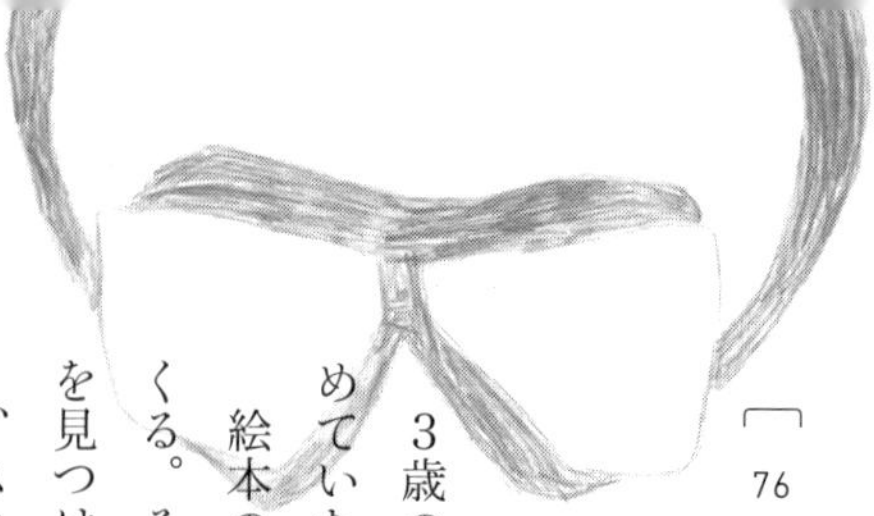

76

生命のアクセル

３歳のころ、アメリカ版の絵本『リトル・レッド・レーシングカー』をくりかえし眺めていたから、当時からうちのひとひは、スターリング・モス卿の大ファンである。

絵本の内容は次のとおり。ある家族が、おんぼろ納屋のついた田舎の家に引っ越してくる。そこの男の子が犬と遊んでいるうち、納屋のなかで埃をかぶったレーシングカーを見つける。シートに残っていた書類とゴーグルによると、その車は、往年の名レーサー、スターリング・モスが駆っていたマセラティ３００Ｓにちがいなかった。男の子とお父さんは朝晩レストアにはげみ、やがて、新車同然に生まれかわった３００Ｓのシートに収まったふたり、そして犬一匹は、青い空の先、さらにその先へと、ぴかぴかのアクセルを踏みしめ、どこまでも突っ走っていく。

そのひとひも9歳になった。オークションサイトの検索欄に「グループB 1／64デルタ」などと打ち込み、トイボネンモデルのミニカーを見つけ、にやついたりしている。彼が寝ついた深夜、翻訳の仕事をしている最中、モス卿の訃報を知った。ぼくはふしぎな引っかかりを覚えた。ニュースサイトや新聞で90の齢を重ねたモスの写真を見るたび、その違和感は何度もよみがえった。

レーサーの死去、という、その事実に引っかかりを感じた。ラウダ、ビアンキ、ゴンサルベス、セナにトイボネン。僕はおそらく、レーサーはレースのあいだ、生と死の中間をいったりきたりしている、と感じている。死にギリギリ近い身体が、正式に死んだ、とあらためて告知される。その妙な違和感。

モータースポーツの危険性、とか、そういった意味でない。より拡げていえば、僕は、スポーツする肉体はいつも「死」に近いと感じる。マラソンも体操も、スキーもサーフィンも、テニスもボクシングも。

「死」に近いというのは「衰え」や「不吉」を意味しない。それどころか、スポーツする選手たちのからだは、日常を破って生命の光を放ち、生と死の中間に、虹のかけはしのように浮かんでいる。ほんとうに、生命をふりしぼって生きている肉体だからこそ、僕たちはレーサーに、ボクサーに、ランナーに魅了されるのだ。

ネット上や新聞記事で語られる訃報は、ただの知識、情報としての軽さしかもっていない。ラリーやレースの最中、ドライバーたちは、ほんものの生の輝き、死の煌めきを、見ている僕たちに、あらかじめ垣間見せてくれている。だからこそ不滅なのだ。

いま僕たちは、家にとじこもりながら、サーキットを走るような日常を送っている。次のラップがどうなるかわからない。目の前のコーナーを全力で抜けていくほかない。

はたして、いまが異常なのか。外食に買い物、旅行にエンタメ。ほんとうに必要なことはなにか。僕たちはこれまで、安易に踊らされ、馴らされすぎていたのではないのか。気を静めて考えれば、僕たちはいま、ほんとうの生を確かめる時間を過ごしているのかもしれない。

あらためて書くが、「死」に近いというのは「衰え」や「不吉」を意味しない。生と死の中間を、僕たちは生きている。生きるほかない。だからこそ、一日ずつ、一瞬ごとが大切だ。これまでも今もこれからも、この星の青空の下、いつ最終ラップが来るかわからないレースを、すべての生きものが、生命のアクセルを踏みしめて走っているのだ。

スターリング・モス

1929年9月17日生まれ、イギリス出身。2020年4月12日、療養中の自宅で死去。1950年代にF1で活躍したが、チャンピオンには手が届かず「無冠の帝王」と言われている。

77 分母と分子

全身音楽家・大瀧詠一がGPSマニアだったことは、大瀧ファン「ナイアガラー」のあいだでは有名な話だ。あ、ちなみに「ナイアガラ」とは大瀧が作ったレコードレーベルの名で、「大きい滝→ナイアガラ」から来ています。

旅に出るとき、大瀧は、三台のGPSを用意した。広域拡大図、中域、詳細図の三種。「詳細図のPCは食事しながら次の場所を決めたりするために持ち歩く」

地理オタクだったわけでない。

音楽、映画、小説に落語ほか、大瀧さんの興味の網にかかる、この世のあらゆることを扱う、ある「見方」の研究のためだ。

「なぜGPSマニアかと言えば、縮小と拡大が自在だからですよ。地図を見ているんじやなくて、距離の概念についての考え方のトレーニングをしている」

真上から、見おろす。自分の立ち位置を確認し、とりまいている環境を360度ながめる。いいかえるなら、一点をおさえながら、全体を俯瞰する。

大瀧詠一がとある楽曲を語るとき、その一曲のなかに、過去のどんな歌手が、どんな映画が、どんな文学が残響しているか、触れられないことはなかった。いいかえれば、いま目の前で繰りひろげられている落語でも、テレビ番組でも野球の試合でも、ひとが作るものは必ず、過去にひとが作ったなにかの総体の上に乗っている。ポピュラー音楽における「分母分子論」、と大瀧は呼んでいる。

僕たちは、いま目の前の事象、つまり分子のみに目が向かいがちだ。スポーツでいえば足もと、手もとにあるボールだけを追いかけてしまう。サッカーの真の10番、ラグビーのすぐれたスタンドオフはそうでない。たったいまのワンプレイに、試合の流れ、のみならず、シーズン全体の動向、そのスポーツの歴史、未来までを感じとることができる。

モータースポーツには、この「分母分子論」の考えが、じつは予め定着している。欧米、日本の自動車産業には、各国の文化があざやかに反映しているし、ファンのほうも、エンジン一個の開発、一台のマシンの造形、ドライバーのたった一勝、それらの下にどれほど豊かな物語が踏まえられているか、思いを馳せずにはいられない。神保町の古書展で五十年前のオートスポーツをひらいてみれば、僕たちがどれほど広い分母の上に立っているか、ありありと実感できる。

偉大なチャンピオンたちは皆、GPSのように、自分の位置とモータースポーツ全体を「縮小と拡大を自在に」とらえられていたにちがいない。では、モータースポーツをこえて、つまり超広域な、地球レベルの視点からみずからを見つめることのできたドライバーはいただろうか。アイルトン・セナにミハエル・シューマッハ、ニキ・ラウダ、もしかすると、ルイス・ハミルトン。

昨年まで、グローバル、グローバルといっていながら、世界じゅうのみな、自分の手の中のスマホの画面しか見つめていなかった。全地球的な困難に同時に包まれ、僕たちはようやく、真のグローバリズムに導かれつつあるのかもしれない。その果てに、どんなサーキットの光景が待ち受けているだろう。

グーグル・アースが登場したとき僕は激烈な違和感をおぼえた。そこには風も波も、もちろん生命もなく、人類絶滅後の地球にしかみえなかった。いっぽうGPSは動く。自分が生きている、そのことが確認できる。僕たちは今後、あらたな分母を踏まえ、それぞれ独自のGPSを生きはじめるしかないのだ。

78 透明な手

「耐久」。がんばる。しのぐ。歯を食いしばる。こらえる。

ENDURANCEの語は、どのヨーロッパ語もそうである通りラテン語が起源。〝EN〟は、「そのようにする」。〝DURE〟は「長くつづける」の意味。つまり「長くつづけるようにする」ということで、必ずしもマイナス・否定のイメージは伴わない。それどころか「不朽の愛」「永遠の名声」といった形容にも、〝ENDURING〟の語が使われる。

「調子よく走れている」

「体調もタイヤもエンジンも絶好調」

「なんでだろう、負ける気がしない」

そのような「いい状態」をできるだけ長く引きのばす。このニュアンスこそ、ENDURANCE RACE、耐久レースの最中で、レーサーが、メカニックが、全関係者が感じているモティベーションにちがいない。歯をくいしばる場面はもちろん、あるまちがいなくある。けれどもそれは、苦難の向こうに必ずやってくる、まばゆい光を迎えるため。その瞬間まで、レースを長くつづけるためだ。

「いい状態を長くつづける」。そうと考えると、僕たちの暮らしのなかにも、ENDURANCEを求められる場面は少なくない。クルマの運転はむろんそうだし、得意先へのプレゼンもそう。こどもだってENDUREしている。ピアノ教室の発表会。少年野球のリーグ戦。入学試験だってたぶん、ENDURANCEの力で成否が決まる。

ただ、ピアノは3分。プレゼンは30分。入試やドライブだって半日を超えない。超ハイレベルなENDURANCEを24時間、一瞬の気の緩みもなしにつづける、毎年ル・マンに集ってくるチームはあらためて凄い。

人間の集中力は最大どれくらい持つのだろう。コロンブスの乗ったサンタ・マリア号の航海士たちは、出航からひと月足らずで暴動を起こしかけた。37日目に陸地が見つからなければ、コロンブスはぐるぐる巻きで海に投げ捨てられていた。

友人の写真家・鬼海弘雄さんは、三十年以上、浅草寺の境内に出かけ、ハッセルブラッドのシャッターを切りつづけた。そのポートレイト作品は、いまでは世界的な評価を得ているけれども、当初は誰からの依頼もないまま、ひたすら足を向けていた。フランスのあの有名な郵便配達夫、たったひとり、石くれで「理想宮」を造りあげたシュヴァルのように。

すべての大きなＥＮＤＵＲＡＮＣＥは、揺るぎのない信念に支えられている。理論やことばをこえた、ある種の「信仰心」といってよい。

キリスト教の世界でＥＮＤＵＲＥといえば、神への愛情をもちつづけ、その恩寵につつまれたまま、長い生をつないでゆくことだ。

毎年ル・マンに、大勢の観客が観戦にやってくる。50年、60年前のレースを覚えているよ、と笑うベテランもいるだろう。そのなかに、70年、80年連れそう老夫婦がいるかもしれない。ふたりは透明な手をつなぎあってレースを見る。互いの手の感触こそが不朽だと、スタート、ゴールの瞬間のなかに永遠の恩寵がこめられていると、このようなふたりには、きっと予めわかっている。

911
MICHELIN
PORSCHE DESIGN

79

命あるもの

小四のひとひは、毎晩ふとんに最低五冊はもちこみ、ぱらぱらつまみ読んでいる。なかでも、主人公が同世代ということもあって、『カペタ』には昔からどはまりしていた。

モータースポーツ好きのあいだでは有名な作品だ。お母さんのいない、小四の平勝平太が、父が拾ってきて修理したカートでモータースポーツに目ざめ、友人やライバルと切磋琢磨しながら成長しF１の世界をめざす。

ストーリーはシンプルだが、作中で語られるエンジンや足まわりのはなし、とりわけレース中のドライビングの語られかたがすばらしく、モータースポーツに関心がなくても、この作品をきっかけにカートのステアリングを握った少年少女はたぶん少なくない。というか、カートをやってる子、その家族なら必ず読んでいるんじゃないだろうか。

少し脱線。僕が初めての印税でイタリア製のロードレーサーを買ったころ、同じ作者・曽田正人さんの『シャカリキ！』の連載がはじまり、三年間、毎週『少年チャンピオン』を心躍らせて開いた。レースに命を燃やす少年たちを書かせたら、ずばり世界一の作家だ。ひとひはもちろん小学生時代のカペタが好きで、だから単行本は、中学にあがって以降の八巻以降買っていなかったのだが、ここしばらく映画も旅行もコンサートもないし、ライブ一回分くらいのつもりで、カペタ全32巻を一気にそろえ、一日一冊か二冊、ちびちび読んでいった。

そして、ゆうべ最終巻にたどりついた。すばらしい終わり方だったが、とりわけ作者・曽田さんの「読者のみなさまへ」という一文に感銘をうけた。キャリアのなかでも最も書くのが楽しかった曽田さんは、途中、このまま無限に描きつづけることができる気がしたそうだ。しかし最後のページを描いた瞬間、「なぜだか突然思ったのです。『何があろうともここまで描きたかった。そして、自分が描くべきなのはこのページまでだ』と」。

漫画の世界では、人気のある作品はなかなか自然に終われない。読者の希望、編集者の要望で、ずるずるとなし崩し的に延長されてしまう。きっと作者には、作品の悲鳴がきこえているはずだ。痛い、息が苦しいよ、と。僕をいったい、どうするつもりなの、と。

曽田さんは描いている最中から、物語の声に耳を傾けた。そうして、作者でなく、物語が進みたいように進ませ、物語が終わりたいときに、絶妙のタイミングで筆を置いた。作者だから、作品を好きにしてよいわけでない。物語は、命ある生きものだ。親として声をきき、責任をもって育ててあげる。そしてある瞬間、「ここまででいい」と物語がいえば、そおっと手を離す。

なかなかできることではない。だからこその名作。だからこそ、永遠に読まれ、生きつづける。なんと幸福な作品だろう。最近話題になった『鬼滅の刃』にも、まさしく同じことを感じた。

これまで目にしてきたレースを思い返してみると、勝敗の結果だけでなく、スタートからゴールまでの全体を、ある大きな流れ、物語としておぼえているレースこそ、「名レース」とうたわれている気がする。モータースポーツにあっても、主役はドライバーや観客でなく、命ある、レースそのものなのだ。

最後のレース、ポディウムの上でカペタはライバルにきかれる。おまえ、このコースで何を「発見」した、と。最後のペース、あの速さは一体何や、と。カペタはこたえる。

「オレは、クルマの言うことを聞いて運転しただけだよ」

曽田さんも、カペタを描きながら、深いところでカペタに教えられていたのだ。

80

未来の香り

こどもは未来が大好きだ。だからドラえもんがいつの時代も受ける。未来が日常に陥入しているから。

はじめて見る『バック・トゥ・ザ・フューチャー』に、ひとひはいきなり魂を奪われてしまった。見終わってすぐ、僕のりんご式パソコンにむかってなにか打ち込んでいたかと思えば、ふりかえり、

「おとーさん、アインシュタインて雑種やなくて、カタロニアン・シープドッグやで！」

当然、オートスポーツの絵もDMC‐12となる。灰色に見えますが、銀色の鉛筆を塗り込んでアルミのボディを表現しています。

音楽ソフトで、ひとひや同級生のプレイリストを見せてもらうと、あらゆる時代の楽曲が均等に扱われているのに少し驚く。あいみょんの次にミスチル、ケンドリック・ラマーにならんで坂本九、スペンサー・デイヴィス・グループ等々。何十年前の音楽も、何十年後の音楽も、はじめて触れる、という点では小学生にはひとしなみに未来なのだ。

コロナ禍の自粛期間中、テレビやネット上で「モータースポーツの未来」について語られることが多かった。誰もが未来にかかる不透明な霧を晴らし、その先にわずかな希望を見いだそうとしていた。

もっとも素直なまなざしを未来に注いでいるのは、フォーミュラEのドライバーやスタッフたちだったかもしれない。21世紀にスタートしたこのカテゴリーは、現代のこど

ものように「こだわり」が薄い。レギュレーションもルールも柔軟に変化する。市街地コースはすべて無観客でOKかもしれないし、ドイツの四大メーカーが顔をそろえている。BTTF(バック・トゥ・ザ・フューチャー)のデロリアンの動力も1・21「ジゴワット」の巨大な電力だった。

バーチャルのル・マン24時間は、個人的には残念な印象だった。ゲーム画面にも時間の進み方にも、既視感が募り、未来に触れている、という実感は少なかった。すべてのスティントを終えた小林可夢偉選手が「次にオファーされても受けない」と苦笑するその表情が、雄弁に語っていたように思う。ゲームとレースはちがう、と。シミュレーターをいかにコックピットに近づけようが、それはモータースポーツとは別物だよ、と。別物なら別物とわりきり、ゲーム中継ならではのおもしろさを、映像を作る側が提示できるかどうか。

いっぽう『歴代優勝者が語るル・マン24時間レース』は、1920年代から戦後、20世紀から21世紀へと、過去の映像を見ながら名選手がふりかえる、という内容だったにもかかわらず、ふしぎな未来の香りがたっていた。クリステンセン、イクス、ブエミらが地球上に散らばって、その巨大な目でル・マンを覗きこんでいる、そんな風に見えた。

グローバル、とは、物流やカネの流れだけを意味しない。24時間を、この天体の一周期と考えれば、もともとル・マンほどグローバリズムに根ざしたスポーツはほかにない。たとえば、24時間を12分割し、2時間の時差ごとに都市をずらし、ずっと「午後三時」をリレーして番組を放送してみる。

たとえば、南極大陸に24時間で一周できるサーキットを新設し、「ル・マン」と名づけ、全世界にむけて無観客中継する。

ル・マンは1923年のはじまりから未来を示しづけている。はためくチェッカーフラッグの下で音もなく地球は一回転する。24時間後のゴール地点は同じようにみえて、もとの位置とは宇宙的にちがう。サルト・サーキットは未来へとつづくらせん状の円環なのだ。

フォーミュラE選手権
2014・2015年シーズンから始まった電気自動車のフォーミュラカーによるレースシリーズ。2019・2020年シーズンはアウディ、ポルシェ、BMW、メルセデス、ニッサン、ジャガーなどが参戦。世界各地の市街地コースが、おもな舞台となっている。

81

呪いを払う

モニターを見ながら凍りついた。

壁に突っこんで停まった、33、紺色のマシン。よちよち走りはじめはしたものの、タイヤはあきらかにありえない挙動をみせ、フロントウイングは鳩の手品みたいに虚空へ消え去ってしまった。

7番グリッドからのスタートが決まった時点で、レースのおおよその趨勢はみえた、そのつもりだった。が、しかし、スタート前にクラッシュとは、いったいなんの呪いだ。

そう、呪い。

2020年は、目にみえない、ことばにも声にさえもならない、透明な呪いが、この星をすみずみまで覆い尽くした年として長く記憶されうる。いま空気中に、あるのかないのかわからない、そんな不確かな斑点のかもしだす恐怖のおかげで、世界じゅうのあらゆるレーシングカー、ラリーカー、フォーミュラマシンは、長く、スターティンググリッドにつくことさえおぼつかなかった。

オーストリアで開始したF1グランプリ。跳ね馬、赤牛のチームに、呪いが別のかたちで次々とふりかかったかにみえた。銀色のまっすぐな矢は流麗に走り、うしろから伸びてくるギザギザのかぎ爪からうまうまと置き去りにした。

さらに、ここハンガロリンク。33番をつけた若き闘牛士の左フロントに、今年のモータースポーツをめぐる重苦しさを象徴するかのような、透明な呪いが襲いかかった。どうしてこんなに、マシンのなにもかもがうまくいかないのか。2016年の参戦以来、ひとひのイチオシ「フェルスタッペンくん」の、こんなにも押しつぶされそうな姿をこれまでに見た記憶はなかった。たちのぼる煙とともに、マックスの闘気がマシンからしゆるしゅる抜けてゆく、そんな様にみえた。

そのとき、手がのびてきた。一本でなく、つぎつぎと、何本も、何本も。ストレートにたどりついたマシンの後部に指がかかる。労るように、何本もの手が、ぐいぐいと力強く押してゆく。7番グリッドへ。33のマシンがいまいるべき、本来の場所へ。

そうして、到着したその瞬間、時間が生きもののようにまわりはじめた。紺色の服の勇士たちがことばもなく集まってくる。呪いとは真逆の、透明な強い糸のようなものが、男たちのあいだに無数に張り巡らされている。

ドライバーが降りたつ。マシンにとりつく男達の動く姿を、その上にまわる時間を、揺るぎない視線でじっとみている。背筋が伸び、足が柱のように据わる。抜けたはずの闘気がみるみる充填されてゆく。

透明な糸でつながれた男たちは文字どおり「一体」となる。マシンはまるで紺色の揺れ動く雲に包みこまれたように見える。雲のなかで行われている、なにか人智をこえるような作業。そのとき、歌がひびく。ハンガリー国歌と紹介されるが、雲を鼓舞する声にしかきこえない。メカニックと呼ばれる男たちの胸に炎がともる。

いっさい無駄な軌道のないパーツの受け渡し。雲のはるか先をもう貫いて見すえはじめたマックスの青ざめた横顔。7番グリッドになにかがみちあふれている。それは透明なもの。目にはみえない、胸をうつもの。サスペンションアーム、アッパーアーム、プッシュロッドの位置が、あらかじめ定まっていた運命のようにぴたりと決まる。

身をかがめ雲のなかにもぐりこむマックスの目は豊かに笑ってみえる。時間は悠然とらせんを描き、マシンの上にゆるやかに舞いおりる。一分前、ノーズが装着される。三十秒前、タイヤが装着される。

紺色の雲から、目に見えない、透明な息がふっと吹きだし、マックスのマシンをグリッドから前へ押しだす。マックスがアクセルを踏みこむと、目が覚めた赤牛は一気呵成に走りだす。紺色の男たちの手が整然とパーツや道具を片づけていく。呪いと戦い、それを払いさるにはこうするほかない。男たちは全世界へ、その手で示してみせてくれたのだ。

2020年F1世界選手権

新型コロナウイルスの影響により、7月にオーストリアGPで開幕。第3戦ハンガリーGPでは、マックス・フェルスタッペンがグリッドに着く前にクラッシュ。レッドブル・ホンダのメカニックたちが、ぎりぎりで修復し、7番グリッドからスタートして2位に入った。

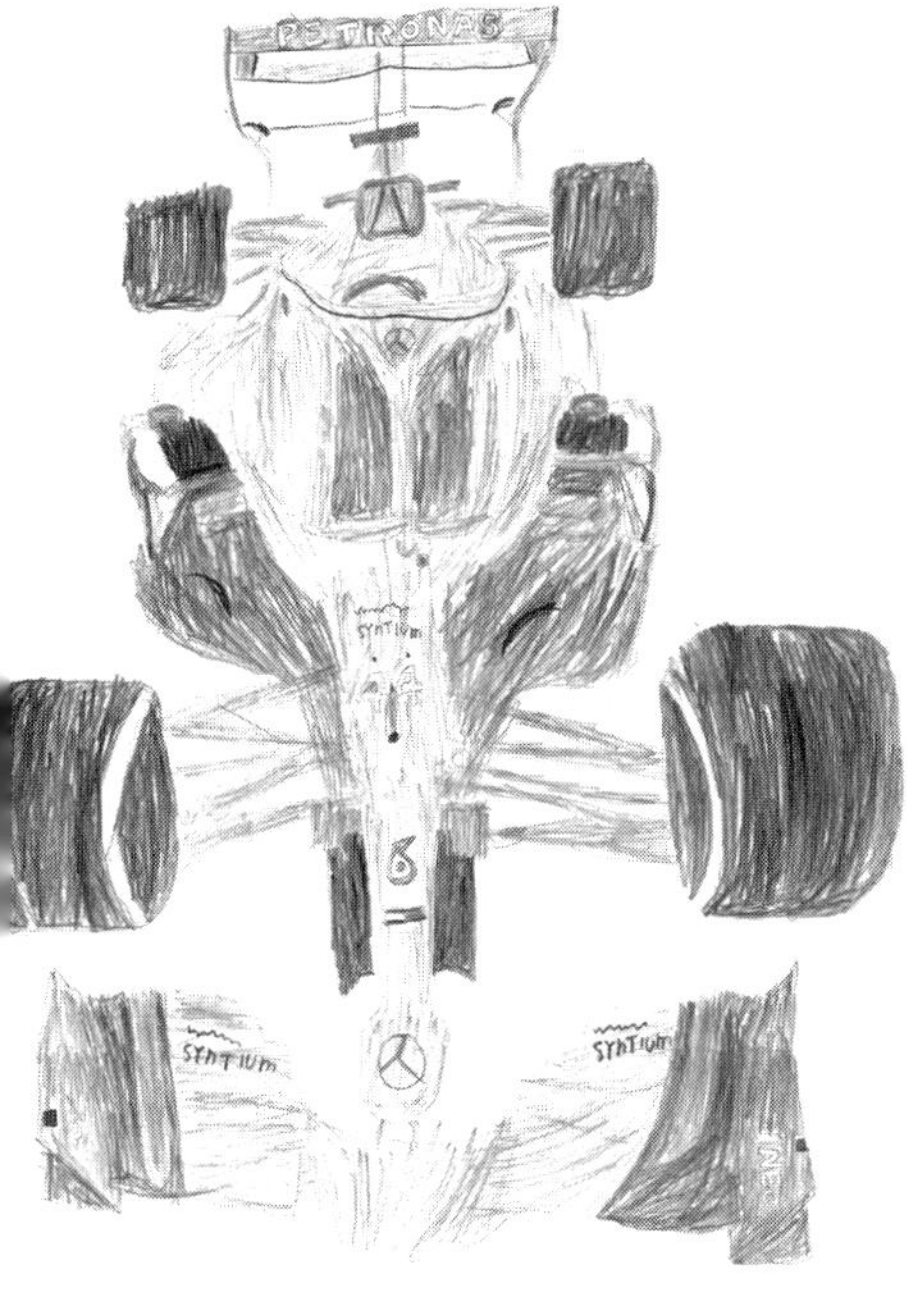

ブルドッグのアイルトン

セナ・ダ・シルヴァに捧げる

インド有数の大都市ムンバイの海沿いを走る観光道路、通称「マリンドライブ」の上で、五十四歳のタクシー運転手ダルワン・クマールはハンドルをにぎりしめたまま、久方ぶりに、この仕事に就いていることを後悔していた。

後部席には、ポロシャツと短パン、油で固めた頭の上に宮殿みたいな形の帽子をのせた爺さん、その連れ合いらしい、虹色の布をまとった巨大な顔面の婆さん、そして爺さんの娘らしい、黄色いワンピースに負けないくらい黄色く髪を染めた女。

この三人がいっせいに、一瞬の間もおかず土砂崩れのように喋りたて、しかも、どんな辺境からでてきたのか、経験豊富なダルワンの耳をして、三人の話す単語のひとつさえ聞きとることができない。おまけに助手席には三人の孫が居座って、ゲーム機を取りあいながらげらげら笑い、窓をあけては手を旗のように振りかざし、勝手にダッシュボードを開け、なかの書類が雪崩をうって落ちかかる寸前で閉める、といった遊びをつづけている。

一行がここマリンドライブを訪れたかったのかどうか、それすらも怪しい。夕方ムンバイ中央駅のはずれに停まっていたら、こん、こん、こん、と後部席をノックされ、反射的にドアをあけると、六人の家族連れがぞろぞろと乗りこんできた（ムンバイでは珍しいことでない）。それ以降ずっと、爺さん、婆さん、女の三人に、背後からキーキー声を浴びせられ、指さされた方向へつぎつぎとハンドルを切っていくうち、日暮れ近く、この観光道路へたどりついた。

歩道をゆくカップルや家族連れは、手に手に屋台の果物や飲みものを持ち、夕暮れの砂浜めざし、幸福そうにそぞろ歩いている。いっぽう車道は地獄だった。ここムンバイでは夕方、どこの道路もソーセージのなかのように混む。タクシー運転手は抜け道のパターンをいくつ知っているかでその腕が決まる。ダルワンはけして下手なドライバーではなく、仲間うちでは区域のリーダー格とさえみなされているが、ただしかし、一本道が砂浜沿いにただひたすら4キロにわたってつづく、ここマリンドライブにあって、長年つちかったテクニックのみせどころなどあるはずがなかった。

ダルワンのタクシーはこの一時間で五メートルしか前進していなかった。むろん、他の乗用車、工事現場にむかうトラックや宅配便のヴァンふくめ、この路上に寄せ集められたクルマすべて、くちびるを噛みしめ、みな同じさだめを受け入れている。

突然、異臭を感じ、バックミラーをのぞいてみると、婆さんが虹色服の膝の上で弁当包みをひらいている。なんの料理かわからないが、まったくもってひどいにおいだ。半年前、ガレージの工具箱をあけたら、半分だけ毛並みの残ったイタチの骸が転がっていたことがあるが、そのときに匹敵する強烈さだ。

「な、なあ、奥さん。悪いけど、うちの会社はさ、車内では飲食禁止なんだよ」

運転席の窓をあけながら、ダルワンはふり向かず、鼻声で、必死に朗らかそうな表情をにじませて語りかける。

「それに、ほら、ここ舗装が悪いからさ、クルマが跳ねて、大切な晩飯がひっくりかえりでもしたら……」

と、助手席の孫三人が、猿のおもちゃのように、いきなり手を打ち鳴らしながら甲高い声で笑いだす。ミラーのむこうで、女も釣られて低い笑い声を発し、爺さんも日焼けした筋だらけの頬に苦み走った笑みを浮かべている。ダルワンはムンバイ市街のど真ん中で道にまよってしまったような目眩をおぼえた。

強烈な異臭が強くなる。ふり向けば、婆さんがおだやかに微笑みながら前屈みになって、なんだかわからない、黒い海藻のような料理を右手でつまみ、そろそろとダルワンのほうへ接近させつつある。

「いや、奥さん、俺はいい」

ダルワンはいった。

「な、奥さん、俺、腹はへってない。どっちかといやあ、腹が痛い。な、奥さん、いらん、な、なあっ、奥さん、ったら！」

婆さんの右手が近づいてくる。ヘッドレストをかすめ、シートベルトをよぎり、ダルワンの鼻先からわずか三センチの距離に迫る。ダルワンが観念した瞬間、鼻先に浮かぶ黒い物体は一気に遠ざかり、婆さんが後部席でけたたましく笑いながら、右手の黒い海藻をぱくりとみずからの口に放る。

背後、左右で、石つぶてのようにクラクションが響く。ちら、と車内のデジタル時計を片目で見やると、午後5時半を過ぎたところ。

くそっ、まったくなんて日だ、と内心でダルワンはひとりごちる。今日はこれから大切な用があるってえのに。

日本中部に位置する、海にほど近い地方都市。国際レースが行われるサーキットで、その存在は海外にもひろく知られている。

「花月園のおばちゃん」、椹木トシは、七十年愛用してきたそろばんの珠をぴしゃっと音をたてて弾き、この日の会計を終えた。

若いパートの安田、尾木たちが暖簾から顔をのぞかせ、

「トシさん、失礼します」

「社長、お先っす」

色つきメガネの奥から笑いかけ、

「ああ、おっかれさん。あんがとうねえ。明日も気ばってねえ」

裏口のドアが閉まるのを待って、トシは背もたれに身を預け、ふう、と大きくため息をつく。注文のメモ書きが鈴なりに貼りついた壁に視線を投げ、今年のカレンダーを見あげる。

ルーペでも見えない、正体もしれない小さな虫みたいななにかのせいで、今年度のレース競技はこの春からすべて中止となっている。例年なら春から秋にかけ、ほぼ毎週なにがしかのレースがサーキットで行われ、その度に、少なくない数のレース関係者、また、観戦を終えた観客がぞろぞろとやってきては、炭火の煙がたちのぼる広い座敷をどやどや賑わせてくれるはずだった。

鉛筆をなめなめ、そろばんの数字を出納帳に書きうつす。地元でも人気が高く、常連客も多い焼き肉屋「花月園」の経営状況は、組合の会合で同業者たちがこぼすほど逼迫はしていない。ただ、席数を減らし、営業時間を短縮し、「小さな虫」の蔓延がとまらないとあっては、売り上げがのびるはずもない。

なにより、レースの夜にやってくる、あの、とほうもなく陽気な乾杯の嵐、見知らぬ同士でも一瞬で意気投合している、魔法のような宴席の光景が、今後いつ見られるかわからない、と思うと、五月にして首もとがひんやり冷たくなる。

「おっちゃくいオトナばっかしやが、会えやんとなると、なんや寂しなあ」

トシ自身、レースを生で観戦したことはない。日曜の昼間、コンロでホルモンを焼き焦がしながら、客たちが歓声をあげて見入るテレビの画面で、ああ、こんな競争、と見覚えている程度である。ただ、土日の夜にチームそろって来店する若い客たちを迎えいれながら、そのうちの誰が勝ったか、あるいは誰が年間チャンピオンに輝くか、なぜだかトシには容易に見抜くことができた。

監督やメカニックに冗談で、

「トシさん、明日の決勝、誰が勝つかな」

そうきかれても、トシはけしてこたえず笑って受けながしている。たとえば、隅でおとなしくウーロン茶をすすっているベテラン選手の頭が、ほのかな黄金色の光に包まれているのが見えたとすれば、翌日の決勝レースでは、さまざまなアクシデントや天候の変化でレースが動いた結果、チェッカーフラッグの振られるゴールラインに、二位にわずかコンマ三秒の差をつけて、当のベテラン選手がまっさきに飛びこんだりするのである。

気配というか、輝きというか。八十歳を過ぎて以降、視界はかすんできても、ドライバーの光はいっそう鮮やかにトシの目ににじんでくる。

およそ六十年前、サーキットの工事がはじまったその年、国鉄駅のそばに夫婦ふたりで焼肉店「花月園」をひらいた。「グランプリ」ということばが世に定着しつつあった1970年代末、サーキットに近いいまの場所に引っ越してきた。

夫の卓は、みずからハンドルを握ってアマチュアレースに出るほどのモータースポーツファンで、レース後は競争相手全員を店に招き、ビールと焼き肉をぞんぶんにふるまった。有名なドライバーがやってきても、走りっぷりが気にくわなければ、畳にあがりこんで顔をつきあわせて説教をぶった。

八年前の夏、朝ごはんの席でリンゴを頬張っている最中、卓はおもむろに目をとじ、それきり心臓がとまった。その日以来、仕入れから会計まで、調理以外ほぼすべての業務をトシひとりで切り盛りしている。

机の上をかたづけ、事務所の灯りを消す。住居スペースの玄関で靴を脱ぎ、いつだったか、外国人のメカニックにプレゼントされたタグホイヤーの腕時計をちらりとみる。

ほっ、とため息をつき、廊下の奥へ進む。午後九時十分。そろそろ時間や。

カリフォルニア州、シエラネバダ山脈南部に位置するセコイヤ国立公園の森で、二十六歳の公園管理官リチャード・フクシマは、濃霧にまかれ、うねる木の根の上に立ちつくしていた。

山肌を覆う白い靄のかたまりを、谷からあがってくる微風がゆっくりと押し流す。霧のほのかに薄くなった箇所に、マツやカエデの、あいさつを交わしあうような枝や幹がのぞく。それらの形状から、自分が公園のどこにいるのか、おおまかに把握することができなくはないけれど、霧のなかではけして動いてはならない、というのが、シエラネバダの山を歩く者に共通する鉄則だ。

リチャードに焦りはない。立ったまましばらく耳をすませると、木の根に腰かけ、水筒の水を口にふくむ。ツグミの地鳴き、キタタキのくちばしの音、谷底を湾曲し流れてゆくせせらぎ。とはいえ、距離の感覚は当てにならない。霧のなかで音は、ふだんより遠く、いっそう速く伝わる。

iPhoneの時計でたしかめると時間は午前六時五十五分。管理チームのラインで状況を伝え合ったところ、たったいま、メンバー七人のうち五名が、リチャードと同じく霧につかまり一歩も動けずにいることがわかった。

電源を切り、セコイアの太い根にすわりなおす。目を薄く閉じ、合気道の師匠に教わったとおり、ゆっくりと息を吸い、息を吐く。すなわち霧を吸い、霧を吐く。シエラネバダの森を包む濃霧が、体の奥にまでゆっくり、確実に浸透していく。乳白色に染まりゆくみずからの視界を、リチャードは全身を同じ色に包まれながら、目を細めて見わたす。

霧の上に、忘れようもない懐かしい顔が浮かんでいる。六つ年上の兄ポールの、たぶん十四歳時分の微笑み。

ものごころのつきかけた頃からリチャードはポールについて走り、ポールの読み終わった本をむさぼり、ポールの好きなマウンテンバイクやサーフィンに全身でのめりこんだ。八歳の春リチャードは、十四歳のポールに連れられ、遠くヒッチハイクを重ねてここセコイア国立公園へやってきた。世界一の、名高い「シャーマン将軍」に遭いにきたのだ。

樹高83・8m。体積1487m³。公園の原生林に立つ、樹齢2200年のセコイアデンドロンは、地球上でもっとも大きな体積を持つ樹木であると同時に、もっとも大きな生命体として知られている。通称「シャーマン将軍の木」。

ポールとリチャードは公園に侵入した途端、管理事務所のセンサーにひっかかった。ふたりきりで三日をかけ、州境をこえてやってきた少年たちに、管理官のリーダーは特別にシャーマン将軍との邂逅を許した。暮れなずむ夕空をこえ、宇宙まで果てしなく伸びていくセコイアの幹の、無限とも思える高さを、リチャードはその日からずっと忘れられず、そうしていま、こうして公園管理官として、将軍と同じ森の敷地にすわっている。

幼かった日にポールから教わった「地球一」「世界一」は樹木にかぎらない。

地球でいちばん大きな島グリーンランドには十八の夏、バックパックを背負ってひとりでいった。世界一高いエヴェレストにはまだのぼってない。イグアスの滝、ラプラタ川、カスピ海にもいったことはない。世界でいちばん売れた四人組バンドの音楽は、はじめはスカスカと思ったけれど、年齢を経るに従いだんだんと好きになり、いまはiPhoneに全曲がダウンロードしてある。

小学五年のとき、トルコに住む世界一背の高い男性に手紙を書いて返事をもらった。史上最高のコントロールをもつ、といわれるピッチャーが相手チームを9回ノーヒットに押さえる瞬間はポールとともに見た。世界でいちばん足の速いジャマイカ人が、100メートル走の記録を塗り替えるのを、テレビで三度見た。三回目はガールフレンドの部屋だった。

白い霧の上に、なつかしい光景がつぎつぎと明滅する。空港。野球場。アイススケートリンク。自分のなかの霧を見つめているのかも、とリチャードはおもう。十四歳のポールは、霧のなかで、あいかわらず微笑みつづけている。ただ、それは手を伸ばせばかき消えてしまうまぼろしの笑みだ。あれからたった数年でポールは、リチャードの手のけして届かない距離へ遠のいていってしまう。

視界を埋める霧のむこうから、遠い声がひびく。公園を覆う霧か、それとも俺のなかにたちこめる霧なのか。その声は近づいてくる。靄が渦巻く。さまざまな光景が断片となり、ポールの微笑みは薄らいで消える。

霧を割り、茶色と白と黒の、ころころしたかたまりがまろび出、リチャードの手の内におさまる。あたたかく、滑らかな毛の感触。霧のなかでも落ち着き払い、好きなおもちゃを愛撫するように、手首からてのひらをゆっくりと舐めている。クウクウと押し殺した鳴き声をこぼしながら。

名前は、生前のポールが自宅のベッドでつけた。こいつには世界一速い犬になってもらおう、そういって、うまれたばかりの赤ん坊をシーツの上で抱きあげた。あの子犬がもう十二歳。ここセコイア国立公園の斜面という斜面、茂みという茂みをすべて知りつくした、強面の老ブルドッグ。

「ありがとう、アイルトン。迎えにきてくれたんだな」

右手でごしごしなでながらリチャードは左手のｉＰｈｏｎｅを見る。ディスプレイ上の日付は五月一日、カリフォルニア時間、午前七時十五分。

「ちょうど時間だ」

リチャードは木の根から腰をあげ、ブルドッグのアイルトンは四肢を踏んばり、ふたり並んで森を包む霧にむかい立つ。


同じこの惑星の上でいま、この瞬間、無数の目が、ふだんの目ではとらえきれない、スピードの向こう側を見やる。時間をこえ、距離をこえて、何億何万のひとの祈りが、星の上の空でひとつに結ばれる。

イスタンブールでは午後３時17分。

モスクワでは午後３時17分。

ドバイでは午後４時17分。

エルサレムでは午後５時17分。

コルカタでは午後５時47分。

カトマンズでは午後6時2分。
ヤンゴンでは午後6時47分。
ホーチミンでは夜7時17分。
上海では夜8時17分。
シドニーでは夜の10時17分。
ホノルルでは深夜、午前2時17分。
バンクーヴァーでは朝の5時17分。
コスタリカでは朝の7時17分。
ニューヨークでは朝の8時17分。
リオデジャネイロでは朝9時17分。
ダカールでは昼の12時17分。
同じ日、ロンドンでは昼の1時17分。

すべての祈りが、イタリア中部イモラ・サーキット、五月一日、午後2時17分の一点に、無音の滝のように凝集して降りそそぐ。

透明な笑顔。雨の中の涙。抱擁と歓喜。

光の向こうから、聞こえるはずのない甲高い轟音が響く。無数の祈りにいま、誰かが手を振ってこたえるかのように。音は大きく、耳を破るほど巨大に響きわたり、みなの目の前を通過しようというその瞬間、透明なその誰かは光速をこえる。

みな手を振る。エンジン音が高らかに響く。

世界中の時間を重ねた「永遠」というサーキットを、一台のマシンが光を噴きこぼしながら疾走していく。

セコイア国立公園。朝の7時17分。

無風のうち、まるで観音開きのように、霧が左右に分かれてゆく。公園管理官リチャード・フクシマは斜面に立っている。みずからのうちの霧も、同時に晴れてゆくのを感じながら。

両側に立つ霧の壁にはさまれ、一本の道のように、目の前に視野がひらく。リチャードは息をのみ、地面から上へ、さらに上へ、徐々に視線をのばしてゆく。ブルドッグのアイルトンは声も足音もたてず、風景のなかへ歩みこむ。

白くたちはだかる霧の間に、樹齢2200年のセコイア「シャーマン将軍の木」が、まっしぐらに宇宙をさして立っていた。霧にまかれているあいだ、リチャードは木の根に座り、まったく移動していないはずなのに。世界最大の生命体には、小さな常識なんて通用しないのかもしれない。

歩みより、幹の表面に耳を当てる。ひんやりと冷たく、そのうちやわらかく、向こうから耳たぶを包まれるような暖かみさえおぼえる。

「木は、まわりのどんな木とも、一瞬でつながるんだぜ。ホットラインをもってる」

あのヒッチハイクの日、ポールは同じようにセコイアの肌に触りながらいった。あのときはまだ陽に焼けた笑い顔で、この世にしっかりと根を張って立っていた。

「こんなすごいセコイアならさ、きっと、全世界の木と交信できるぜ。カイロ、チベット、イースター島。京都、ティンブクトゥ、イグアスの滝。あ、そうそう」

そういってポケットからメモ帳を出し、ぎっしり書き込みのあるページをひらくと、

「やっぱり今日だ。ちょうど八年前の五月一日、世界でいちばん速いドライバーが、レース中の事故で亡くなった。そのときサーキットのそばで、たくさんの樹木が感じた衝撃も、ここ地球の反対側で、きっとこの将軍はききとったんだ。ほら」

そういってセコイアの、少しくぼんだ幹のうろに耳を当てる。その同じ場所に、十八年後の五月一日、二十六歳のリチャードは大きめの耳たぶを重ねる。おさない兄の耳のかたちを、セコイアのあたたかみとともにはさみこむようにして。

兄のポールが好きだった、世界でもっとも速いドライバー。その彼が駆るマシンのエグゾーストノートに似た音響が、遠く、セコイアの幹の闇からかすかに響いてくる。

枝が揺れ、葉がこすれる。

幹のなかの道管が、大地の水と養分を天上へすすりあげる。

熱いアスファルト。三日間の旅。観客の歓声。そして悲鳴。

リチャードはいま、耳たぶを通して、十四歳だったあの日のポールの呼吸にも触れている。興奮した小さな胸の速い鼓動が、二十六歳になった、おだやかなリチャードの鼓動とシンクロする。そうしてまた、遠く重なり合ったふたりの心音は、「世界一」の将軍の幹の闇へ諄々《じゅんじゅん》と吸いこまれる。

犬のアイルトンは根元にぽっかりとあいた広い室に身をよこたえ、背中をごしごし落ち葉の山にこすりつけている。

「なあ、アイルトン、おまえにもきこえるか」

リチャードがかけた声を、笑い飛ばすかのように軽く鼻を鳴らすと、アイルトンは上を向き、たった一度、砲撃のような声量で吠えた。森じゅうにこだまする吠え声を浴びながら、シャーマン将軍は、巨大な樹冠をざわざわと揺らした。まるで、根元につどったおさない友がらに、深く笑いかけているように愉しげに。


「花月園」。夜の9時17分。

「社長」槻木トシは畳に正座すると、タグホイヤーの時計を手首からはずし、仏壇の隅に置く。かわりに壇の上の、錫製の写真立てを手に取る。

夫の卓の七十代半ばの、サーキットでの最後のツナギ姿。レース仲間と出場したクラブマンレースで七位入賞を果たし、パドックで大はしゃぎしている姿をとらえたもの。

写真立てを、正座した自分の膝の横に、正面にむき直して立てる。かたや生身、かたや写真のまま、夫婦ならんで仏壇にむいてすわる格好になる。

トシは右手をのばし、壇の下の抽斗をあけて黒革のポーチをとりだす。ジッパーをひらき、なかに収めたビニール袋から、派手な手袋を一双だし、膝の前に、右、左、と丁寧にならべる。

古いものらしい。手入れが行き届いているせいか、消耗感はない。手の甲が赤、内側が白、革製のレーシンググローブだ。

はじめて店にはいってきたときの表情を、椹木トシの目は、フィルムを網膜に貼りつけたかのようにありありとおぼえている。木曜の午後、まずはぞろぞろと顔見知りのチームスタッフ、メカニックにつづいて、同じく常連の日本人ドライバーとその友人。五十代半ばにさしかかったトシは、朗らかに挨拶を送りながら、目算ですばやく来店客の数をかぞえあげる。予約の電話をうけていたが、レース関係者の飲み会が、いわれていた人数でおさまることなどほとんどない。夫の卓は厨房の暖簾から顔だけだし、チーム監督とレーシングスーツにまつわる下卑た冗談を言い合っている。

全員が小上がりで靴を脱ぎはじめ、ふと玄関に目がいく。どこからはいりこんだものか、ひらひらと揺れながら黄色い蝶が舞っている。と、次の瞬間、音もなくドアがひらかれ、青ざめた顔の青年がひとり、はにかんだ笑みを浮かべ、軽くうつむきながら敷居をまたいで店にはいってきた。

いらっしゃい、の声がくちびるの端でとまった。トシは青年から視線をはずすことができなかった。ゆっくりと顔をあげた青年と、一瞬、まなざしが触れ合う。黄色い蝶がふたりのあいだを飛びまわっている。青年は口もとに、哀しげ、とさえ思えそうな、静かな笑みを貼りつかせていた。

八十五になって思い返しても、トシはいまだに不思議とは思わない。スニーカーに包まれた青年の足はこのとき、地面を踏んでいなかった。店の土間からたしかに、三センチほど宙に浮かんでいた。

飲み会の席へビールのジョッキや漬物の皿を運びながら、トシは隅にすわった青年にちらちらと目をやった。隣と語らい、笑みを返しながらも、いつも青年は、ぽつんとひとり、その場で浮かびあがってみえた。内に閉ざされているのではない。その逆で、完璧に開かれている。みずからに固執することなく、惜しみなく分け与え、分け隔てなく受け入れている。それまで、おおぜいの人間と出会い、さまざまな目に遭ってきたトシだからこそ初対面でわかった。このひとは特別だと。地面を踏んで歩きながら、宇宙に浮かんでるようなひとなんだ、と。

レースの前後も、チームが外国へ転戦していても、トシは青年に関してだけは、勝つよ、とか、チャンピオンになる、とか、その類いの言葉はひとことも発さなかった。成績や順位が重要なのではなかった。こんなひとがほんとうにこの世にいて、ひとに混じり、なにかなしとげようと身を削り、手を尽くしている。そんな奇跡を、こんな小さな焼き肉屋のあたしが、同時代に生きて目の当たりにできるなんて。

青年は毎年、チームスタッフとともに「花月園」に顔をだした。四日連続、という年さえあった。

あるとき、ひとりでふらっとやってきて、まさしく蝶がとまるように、ごく自然にいつもの座敷の隅にすわった。その日はなぜかほかに客はなく、トシはテーブルに差し向かいになってコンロで肉を焼いた。青年の前の小皿はちょうどよい焼き加減の肉でいっぱいになった。

おいしいです、おいしいです、と青年は日本語で笑った。トシはまぶしくて目からボロボロ涙をこぼした。不慣れな手つきで支払いをすませた青年が、やはり足音もなくドアのむこうに出ていってしまったあと、コンロと食器を片づけていてトシは、テーブルの下に、さっきまではなかったはずのものを見つけた。白と赤の、レーシンググローブだった。

すぐさまサーキットのチーム関係者へ電話をかけた。その夜スタッフから、本人に確かめたところ、そんな手袋は知らないって、と連絡があった。トシは、そのグローブをはめた青年の姿を、雑誌やテレビで何十回と目にしたことがあった。

決勝が終わった夜、チームはすぐさま次の開催国へ移動することが決まっていた。翌年、その翌年と、青年をめぐるチーム事情が変化した。トシは手袋をずっと黒革のポーチに入れ、事務所の金庫に保管していた。そして一九九四年、五月一日がやってきて、トシが青年に手袋を返すことも、御礼をいって笑顔をむけることもできなくなってしまった。

二十六年後、同じ五月一日、イモラサーキットで事故が起きたその時間、トシは香炉に火の付いた線香をたてると、左右の手袋をとり、両手のあいだで重ね合わせる。仏壇にむけて頭をさげ、隣の卓にむかって、

「おとうちゃんも、そっちでよう御礼いうてや」

早口でささやく。写真のなかで卓は変わらずにこやかに笑っている。

初めて入ってきた青年のあの表情を思い返しながら、トシは黙って目を瞑った。すると向こうからまぶしい光のかたまりがきた。足音はきこえなかった。トシは大きく息を吸い、そうして深く吐いた。

赤白のグローブをはめた左右の手が、皺の刻まれたトシの両手を、宇宙の裏側からゆっくりと、やわらかに包みこんでゆく。

ムンバイの運転手ダルワン・クマールはここしばらくないくらい神妙な表情で、砂浜にごったがえすひとの波を縫い、大股で歩んでゆく。タクシーは、マリンドライブ半ばの海岸広場の屋台裏に停めてある。仲の良いいとこが、ここで週に三日、ホットドッグスタンドを開いているのをおぼえていた。

背中に登山用のリュック、右手にはあちこちに凹みのできた、銀色のアタッシェケース。左の肘には虹色の布の婆さんがとりすがり、真後ろから、黄色い髪の母親に追いたてられながら、三人の孫たちがゲーム機一台のモニターを見おろしつつついてくる。

爺さんは三メートルほど先をひとり歩いていく。ひと波のむこうを、宮殿のかたちの帽子がちらほら、左右の鈴を手招きのように揺らしながら進んでゆくのがみえる。

十分ほど前、焦ったダルワンが運転席の時計を指さし、やけくそ気分で、あることばを口にした瞬間、後部席の爺さんの表情が変わった。黙りこみ、ゆっくりと両膝に手をのせると、ダルワンがいま発したのと同じ、二音節のことばを厳かにつぶやいた。

「セ、ナ」

ダルワンは少し驚き、爺さんの目を見すえ、もう一度いった。

「セナ」

するとと爺さんは深くうなずき、やはり運転席の時計を指さすと、くちびると舌で宝物を扱うような、ていねいな口調でいったのだ。

「セ、ナ」

と。

爺さんは今日がなんの日か知っている。ひょっとして、だからこそこの時間、西向きのこの海辺をめざしたのか。

運転席のダルワンがタクシーの窓をひらき、砂浜の先にきらめく黄金色の光をてのひらで示すと、爺さんは目を大きくみひらき、二度、三度と大きくうなずいた。ダルワンには爺さんの透明な意志がことばよりもくっきり読みとれた。

急ハンドルを切り、タクシーを歩道から海岸広場に乗りあげると、用意しておいた積荷をトランクから取りだし、ホットドッグスタンドのいとこにクルマの鍵を手渡した。爺さんはフロントグリルにまわりこみ、西日にまぶしげな笑みを浮かべて、乗りこんできたときと同じように、ボンネットの上をコツコツと人さし指で叩いた。納車の日にダルワンが貼った大ぶりなステッカーが陽光を浴びて輝いていた。赤白模様の下に、マールボロ、の文字。ダルワンには爺さんの胸の声がきこえるようだった。

このマークを見て、あんたのタクシーに乗せてもらおうっておもったんだよ。

夕暮れの、ムンバイの浜。爺さんを先頭に、ダルワンたちは黙々と歩を進める。強烈な西日がひとびとの輪郭を浮きあがらせ、砂浜に焼けついてしまいそうな影を残す。ああみえて、ひょっとして俺と、そう年は変わらないのかもしれない、爺さんの真っ黒なシルエットを目で追い、ダルワンは思った。

十代のはじめからずっと、クレー射撃のインド代表選手をめざしていた。二十代の半ば、山の事故で足首を折り、泣く泣くタクシーの運転手におさまった。深夜勤の詰め所で、同僚と一緒にたまたまフォーミュラワンのテレビ中継を見ていて、ひとりの選手に目が釘付けになった。

それから一戦すら見逃したことはない。ボンネットにはマールボロのステッカー、クルマは新入り時代から十二年、国産のアンバサダーだったが、それでもトランクの後部にホンダのロゴを貼りつけた。そうだ、俺は、この自分があのひとと同じ、ドライバーと呼ばれる職種であることがこころから誇らしかった!

海岸に着く。爺さんがこちらを振りむき、寄せる波に足をひたして立っている。漆黒の影に包まれその表情は読みとれない。嘆いているのか。微笑んでいるのか。

ダルワンはリュックをおろし、なかから薪ほどの太さの筒を取りだすと、波のかからない砂地に据え、金属のタガがはまった底に着火装置を装着する。射撃にのめりこんでいたころ、火薬のことはひととおり学んだ。銀のふたを開いたアタッシェケースには、くりぬいた緩衝材に、ソフトボールほどの黒い玉が六つすっぽり収まっている。

ひとつめの玉についたロープを慎重にもちあげ、黒々と口をひらいた筒のなかに差しいれる。一九九四年の翌年からずっと、五月一日になるとくりかえしてきた儀式だ。

汀《みぎわ》のひとびとはあまり気にする様子もない。パオバジの銀皿や山盛りのアイスクリームを手に、笑いさざめきながら行き来している。

ダルワンは砂浜に膝をつき、頭のなかに地図を描きながら、発射角度と向きを微妙に調整する。西北西へ、この湾をこえ、アラビア海、ペルシャ湾、アラビア半島と地中海をこえたその向こうに、イタリアが、ボローニャ州が、イモラがある。西の空を金色に焦がして燃えさかる、あの太陽が花火の、射撃の的だ。

黄色い髪の娘と虹色の服の婆さんは砂浜にすわりこんで、海と、汀で飛沫をあげて跳ねまわる子どもたちをみている。爺さんは背をむけ、西の海の、そのはるか果てを見つめている。ダルワンは肩をまわし、息を詰め、発射台のすぐ後ろに座り直す。と、シャツの襟首を誰かが軽く引っぱる。

ふりむくと三人の孫が黙って顔を並べている。まんなかのメガネの少年がダルワンにゲーム機を差しだす。西日に輝くディスプレイのなかにサーキットのCGグラフィックが写しだされる。チェッカーフラッグがはためくゴールシーン。画面の左上にずらりとならんだ数字。ダルワンは瞬時に理解した。たったいまこの瞬間、少年たち三人は、世界中のプレイヤーとのバーチャルレースをベストラップで制したのだ。

ダルワンは微笑み、三人の少年をつぎつぎにハグする。三人はだらんと腕をさげたまま軽くうなずきを返す。ゲーム機のディスプレイの反対の端で、ちょうど四桁の数字がチカチカ明滅している。

１８１７。

午後6時17分。

イモラ現地時間で、昼の2時17分。

ダルワンは膝をつき、沈みつつある標的、太陽をみすえる。着火装置のボタンに指をかけ、一拍息をためてから、力強く押しこむ。マシンがコーナーを駆けぬけるのとほぼ同じ速度で花火玉が飛びだし、直後、汀じゅうにくぐもった炸裂音がひびく。

西の空。光が尾を引いて飛んでゆく。

ダルワンは見あげる。三人の孫たちは汀に駆けだす。浜辺を歩いていたひとびとも立ちどまり、いつのまにか同じ方向を見あげている。

ムンバイの空。イモラとも、サンパウロともつながった同じ空の上で、ゆっくりと、音もなく花がひらく。爺さんと孫たち、そしてダルワンは飛びあがり、同時いっせいに声をあげる。天空いっぱいにひろがった赤と白の光が、黄金色にあふれかえる海へ、恩寵の雨のように惜しみなくつぎつぎと降りおちる。

『ピット・イン』書籍化への、ご支援ありがとうございます

福本壇
hrk.33
ケイマー
福迫ミア
うらぞー
木下和音
satoshi kurosaki
小野謙仁
えとう
arkibito
渡辺英助
藤原誠司

金淳一
中島謙一郎
風間麗子
香月正夫
神本浩子
青山知史
新三浦　道田修
谷内紗代
森井克則
伊勢哲哉
ワインショップ・ゴリヨン 川本美器
今野仁美

よーしけ
越村和彦
太田悠木
いしいたくみ
伊東百子
水谷興平
井上良太
奈美子
大熊千尋
廣川塔子
高橋大輔&素
小山輝雄

ユチキ
片山陽一
ayrton_ken_lewis
種 裕之
藤井慶祐
川畑貴志
高橋芳之
いせれいこ
三宅由美子
A.Yokoyama
Shintaro
こむぎ
西山和広
きくちひでとし
TAKURO
宮崎秀敏
長岡香子

McCann 元美
horizon
原 友子
高市純行
白綾和好
ふかさわみえこ
やましなのマリコ
篠田有里亜
小出佳世
岩花和彦
いしいのぶひさ
甲田亜美
続木 創
加藤陽美
仙崎礼次郎
ツバクロ すっぽん食堂一同。
熊代蒼生

阪口結衣
三宅千絵
小嶋浩
並木潤一
ふるかわともあき
米本友里
玉井夕海
秋山まい
谷口雅弘
坂みちる
寺田美穂
船井里乃
T.M
川崎太郎
中島謙一郎
石川博嗣
橋本昭代

ピット・イン
すばらしきスピードの世界

2020年12月10日　初版　第1刷発行

著者　いしいしんじ

絵　いしいひとひ

発行人　星野 邦久

発行元　株式会社 三栄
〒160-8461 東京都新宿区新宿 6-27-30 新宿イーストサイドスクエア 7F
販売部　TEL：03-6897-4611
受注センター　TEL：048-988-6011

印刷・製本：大日本印刷株式会社

コラム初出：オートスポーツ
小説「ブルドッグのアイルトン」書き下ろし

ブックデザイン：原 靖隆（Nozarashi.inc）
DTP：田中千鶴子（Nozarashi.inc）

編集：水谷 素子　Motoko Mizutani
編集協力：藤井 由夏　Yuka Fujii

Printed in Japan
ISBN 978-4-7796-4275-3